余华 著

阅读有益身心健康

上海文艺出版社

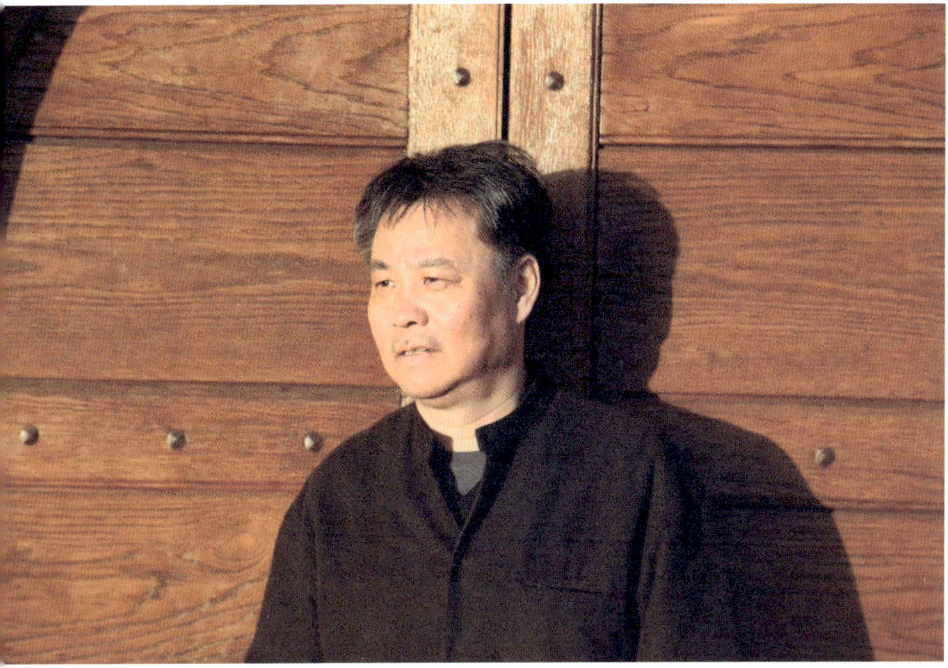

余华，1960年4月出生，1983年开始写作，主要作品有《兄弟》《活着》《许三观卖血记》《在细雨中呼喊》《第七天》等。其作品被翻译成40多种语言在美国、英国、澳大利亚、新西兰、法国、德国、意大利、西班牙、葡萄牙、荷兰、瑞典、挪威、丹麦、芬兰、希腊、俄罗斯、保加利亚、匈牙利、捷克、斯洛伐克、塞尔维亚、波黑、斯洛文尼亚、波兰、罗马尼亚、阿尔巴尼亚、格鲁吉亚、土耳其、巴西、以色列、埃及、科威特、沙特、伊朗、乌兹别克斯坦、蒙古、日本、韩国、越南、缅甸、泰国、印尼、斯里兰卡和印度等40多个国家和地区出版。曾获意大利格林扎纳·卡佛文学奖（1998年），法国文学和艺术骑士勋章（2004年），法国国际信使外国小说奖（2008年），意大利朱塞佩·阿切尔比国际文学奖（2014年），塞尔维亚伊沃·安德里奇文学奖（2018），意大利波特利·拉特斯·格林扎纳文学奖（2018）等。

目 录

辑 一

3　我能否相信自己

10　没有一条道路是重复的

12　音乐影响了我的写作

21　文学中的现实

25　荒诞是什么

28　长篇小说的写作

36　飞翔和变形

46　生与死，死而复生

59　川端康成和卡夫卡的遗产

64　虚伪的作品

辑 二

81　谁是我们共同的母亲

92　温暖和百感交集的旅程

102　布尔加科夫与《大师和玛格丽特》

113　博尔赫斯的现实

125　大仲马的两部巨著

127　契诃夫的等待

137　山鲁佐德的故事

149　内心之死

167　卡夫卡和K

180　文学和文学史

192　回忆和回忆录

195　威廉·福克纳

198　胡安·鲁尔福

204　前南斯拉夫的伟大作家

辑三

211　高潮

231　灵感

241　色彩

254　字与音

262　消失的意义

272　爸爸出差时

280　我只知道人是什么

辑一

我能否相信自己

我曾经被这样的两句话所深深吸引,第一句话来自美国作家艾萨克·辛格的哥哥,这位很早就开始写作,后来又被人们完全遗忘的作家这样教导他的弟弟:"看法总是要陈旧过时,而事实永远不会陈旧过时。"第二句话出自一位古希腊人之口:"命运的看法比我们更准确。"

在这里,他们都否定了"看法",而且都为此寻找到一个有力的借口,那位辛格家族的成员十分实际地强调了"事实";古希腊人则更相信不可知的事物,指出的是"命运"。他们有一点是相同的,那就是"事实"和"命运"都要比"看法"宽广得多,就像秋天一样;而"看法"又是什么?在他们眼中很可能只是一片树叶。人们总是喜欢不断地发表自己的看法,这几乎成了狂妄自大的根源,于是人们真以为一叶可以见秋了,而忘记了它其实只是一个形容词。

后来,我又读到了蒙田的书,这位令人赞叹不已的作家告诉我们:"按自己的能力来判断事物的正误是愚蠢的。"他说,"为什么不想一想,我们自己的看法常常充满矛盾?多少昨天还是信条的东西,今天却成了谎言?"蒙田暗示我们"看法"在很大程度上是虚荣和好奇在作怪,"好奇心引导我们到处管闲事,虚荣心则禁止我们留下悬而未决的问题"。

四个世纪以后,很多知名人士站出来为蒙田的话作证。1943年,IBM公司的董事长托马斯·沃森胸有成竹地告诉人们:"我想,五台计算机足以满足整个世界市场。"另一位无声电影时代造就的富翁哈里·华纳,在1927年坚信:"哪一个家伙愿意听到演员发出声音?"而蒙田的同胞福煦元帅,这位法国高级军事学院院长、第一次世界大战协约国军总司令,对当时刚刚出现的飞机十分喜爱,他说:"飞机是一种有趣的玩具,但毫无军事价值。"

我知道能让蒙田深感愉快的证词远远不止这些。这些证人的错误并不是信口开河,并不是不负责任地说一些自己不太了解的事物。他们所说的恰恰是他们最熟悉的,无论是托马斯·沃森,还是哈里·华纳,或者是福煦元帅,都毫无疑问地拥有着上述看法的权威。问题就出在这里,权威往往是自负的开始,就像得意使人忘形一样,他们开始对未来发表看法了。而对他们来说,未来仅仅只是时间向前延伸而已,除此之外他们对未来就一无所知了。就像1899年那位美国专利局的委员下令拆除他的办公室一样,理由是"天底下发明得出来的东西都已经发明完了"。

有趣的是,他们所不知道的未来却牢牢地记住了他们,使他们在各种不同语言的报刊的夹缝里,以笑料的方式获得永生。

很多人喜欢说这样一句话:不知道的事就不要说。这似乎是谨慎和谦虚的品质,而且还时常被认为是一些成功的标志。在发表看法时小心翼翼固然很好，问题是人们如何判断知道与不知道？事实上很少有人会对自己所不知道的事大加议论，人们习惯于在自己知道的事物上发表不知道的看法，并且乐此不疲。这是不是知识带来的自信？

我有一位朋友，年轻时在大学学习西方哲学，现在是一位成功的商人。他有一个十分有趣的看法，有一天他告诉了我，他说："我的大脑就像是一口池塘，别人的书就像是一块石子；石子扔进池塘激起的是水波，而不会激起石子。"最后他这样说，"因此别人的知识在我脑子里装得再多，也是别人的，不会是我的。"

他的原话是用来抵挡当时老师的批评，在大学时他是一个不喜欢读书的学生。现在重温他的看法时，除了有趣之外，也会使不少人信服，但是不能去经受太多的反驳。

这位朋友的话倒是指出了这样一个事实：那些轻易发表看法的人，很可能经常将别人的知识误解成是自己的，将过去的知识误解成未来的。然后，这个世界上就出现了层出不穷的笑话。

有一些聪明的看法，当它们被发表时，常常是绕过了看法。就像那位希腊人，他让命运的看法来代替生活的看法；还有艾萨克·辛格的哥哥，尽管这位失败的作家没有能够证明"只有事实不会陈旧过时"，但是他的弟弟，那位对哥哥很可能是随口说出的话坚信不已的艾萨克·辛格，却向我们提供了成功的范例。辛格的作品确实如此。

对他们而言，真正的"看法"又是什么呢？当别人选择道路的时候,他们选择的似乎是路口,那些交叉的或者是十字的路口。他们在否定"看法"的时候,其实也选择了"看法"。这一点谁都知道,因为要做到真正的没有看法是不可能的。既然一个双目失明的人同样可以行走,一个具备了理解能力的人如何能够放弃判断?

是不是说,真正的"看法"是无法确定的,或者说"看法"应该是内心深处迟疑不决的活动,如果真是这样,那么看法就是沉默。可是所有的人都在发出声音,包括希腊人、辛格的哥哥,当然也有蒙田。

与别人不同的是,蒙田他们不约而同地选择了怀疑主义的立场,他们似乎相信"任何一个命题的对面,都存在着另外一个命题"。

另外一些人也相信这个立场。在去年,也就是1996年,有一位琼斯小姐荣获了美国俄亥俄州一个私人基金会设立的"贞洁奖",获奖理由十分简单,就是这位琼斯小姐的年龄和她处女膜的年龄一样,都是三十八岁。琼斯小姐走上领奖台时这样说:"我领取的绝不是什么'处女奖',我天生厌恶男人,敌视男人,所以我今年三十八岁了,还没有被破坏处女膜。应该说,这五万美元是我获得的敌视男人奖。"

这个由那些精力过剩的男人设立的奖,本来应该奖给这个性乱时代的贞洁处女,结果却落到了他们最大的敌人手中,琼斯小姐要消灭性的存在。这是致命的打击,因为对那些好事的男人来说,没有性肯定比性乱更糟糕。有意思的是,他们竟然天衣无缝地结合到了一起。

由此可见，我们生活中的看法已经是无奇不有。既然两个完全对立的看法都可以荣辱与共，其他的看法自然也应该得到它们的身份证。

米兰·昆德拉在他的《笑忘书》里，让一位哲学教授说出这样一句话："自詹姆斯·乔伊斯以来，我们已经知道我们生活的最伟大的冒险在于冒险的不存在……"

这句话很受欢迎，并且成了一部法文小说的卷首题词。这句话所表达的看法和它的句式一样圆滑，它的优点是能够让反对它的人不知所措，同样也让赞成它的人不知所措。如果模仿那位哲学教授的话，就可以这么说：这句话所表达的最重要的看法在于看法的不存在。

几年以后，米兰·昆德拉在《被背叛的遗嘱》里旧话重提，他说："……这不过是一些精巧的混账话。当年，七十年代，我在周围到处听到这些补缀着结构主义和精神分析残渣的大学圈里的扯淡。"

还有这样的一些看法，它们的存在并不是为了指出什么，也不是为说服什么，仅仅只是为了乐趣，有时候就像是游戏。在博尔赫斯的一个短篇故事《特隆·乌尔巴尔，奥尔比斯·特蒂乌斯》里，叙述者和他的朋友从寻找一句名言的出处开始，最后进入了一个幻想的世界。那句引导他们的名言是这样的："镜子与交媾都是污秽的，因为它们同样使人口数目增加。"

这句出自乌尔巴尔一位祭师之口的名言，显然带有宗教的暗示，在它的后面似乎还矗立着禁忌的柱子。然而当这句话时过境迁之后，作为语句的独立性也浮现了出来。现在，当我们放弃它所有的背景，单纯地看待它时，就会发现自己已经被这句话里奇妙的乐趣所深深吸引，从而忘记了它的看法是否合理。所以对很多看法，我们都不能以斤斤计较的方式去对待。

因为"命运的看法比我们更准确"，而且"看法总是要陈旧过时"。这些年来，我始终信任这样的话，并且视自己为他们中的一员。我知道一个作家需要什么，就像但丁所说："我喜欢怀疑不亚于肯定。"

我已经有十五年的写作历史，我知道这并不长久，我要说的是写作会改变一个人，尤其是擅长虚构叙述的人。作家长时期的写作，会使自己变得越来越软弱、胆小和犹豫不决；那些被认为应该克服的缺点在我这里常常是应有尽有，而人们颂扬的刚毅、果断和英勇无畏则只能在我虚构的笔下出现。思维的训练将我一步一步地推到了深深的怀疑之中，从而使我逐渐地失去理性的能力，使我的思想变得害羞和不敢说话；而另一方面的能力却是茁壮成长，我能够准确地知道一粒纽扣掉到地上时的声响和它滚动的姿态，而且对我来说，它比死去一位总统重要得多。

最后，我要说的是作为一个作家的看法。为此，我想继续谈一谈博尔赫斯，在他那篇迷人的故事《永生》里，有一个"流利自如地说几种语言；说法语时很快转换成英语，又转成叫人捉摸不透的萨洛尼卡的西班牙语和澳门的葡萄牙语"的人，这个干瘦憔悴的人在这个世上已经生活了很多个世纪。在很多个世纪之前，他在沙漠里历经艰辛，找到了一条使人超越死亡的秘密河流，和岸边的永生者的城市（其实是穴居人的废墟）。

博尔赫斯在小说里这样写道："我一连好几天没有找到水，毒辣的太阳、干渴和对干渴的恐惧使日子长得难以忍受。"这个句子为什么令人赞叹，就是因为在"干渴"的后面，博尔赫斯告诉我们还有更可怕的"对干渴的恐惧"。

我相信这就是一个作家的看法。

一九九七年十月十八日

没有一条道路是重复的

应《环球时报》周晓苹女士的邀请，我来为这部出色的小说集作序。其实这份工作应该属于陈众议教授，正是他的不懈支持，当然还有周晓苹的努力工作，才有了今天《小说山庄》的结集出版。

我不知道如何来谈论这部书带给我的阅读感受，这样的感受就像是在热烈的阳光里分辨着里面不同的颜色。这里的作者遍及世界各地，他们来自不同的国家和民族，生活在不同的时代，他们有着不同的宗教信仰和不同的语言文化，有着不同的肤色和不同的年龄，还有不同的嗜好和不同的习惯。太多的不同使他们无法聚集到一起，可是文学做到了，他们聚集到了这部书中，就像不同的颜色被光的道路带到了阳光里。

阅读这部书有时候仿佛是在阅读一幅世界地图，然而我们读到的并不是一张平面的纸，在那些短小的篇幅里，在那些巧妙的构思里，在意外的情节和可信的细节的交叉里，在一个个时而让人感动时而让人微笑的故事里，我们读到了什么？我觉得自己读到了一段段的历史，读到了色彩斑斓的风俗，读到了风格迥异的景色，当然这是人的历史，人的风俗和人的景色，因为在我们读到的一切里，我们都读到了情感的波动。我想这就是文学，文学中的情感就像河床里流动和起伏的水,使历史、风俗和景色变得可以触摸和可以生长。所以这部书并不是一幅关于国家和城市的地图,也不是关于航线和铁路的地图,这一幅地图是由某一个村庄、某一条街道、某一幢房屋、某一片草地和某一个山坡绘成的,或者说它是由某一个微笑、某一颗泪珠、某一个脚步、某一个眼神和某一个转瞬即逝的念头堆积起来的。它是由生活的细节和想象的细节来构成的,如同一滴一滴的水最终汇成了无边无际的大海一样。

世界上没有一条道路是重复的,也没有一个人生是可以替代的。每一个人都在经历着只属于自己生活,世界的丰富多彩和个人空间的狭窄使阅读浮现在了我们的眼前,阅读打开了我们个人的空间,让我们意识到天空的宽广和大地的辽阔,让我们的人生道路由单数变成了复数。文学的阅读更是如此,别人的故事可以丰富自己的生活。阅读这部书就是这样的感受,在这些各不相同的故事里,在这些不断变化的体验里,我们感到自己的生活得到了补充,我们的想象在逐渐膨胀。更有意思的是,这些与自己毫无关系的故事会不断地唤醒自己的记忆,让那些早已遗忘的往事和体验重新回到自己的身边,并且焕然一新。阅读一部书可以不断勾起自己沉睡中的记忆和感受,我相信这样的阅读会有益于自己的身心健康。

二〇〇一年十月十五日

音乐影响了我的写作

二十多年前,有那么一两个星期的时间,我突然迷上了作曲。那时候我还是一名初中的学生,正在经历着一生中最快乐的时光,我记得自己当时怎么也分不清上课和下课的铃声,经常是在下课铃响时去教室上课了,与蜂拥而出的同学们迎面相撞,我才知道又弄错了。那时候我喜欢将课本卷起来,插满身上所有的口袋,时间一久,我所有的课本都失去了课本的形象,像茶叶罐似的,一旦掉到地上就会滚动起来。我的另一个杰作是,我把我所有的鞋都当成了拖鞋,我从不将鞋的后帮拉出来,而是踩着它走路,让它发出那种只有拖鞋才会有的漫不经心的声响。接下去,我欣喜地发现我的恶习在男同学中间蔚然成风,他们的课本也变圆了,他们的鞋后帮也被踩了下去。

这大概是1974年,或者1975年的事,"文革"进入了后期,生活在越来越深的压抑和平庸里,一成不变地继续着。我在上数学课的时候去打篮球,上化学或者物理课时在操场上游荡,无拘无束。然而课堂让我感到厌倦之后,我又开始厌倦自己的自由了,我感到了无聊,我愁眉苦脸,不知道如何打发日子。这时候我发现了音乐,准确的说法是我发现了简谱,于是在像数学课一样无聊的音乐课里，我获得了生活的乐趣，激情回来了，我开始作曲了。

应该说，我并不是被音乐迷住了，我在音乐课上学唱的都是我已经听了十来年的歌，从《东方红》到革命现代京剧，我熟悉了那些旋律里的每一个角落，我甚至都能够看见里面的灰尘和阳光照耀着的情景，它们不会吸引我，只会让我感到头疼。可是有一天，我突然被简谱控制住了，仿佛里面伸出来了一只手，紧紧抓住了我的目光。

当然，这是在上音乐课的时候，音乐老师在黑板前弹奏着风琴，这是一位儒雅的男子，有着圆润的嗓音，不过他的嗓音从来不敢涉足高音区，每到那时候他就会将风琴的高音弹奏得非常响亮，以此蒙混过关。其实没有几个学生会去注意他，音乐课也和其他的课一样，整个教室就像是庙会似的，有学生在进进出出，另外一些学生不是坐在桌子上，就是背对着黑板与后排的同学聊天。就是在这样的情景里面，我被简谱迷住了，而不是被音乐迷住。

我不知道是出于什么原因，可能是我对它们一无所知。不像我翻开那些语文、数学的课本，我有能力去读懂里面正在说些什么。可是那些简谱，我根本不知道它们在干什么，我只知道我所熟悉的那些歌一旦印刷下来就是这副模样，稀奇古怪地躺在纸上，暗暗讲述着声音的故事。无知构成了神秘，然后成了召唤，我确实被深深地吸引了，而且勾引出了我创作的欲望。

我丝毫没有去学习这些简谱的想法，直接就是利用它们的形状开始了我的音乐写作，这肯定是我一生里唯一的一次音乐写作。我记得我曾经将鲁迅的《狂人日记》谱写成音乐，我的做法是先将鲁迅的作品抄写在一本新的作业簿上，然后将简谱里的各种音符胡乱写在上面，我差不多写下了这个世界上最长的一首歌，而且是一首无人能够演奏，也无人有幸聆听的歌。这项工程消耗了我几天的热情，接下去我又将语文课本里其他的一些内容也打发进了音乐的简谱，我在那个时期的巅峰之作是将数学方程式和化学反应式也都谱写成了歌曲。然后，那本作业簿写满了，我也写累了。这时候我对音乐的简谱仍然是一无所知，虽然我已经暗暗拥有了整整一本作业簿的音乐作品，而且为此自豪，可是我朝着音乐的方向没有跨出半步，我不知道自己胡乱写上去的乐谱会出现什么样的声音，只是觉得看上去很像是一首歌，我就完全心意满足了。不久之后，那位嗓音圆润的音乐老师因为和一个女学生有了性的交往，离开学校去了监狱，于是音乐课没有了。

此后，差不多有十八年的时间，我不再关心音乐，只是偶尔在街头站立一会儿，听上一段正在流行的歌曲，或者是经过某个舞厅时，顺便听听里面的舞曲。1983年，我开始了第二次的创作，当然这一次没有使用简谱，而是语言，我像一个作家那样地写作了，然后像一个作家那样地发表和出版自己的写作，并且以此为生。

又是很多年过去了，李章要我为《音乐爱好者》写一篇文章，他要求我今天，也就是11月30日将文章传真给他，可是我今天才坐到写字桌前，现在我已经坐了有四个多小时了，前面的两个小时里打了两个电话，看了几眼电视，又到外面的篮球场上去跑了十圈，然后心想时间正在流逝，一寸光阴一寸金，必须写了。

我的写作还在继续，接下去我要写的开始和这篇文章的题目有点关系了。我经常感到生活在不断暗示我，它向我使眼色，让我走向某一个方向，我在生活中是一个没有主见的人，所以每次我都跟着它走了。在我十五岁的时候，音乐以简谱的方式迷惑了我，到我三十三岁那一年，音乐真的来到了。

我心想：是生活给了我音乐。生活首先要求我给自己买了一套音响，那是在1993年的冬天，有一天我发现自己缺少一套音响，随后我感到应该有。几天以后，我就将自己组合的音响搬回家。那是由美国的音箱和英国的功放以及飞利浦的CD机组织起来的，卡座是日本的，这套像联合国维和部队的音响就这样进驻了我的生活。

接着，CD唱片源源不断地来到了，在短短半年的时间里，我买进了差不多有四百张的CD。我的朋友朱伟是我购买CD的指导老师，那时候他刚离开《人民文学》，去三联书店主编的《爱乐》杂志，他几乎熟悉北京所有的唱片商店，而且精通唱片的品质。我最早买下的二十来张CD就是他的作为，那是在北新桥的一家唱片店，他沿着柜台走过去，察看着版本不同的CD，我跟在他的身后，他不断地从柜子上抽出CD递给我，走了一圈后，他回头看看我手里捧着的一堆CD，问我："今天差不多了吧？"我说："差不多了。"然后，我就去付了钱。

我没有想到自己会如此迅猛地热爱上了音乐，本来我只是想附庸风雅，让音响出现在我的生活中，然后在朋友们谈论马勒的时候，我也可以凑上去议论一下肖邦，或者用那些模棱两可的词语说上几句卡拉扬。然而音乐一下子就让我感受到了爱的力量，像炽热的阳光和凉爽的月光，或者像暴风雨似的来到了我的内心，我再一次发现人的内心其实总是敞开着的，如同敞开的土地，愿意接受阳光和月光的照耀，愿意接受风雪的降临，接受一切所能抵达的事物，让它们都渗透进来，而且消化它们。

我那维和部队式的音响最先接待的客人，是由古尔德演奏的巴赫的《英国组曲》，然后是鲁宾斯坦演奏的肖邦的《夜曲》，接下来是交响乐了，我听了贝多芬、莫扎特、勃拉姆斯、柴可夫斯基、海顿和马勒之后，我突然发现了一个我以前不知道的人——布鲁克纳，这是卡拉扬指挥柏林爱乐乐团演奏的《第七交响曲》，我后来想起来是那天朱伟在北新桥的唱片店拿给我的，当时我手里拿了一堆的CD，我根本不知道有这么一张，结果布鲁克纳突然出现了，史诗般叙述中巨大的弦乐深深感动了我，尤其是第二乐章，使用了瓦格纳大号乐句的那个乐章，我听到了庄严缓慢的内心的力量，听到了一个时代倒下去的声音。布鲁克纳在写作这一乐章的时候，瓦格纳去世了。我可以想象当时的布鲁克纳正在经历着什么，就像那个时代的音乐正在经历的一样，为失去了瓦格纳而百感交集。

然后我发现了巴托克，发现了还有旋律如此丰富、节奏如此迷人的弦乐四重奏，匈牙利美妙的民歌在他的弦乐四重奏里跳跃地出现，又跳跃地消失，时常以半个乐句的方式完成其使命，民歌在最现代的旋律里欲言又止，激动人心。巴托克之后，我认识了梅西安，那是在西单的一家小小的唱片店里，是一个年纪比我大，我们都叫他小魏的人拿给了我，他给了我《图伦加利拉交响曲》，他是从里面拿出来的，告诉我这个叫梅西安的法国人有多棒，我怀疑地看着他，没有买下。过了一些日子我再去小魏的唱片店时，他再次从里面拿出了梅西安。就这样，我聆听并且拥有了《图伦加利拉交响曲》，这部将破坏和创造，死亡和生命，还有爱情熔于一炉的作品让我浑身发抖，直到现在我只要想起来这部作品，仍然会有激动的感觉。不久之后，波兰人希曼诺夫斯基给我带来了《圣母悼歌》，我的激动再次被拉长了。有时候，我仿佛会看到1905年的柏林，希曼诺夫斯基与另外三个波兰人组建了"波兰青年音乐协会"，这可能是世界上最小的协会，在贫穷和伤心的异国他乡，音乐成了壁炉里的火焰，温暖着他们。

音乐的历史深不可测，如同无边无际的深渊，只有去聆听，才能知道它的丰厚，才会意识到它的边界是不存在的。在那些已经家喻户晓的作者和作品的后面，存在着星空一样浩瀚的旋律和节奏，等待着我们去和它们相遇，让我们意识到在那些最响亮的名字的后面，还有一些害羞的和伤感的名字，这些名字所代表的音乐同样经久不衰。

然后，音乐开始影响我的写作了，确切的说法是我注意到了音乐的叙述，我开始思考巴托克的方法和梅西安的方法，在他们的作品里，我可以更为直接地去理解艺术的民间性和现代性，接着一路向前，抵达时间的深处，路过贝多芬和莫扎特，路过亨德尔和蒙特威尔第，来到了巴赫的门口。从巴赫开始，我的理解又走了回来。然后就会意识到巴托克和梅西安独特品质的历史来源，事实上从巴赫就已经开始了，这位巴洛克时代的管风琴大师其实就是一位游吟诗人，他来往于宫廷、教堂和乡间，于是他的内心逐渐地和生活一样宽广，他的写作指向了音乐深处，其实也就指向了过去、现在和未来。如何区分一位艺术家身上兼而有之的民间性和现代性，在巴赫的时候就已经不可能，两百年之后在巴托克和梅西安那里，区分的不可能得到了继承，并且传递下去。尽管后来的知识分子虚构了这样的区分，他们像心脏外科医生一样的实在，需要区分左心室和右心室，区分肺动脉和主动脉，区分肌肉纵横间的分布，从而使他们在手术台上不会迷失方向。可是音乐是内心创造的，不是心脏创造的，内心的宽广是无法解释的，它由来已久的使命就是创造，不断地创造，让一个事物拥有无数的品质，只要一种品质流失，所有的品质都会消亡，因为所有的品质其实只有一种。

这是巴赫给予我的教诲。我要感谢门德尔松，1829年他在柏林那次伟大的指挥，使《马太受难曲》终于得到了它应得的荣耀。多少年过去了，巴赫仍然生机勃勃，他成了巴洛克时代的骄傲，也成了所有时代的骄傲。我无幸聆听门德尔松的诠释，我相信那是最好的。我第一次听到的《马太受难曲》，是加德纳的诠释，加德纳与蒙特威尔第合唱团演绎的巴赫也足以将我震撼。我明白了叙述的丰富在走向极致以后其实无比单纯，就像这首伟大的受难曲，将近三个小时的长度，却只有一两首歌曲的旋律，宁静、辉煌、痛苦和欢乐重复着这几行单纯的旋律，仿佛只用了一个短篇小说的结构和篇幅表达了文学中最绵延不绝的主题。1843年，柏辽兹在柏林听到了它，后来他这样写道：

"每个人都在用眼睛跟踪歌本上的词句，大厅里鸦雀无声，没有一点声音，既没有表示赞赏，也没有指责的声音，更没有鼓掌喝彩，人们仿佛是在教堂里倾听福音歌，不是在默默地听音乐，而是在参加一次礼拜仪式。人们崇拜巴赫，信仰他，毫不怀疑他的神圣性。"

我的不幸是我无法用眼睛去跟踪歌本上的词句，我不明白蒙特威尔第合唱团正在唱些什么，我只能去倾听旋律和节奏的延伸，这样反而让我更为仔细地去关注音乐的叙述，然后我相信自己听到了我们这个世界上最为美妙的叙述。在此之前，我曾经在《圣经》里读到过这样的叙述，此后是巴赫的《平均律》和这一首《马太受难曲》。我明白了柏辽兹为什么会这样说："巴赫就像巴赫，正像上帝就像上帝一样。"

此后不久，我又在肖斯塔科维奇的《第七交响曲》第一乐章里听到了叙述中"轻"的力量，那个著名的侵略插部，侵略者的脚步在小鼓中以一百七十五次的重复压迫着我的内心，音乐在恐怖和反抗、绝望和战争、压抑和释放中越来越深重，也越来越巨大和慑人感官。我第一次聆听的时候，不断地问自己：怎么结束？怎么来结束这个力量无穷的音乐插部？最后的时候我被震撼了，肖斯塔科维奇让一个尖锐的抒情小调结束了这个巨大可怕的插部。那一小段抒情的弦乐轻轻地飘向了空旷之中，这是我听到过的最有力量的叙述。后来，我注意到在柴可夫斯基，在布鲁克纳，在勃拉姆斯的交响乐中，也在其他更多的交响乐中"轻"的力量，也就是小段的抒情有能力覆盖任何巨大的旋律和激昂的节奏。其实文学的叙述也同样如此，在跌宕恢宏的篇章后面，短暂和安详的叙述将会出现更加有力的震撼。

有时候，我会突然怀念起自己十五岁时的作品，那些写满了一本作业簿的混乱的简谱，我不知道什么时候丢掉了它，它的消失会让我偶尔唤起一些伤感。我在过去的生活中失去了很多，是因为我不知道失去的重要，我心想在今后的生活里仍会如此。如果那本作业簿还存在的话，我希望有一天能够获得演奏，那将是什么样的声音？胡乱的节拍，随心所欲的音符，最高音和最低音就在一起，而且不会有过渡，就像山峰没有坡度就直接进入峡谷一样。我可能将这个世界上最没有理由在一起的音节安排到了一起，如果演奏出来，我相信那将是最令人不安的声音。

一九九八年十二月二日

文学中的现实

什么是文学中的现实？我要说的不是一列火车从窗前经过，不是某一个人在河边散步，不是秋天来了树叶就掉了，当然这样的情景时常出现在文学的叙述里，问题是我们是否记住了这些情景？当火车经过以后不再回到我们的阅读里，当河边散步的人走远后立刻被遗忘，当树叶掉下来读者无动于衷，这样的现实虽然出现在了文学的叙述中，它仍然只是现实中的现实，仍然不是文学中的现实。

我在中国的小报上读到过两个真实的事件，我把它们举例出来，也许可以说明什么是文学中的现实。两个事件都是令人不安的，一个是两辆卡车在国家公路上迎面相撞，另一个是一个人从二十多层的高楼上跳下来，这样的事件在今天的中国几乎每天都在发生，已经成为记者笔下的陈词滥调，可是它们引起了我的关注，这是因为两辆卡车相撞时，发出巨大的响声将公路两旁树木上的麻雀纷纷震落在地；而那个从高楼跳下来自杀身亡的人，剧烈的冲击使他的牛仔裤都崩裂了。麻雀被震落下来和牛仔裤的崩裂，使这两个事件一下子变得与众不同，变得更加触目惊心，变得令人难忘，我的意思是说让我们一下子读到了文学中的现实。如果没有那些昏迷或者死亡的麻雀铺满了公路的描写，没有牛仔裤崩裂的描写，那么两辆卡车相撞和一个人从高楼跳下来的情景，即便是进入了文学，也是很容易被阅读遗忘，因为它们没有产生文学中的现实，它们仅仅是让现实事件进入了语言的叙述系统而已。而满地的麻雀和牛仔裤的崩裂的描写，可以让文学在现实生活和历史事件里脱颖而出，文学的现实应该由这样的表达来建立，如果没有这样的表达，叙述就会沦落为生活和事件的简单图解。这就是为什么生活和事件总是转瞬即逝，而文学却是历久弥新。

我们知道文学中的现实是由叙述语言建立起来的，我们来读一读意大利诗人但丁的诗句。在那部伟大的《神曲》里，奇妙的想象和比喻，温柔有力的结构，从容不迫的行文，让我对《神曲》的喜爱无与伦比。但丁在诗句里这样告诉我们："箭中了目标，离了弦。"但丁在诗句里将因果关系换了一个位置，先写箭中了目标，后写箭离了弦，让我们一下子读到了语言中的速度。仔细一想，这样的速度也是我们经常在现实生活中可以感受到的，问题是现实的逻辑常常制止我们的感受能力，但丁打破了原有的逻辑关系后，让我们感到有时候文学中的现实会比生活中的现实更加真实。

另一位作家叫博尔赫斯，是阿根廷人，他对但丁的仰慕不亚于我。在他的一篇有趣的故事里，写到了两个博尔赫斯，一个六十多岁，另一个已经八十高龄了。他让两个博尔赫斯在漫长旅途中的客栈相遇，当年老的博尔赫斯说话时，让我们看看他是如何描写声音的，年轻一些的博尔赫斯这样想："是我经常在我的录音带上听到的那种声音。"

将同一个人置身到两种不同时间里，又让他们在某一个相同的时间和相同的环境里相遇，毫无疑问这不是生活中的现实，这必然是文学中的现实。我也在其他作家的笔下读到过类似的故事，让一个人的老年时期和自己的年轻时期相遇，再让他们爱上同一个女人，互相争夺又互相礼让。这样的花边故事我一个都没有记住，只有博尔赫斯的这个故事令我难忘，当年老的那位说话时，让年轻的那位觉得是在听自己声音的录音。我们可以想象这是什么样的声音，苍老和百感交集的声音，而且是自己将来的声音。录音带的转折让我们读到了奇妙的差异，这是隐藏在一致性中的差异，正是这奇妙的差异性的描写，让六十多岁的博尔赫斯和八十岁的博尔赫斯相遇时变得真实可靠，当然这是文学中的真实。

在这里录音带是叙述的关键，或者说是出神入化的道具，正是这样的道具使看起来离奇古怪的故事有了现实的依据，也就是有了文学中的现实。我还可以举出另外一个例子，法国作家尤瑟纳尔在她的一部关于中国的故事里，一个名叫林的人在皇帝的大殿上被砍下了头颅之后，他又站到了画师王佛逐渐画出来的船上，在海风里迎面而来，林在王佛的画中起死回生是尤瑟纳尔的神来之笔，最重要的是尤瑟纳尔在林的脖子和脑袋分离后重新组合时增加了一个道具，她这样写："他的脖子上围着一条奇怪的红色围巾。"这仿佛象征了血迹的令人赞叹的一笔，使林的复活惊心动魄，也使林的生前和死后复生之间出现了差异，于是叙述就有了现实的依据，也就更加有力和合理。

但丁射箭的诗句，博尔赫斯的录音带，还有尤瑟纳尔的红色围巾，让我们感到伟大作家所具有的卓越的洞察力。人们总是喜欢强调想象对于文学的重要，其实洞察也是同样的重要，当想象飞翔的时候，是洞察在把握着它的方向。可以这么说，没有洞察帮助掌握分寸的想象，往往是胡思乱想。只有当想象和洞察完美地结合起来时，才会有但丁射箭的诗句，博尔赫斯的录音带和尤瑟纳尔的红色围巾，才会有我这里所说的文学中的现实。

二〇〇三年十月

荒诞是什么

我写下过荒诞的小说，但是我不认为自己是一个荒诞派作家，因为我也写下了不荒诞的小说。荒诞的叙述在我们的文学里源远流长，已经是最为重要的叙述品质之一。从 20 世纪西方文学的传统来看，荒诞的叙述也是因人因地因文化而异，比如贝克特和尤奈斯库的作品，他们的荒诞十分抽象，这和当时的西方各路思潮风起云涌有关，他们的荒诞是贵族式的思考，是饱暖思荒诞。

卡夫卡的荒诞是饥饿式的，是穷人的荒诞，而且和他生活的布拉格紧密相关，卡夫卡时代的布拉格充满了社会的荒诞性，就是今天的布拉格仍然如此。

有个朋友去参加布拉格的文学节，回来后向我讲述他亲身经历的一件事。文学节主席的手提包被偷了，那个小偷是大模大样走进办公室，坐在他的椅子上，当着文学节工作人员的面，逐个拉开抽屉寻找什么，然后拿着手提包走了。傍晚的时候，文学节主席回来后找不到手提包，问工作人员，工作人员说是一个长得什么样的人拿走的，以为是他派来取包的，他才知道被偷走了。手提包里是关于文学节的全部材料，这位主席很焦急，虽然钱包在身上，可是这些材料对他很重要。没想到过了一会儿小偷回来了，生气地指责文学节主席，为什么手提包里面没有钱。文学节主席看到小偷双手空空，问他手提包呢？小偷说扔掉了。文学节主席和几个外国作家诗人（包括我的朋友）把小偷扭送到警察局，几个警察正坐在楼上打牌，文学节主席用捷克语与警察说了一通话，然后告诉那几位外国作家诗人，说是警察要打完牌才下来处理。他们耐心等着，等了很久，一个警察很不情愿地走下楼，先是给小偷做了笔录，做完笔录就把小偷放走了。然后给文学节主席做笔录，再给几位外国作家诗人做笔录，他们是证人。这时候问题出来了，几位外国作家诗人不会说捷克语，需要找专门的翻译过来，文学节主席说他可以当翻译，将这几位证人的话从英语翻译成捷克语，警察说不行，因为文学节主席和这几位外国作家诗人认识，要找一个不认识的翻译过来。文学节主席打了几个电话，终于找到一个翻译，等翻译赶到，把所有证人的笔录做完后天快亮了，文学节主席带着这几位外国作家诗人离开警察局时，苦笑地说那个小偷正在做美梦呢。我的朋友讲完后说："所以那个地方会出卡夫卡。"

还有马尔克斯的荒诞，那是拉美政治动荡和生活离奇的见证，今天那里仍然如此，前天晚上我的巴西译者修安琪向我讲述了现在巴西的种种现实。她说自己去一个朋友家，距离自己家只有一百米，如果天黑后，她要叫一辆出租车把自己送回去，否则就会遇到抢劫。她说平时口袋里都要放上救命钱，遇到抢劫时递给劫匪。她的丈夫有一天晚饭后在家门口的小路上散步，天还没黑，所以没带上救命钱，结果几个劫匪用枪顶着他的脑门，让他交钱出来，他说没带钱，一个劫匪就用枪狠狠地砸向他的左耳，把他的左耳砸聋了。还有一个真实的故事，当年巴西著名的球星卡洛斯，夏天休赛期回到巴西，开着他的跑车兜风，手机响了，是巴西一个有上亿人收听的足球广播的主持人打来的，主持人要问卡洛斯几个问题，卡洛斯说让他先把车停好再回答，等他停好车准备回答问题时，一把枪顶住他的脑门了，他急忙对主持人说先让他把钱付了再回答问题。差不多有几千万人听到了这个直播，可是没有人觉得奇怪。

美国的黑色幽默也是荒诞，是海勒他们那个时代的见证。我要说的是，荒诞的叙述在不同的作家，不同的时代，不同的民族那里表达出来时，是完全不同的。用卡夫卡式的荒诞去要求贝克特是不合理的，同样用贝克特式的荒诞去要求马尔克斯也是不合理的。这里浮现出来了一个重要的阅读问题，就是用先入为主的方式去阅读文学作品是错误的，伟大的阅读应该是后发制人，那就是怀着一颗空白之心去阅读，在阅读的过程里内心迅速地丰富饱满起来。因为文学从来都是未完成的，荒诞的叙述品质也是未完成的，过去的作家已经写下了形形色色的荒诞作品，今后的作家还会写下与前者不同的林林总总的荒诞作品。文学的叙述就像是人的骨髓一样，需要不断造出新鲜的血液，才能让生命不断前行，假如文学的各类叙述品质已经完成了固定了，那么文学的白血病时代也就来临了。

长篇小说的写作

相对于短篇小说，我觉得一个作家在写作长篇小说的时候，似乎离写作这种技术性的行为更远，更像是在经历着什么，而不是在写作着什么。换一种说法，就是短篇小说表达时所接近的是结构、语言和某种程度上的理想。短篇小说更为形式的理由是它可以严格控制在作家完整的意图里。长篇小说就不一样了，人的命运，背景的交换，时代的更替在作家这里会突出起来，对结构和语言的把握往往成了另外一种标准，也就是人们衡量一个作家是否训练有素的标准。

这是有道理的。由于长篇小说写作时间上的拉长，从几个月到几年，或者几十年，这中间小说的叙述者将会有很多小说之外的经历，当小说中人物的命运往前推进时，作家自身的生活也在变化着，这样的变化会使作家不停地质问自己：正在进行中的叙述是否值得？

因此长篇小说的写作同时又是对作家信念的考验，当然也是对叙述过程的不断证明，证明正在进行中的叙述是否光彩照人，而接下去的叙述，也就是在远处等待着作家的那些意象，那些片言只语的对话，那些微妙的动作和目光，还有人物命运出现的突变，这一切是否能够在很长时间里,保持住对作家的冲击。

　　让作家始终不渝,就像对待爱一样对待正在写作中的长篇小说,这就要求作家在对自己的作品充满信心的同时,还一定要有体力上的保证,只有足够的体力,才可以使作家真正激动起来,使作家泪流满面,浑身发抖。

　　问题是在长篇小说的写作过程里,作家经常会遇上令人沮丧的事。比如说疾病,一次小小的感冒都会葬送一部辉煌的作品。因为在长篇小说的写作中,任何一个章节都是至关重要的,如果有一个章节在叙述中趋向平庸,带来的结果很可能是后面章节更多的平庸。平庸的细胞在长篇小说里一旦扩散,其速度就会像人口增长一样迅速。这时候作家往往会自暴自弃,对自己写作开始不满,而且是越来越不满,接下去开始愤怒了,开始恨自己,并且对自己破口大骂,挥手抽自己的嘴巴,最后是凄凉的怀疑,怀疑自己的才华,怀疑正在写作中的小说是否有价值。这时作家的信心完全失去了,他觉得自己被抛弃了,被语言、被结构、被人物甚至被景色,被一切所抛弃。他觉得自己正在进行的写作只是往垃圾上倒垃圾,因为他失去了一切为他而来的爱,同时也背叛了自己的爱。到头来他只好无可奈何地发出一声声苦笑,心想这一部长篇小说算是完蛋了,这一次只能这样了,只能凑合着写完了。然后他将全部的希望寄托到下一部长篇小说之中,可是谁能够保证他在下一部长篇小说的写作中不再感冒?可能他不会再感冒了,但是他的胃病出现了,或者就是难以克服的失眠……

作家在写作长篇小说的时候,需要去战斗的事实在是太多了,并且在每一次战斗中都必须是胜利者,任何一次微不足道的失败,都有可能使他的写作前功尽弃。作家要克服失眠,要战胜疾病,同时又要抵挡来自生活中的世俗的诱惑,这时候的作家应该清心寡欲,应该使自己宁静,只有这样,作家写作的激情才有希望始终饱满,才能够在写作中刺激着叙述的兴奋。

我注意到苏童在接受一次访问时,解释他为何喜欢短篇小说,其中之一的理由就是——他这样说:我始终觉得短篇小说使人在写的时候还没有出现困顿、疲乏阶段时它就完成了。

苏童所说的疲乏,正是长篇小说写作中最普遍的困难,是一种身心俱有的疲乏。作家一方面要和自己的身体战斗,另一方面又要和灵感战斗,因为灵感不是出租汽车,不是站在大街上等待就可以得到的东西,作家必须付出内心全部的焦虑、不安、痛苦和呼吸困难之后,也就是在写字桌前坐上几个小时,或者几天以后,才能够看到灵感之光穿过层层叙述的黑暗,照亮自己。

这时候作家有点像是来到了足球场上,只有努力地奔跑,长时间地无球奔跑之后,才有可能获得一次起脚射门。

对于作家来说,一部长篇小说的开始是重要的,但是不会疲乏。只有在获得巨大的冲动以后,作家才会坐到写字桌前,正式写作起他的长篇小说。这时候作家对自己将要写的作品即便不是深谋远虑,也已经在内心里激动不安。所以长篇小说开始的部分,往往是在灵感已经来到以后才会落笔,这时候对于作家的写作行为来说是不困难的，真正的困难是在"继续"上面，也就是每天坐到桌子前，将前一天写成的如何往下继续时的困难。

这是最难受的时候，作家首先要花去很多时间来调整自己的呼吸和自己的情绪，因为在一分钟之前作家还在打电话，或者正蹲在卫生间里干着排泄的事情。就是说作家一分钟以前还在三心二意地生活着，他干的事与正要写的作品毫无关系，一分钟以后他就必须使自己成为另外一个人，一个叙述者，一个不再散漫的人，他开始责任重大，因为写出来的每一个字和每一个标点符号，都是他重新生活的开始，这重新开始的生活与他的现实生活截然不同，是欲望的、想象的、记忆的生活，也是井然有序的生活，而且决不允许他犯错误，一个小小的错误都会使他的叙述走上邪路，在长篇小说的写作过程里，叙述不会给作家提供很多悔过自新或者重新做人的机会。叙述一旦走上了邪路，叙述不仅不会站出来挽救叙述者，相反还会和叙述者一起自暴自弃。这就像是请求别人原谅自己是容易的，可是要请求自己原谅自己就十分艰难了，因为这时候他往往不知道该怎么办。

因此，作家必须保持始终如一的诚实，必须在写作过程里集中他所有的美德，必须和他现实生活中的所有恶习分开。在现实中，作家可以谎话连篇，可以满不在乎，可以自私、无聊和沾沾自喜，可是在写作中，作家必须是真诚的，是认真严肃的，同时又是通情达理和满怀同情和怜悯之心，只有这样，作家的智慧和警觉才能够在漫长的长篇小说写作中，不受到任何伤害。

所以，当作家坐到写字桌前时，首先要做的，就是问一问自己，是否具备了高尚的品质？

然后，才是将前一天的叙述如何继续下去，这时候作家面临的就是如何写作了，这是艰难的工作，通过叙述来和现实设立起紧密的关系。与其说是设立，还不如说是维持和发展下去。因为在作品的开始部分，作家已经设立了与现实的关系，虽然这时候仅仅是最初的关系，然而已经是决定性的关系了。优秀的作家都知道这个道理，与现实签订什么样的合约，决定了一部作品完成之后是什么样的品格。因为在一开始，作家就必须将作品的语感、叙述方式和故事的位置确立下来。也就是说，作家在一开始就应该让自己明白，正在叙述中的作品是一个传说，还是真实的生活？是荒诞的，还是现实的？或者两者都有？

当卡夫卡在其《审判》的开始，让约瑟夫·K莫名其妙地在一天早晨被警察逮捕，接着警察又莫名其妙地让他继续自由地去工作时，卡夫卡在逮捕与自由这自相矛盾之中，签订了《审判》与现实的合约。这是一份幽默的合约，从一开始，卡夫卡就不准备讲述一个合乎逻辑的故事，他虽然一直在冷静地叙述着现实的逻辑，可是在故事发展的关键时刻，他又完全破坏了逻辑。这就是《审判》从一开始就建立的叙述，这样的叙述一直贯穿到作品的结尾。卡夫卡用人们熟悉的方式讲述所有的细节，然后又令人吃惊地用人们很不习惯的方式创造了所有的情节。

另一位作家纳撒尼尔·霍桑，在《红字》的开始就把海丝特推到了一个忍辱负重的位置上，这往往是一部作品结束时的场景。让一个女人从监狱里走出来，可是迫使她进入监狱的耻辱并没有离她而去，而是作为了一个标记（红Ａ字）挂在了她的胸前……霍桑就是这样开始了他的叙述，他从一开始就建立起内心与现实的冲突，内心的高尚和生活的耻辱重叠到了一起，同时又泾渭分明。

还有一位作家福克纳，在其《喧哗与骚动》的第一页这样写道：

> 透过栅栏，穿过攀绕的花枝的空当，我看见他们在打球。他们朝插着小旗的地方走过来，我顺着栅栏朝前走。勒斯特在那棵开花的树旁草地里找东西。他们把小旗拔出来，打球了。接着他们又把小旗插回去，来到高地上，这人打了一下，另外那人也打了一下……

显然，作品中的"我"不知道他们是在打高尔夫球，他只知道："这人打了一下，另外那人也打了一下。"他也不知道勒斯特身旁的是什么树，只知道是一棵开花的树。于是我们明白了这是一个十分简单的头脑，世界给它的图像只是"这人打了一下，那人也打了一下"。

在这里，福克纳开门见山地告诉了自己，他接下去要描述的是一个空白的灵魂，在这灵魂上面没有任何杂质，只有几道深浅不一的皱纹，有时候会像湖水一样波动起来。于是在很多年以后，也就是福克纳离开人世之后，我有幸读到了这部伟大作品的中译本，认识了一个伟大的白痴——班吉明。

卡夫卡、霍桑、福克纳，在他们各自的长篇小说里，都是一开始就确立了叙述与现实的关系，而且都是简洁明了，没有丝毫含糊其词的地方。他们在心里都很清楚这样的事实：如果在作品的第一页没有表达出作家叙述的倾向，那么很可能在第一百页仍然不知道自己正在写些什么。

真正的问题是在合约签订以后，如何来完成，作家接下去的写作在很大程度上成了对合约的理解。作家在写作之前，有关这部长篇小说的构想很可能只有几千字，而作品完成之后将会在十多万字以上。因此真正的工作就是一日接着一日地坐到桌前，将没有完成的作品向着没有完成的方向发展，只有在写作的最后时刻，作家才有可能看到完成的方向。这样的时刻往往只会出现一次，等到作家试图重新体会这样的感受时，他只能去下一部长篇小说寻找机会了。

因此，长篇小说的写作过程，是作家重新开始的一段经历，写作是否成功，也就是作家证明自己的经历是否值得。当几个陌生的名字出现在作品的叙述中时，作家对他们的了解可以说是和他们的名字一样陌生，只有通过叙述的不断前进和深入，作家才慢慢明白过来，这几个人是来干什么的。他们在作家的叙述里出生，又在作家的叙述里完整起来。他们每一次的言行举止，都会让作家反复询问自己：是这样吗？是他的语气吗？是他的行为吗？或者在这样的时候，他为什么要这样做和这样说？

一部长篇小说就是这样完成的，长途跋涉似的写作，不断的自信和不断的怀疑。最困难的还是前面多次说到过的"继续"，今天的写作是为了继续昨天的，明天的写作又是为了继续今天的，无数的中断和重新开始。就在这些中断和开始之间，隐藏着无数的危险，从作家的体质到叙述上的失误，任何一个弱点都会改变作品的方向。所以，作家在这种时候只有情绪饱满和小心翼翼地叙述。有时候作家难免会忘乎所以，因为作品中的人物突然说出了一句让他意料不到的话，或者情节的发展使他大吃一惊，这种时候往往是十分美好的，作家感到自己获得了灵感的宠爱，同时也暗示了作家对自己作品的了解已经深入到了命运的实质。这时候作家在写作时可以左右逢源了。

几乎所有的作家都面临这样的困难，就是将前面的叙述如何继续下去。当然也有例外，比如海明威，他说他总是在知道下面该怎么写的时候停笔，所以第二天他继续写作时就不会遇上麻烦了。另一位作家加西亚·马尔克斯站出来证明了海明威的话，他说他自从使用海明威的写作经验后，再也不怕坐到桌前继续前一天的写作了。海明威和马尔克斯说这样的话时，都显得轻松愉快，因为那个时候他们都没有在写作，他们正和记者坐在一起信口开河，而且他们谈论的都是已经完成了的长篇小说，他们已经克服了那几部长篇小说写作中的所有困难，于是他们也就好了伤疤忘了疼痛。

一九九六年四月五日

飞翔和变形

——关于文学作品中的想象之一

今天演讲的主题是文学作品中的想象[1],"想象"是一个十分迷人的词汇。还有什么词汇比想象更加迷人？我很难找到。这个词汇表达了无拘无束、天马行空和绚丽多彩等等。

今天有关想象的话题将从天空开始，人类对于天空的想象由来已久，而且生生不息。我想也许是天空无边无际的广阔和深远，让我们忍不住想入非非；湛蓝的晴天，灰暗的阴天，霞光照耀的天空，满天星辰的天空，云彩飘浮的天空，雨雪纷飞的天空……天空的变幻莫测也让我们的想入非非开始变幻莫测。

差不多每一个民族都虚构了一个天上的世界，这个天上的世界与自己所处的人间生活遥相呼应，或者说是人们在自身的生活经验里，想象出来的一个天上世界。西方的神仙和东方的神仙们虽然上天入地呼风唤雨，好像无所不能，因为他们诞生于人间的想象，所以他们充分表达了人间的欲望和情感，比如喜好美食，讲究穿戴等等，他们不愁吃不愁穿，个个都像大款，同时名利双收，个个都是名人。人间有公道，天上就有正义；人间有爱情，天上就有情爱；

---

[1] 本文系作者在韩国延世大学的演讲。

人间有尔虞我诈，天上不乏争权夺利；人间有偷情通奸，天上不乏好色之徒……

我要说的就是神话传说，这些故事中的神仙经常要从天上下来，来到人间干些什么，或主持公道，或谈情说爱等等，然后故事开始引人入胜了。我今天要说的是这些神仙是怎么从天上下来的，又怎么回到天上去。这可能是阅读神话传说时经常让人疏忽的环节，其实这是非常重要的环节，可以衡量故事讲述者是否具有了叙述的美德，或者说故事的讲述者是否真正理解了想象的含义。

什么是想象的含义？很多年前我开始为《读书》杂志写作文学随笔时，曾经涉及这个问题，当时只是浮光掠影，今天可以充分地讨论。当我们考察想象在文学作品中的作用时，必须面对另外一种能力，就是洞察的能力。我的意思是说，只有当想象力和洞察力完美结合时，文学中的想象才真正出现，否则就是瞎想、空想和胡思乱想。

现在我们讨论第一个话题——飞翔，也就是文学作品中的人物如何飞翔。有一次加西亚·马尔克斯在和朋友谈到《百年孤独》写作时遇到的一个难题，就是俏姑娘雷梅黛丝如何飞到天上去。对于很多作家来说，这可能并不是一个难题，这些作家只要让人物双臂一伸就可以飞翔了，因为一个人飞到天上去本来就是虚幻的，或者说是瞎编的。既然是虚幻和瞎编的，只要随便地写一下这个人飞起来就行了。可是加西亚·马尔克斯是伟大的作家，对于伟大的作家来说，雷梅黛丝飞到天上去既不是虚幻也不是瞎编，而是文学中的想象，是值得信任的叙述，因此每一个想象都需要寻找到一个现实的依据。马尔克斯需要让他的想象与现实签订一份协议，马尔克斯一连几天都不知道如何让雷梅黛丝飞到天上去，他找不到协议。由于雷梅黛丝上不了天空，马尔克斯几天写不出一个字，然后在某一天的下午，他离开自己的打字机，来到后院，当时家里的女佣正在后院里晾床单，风很大，床单斜着向上飘起，女佣一边晾着床单一边喊叫着说床单快飞到天上去了。马尔克斯立刻获得了灵感，他找到了雷梅黛丝飞翔时的现实依据，他回到书房，回到打字机前，雷梅黛丝坐着床单飞上了天。马尔克斯对他的朋友说，雷梅黛丝飞呀飞呀，连上帝都拦不住她了。

我想，马尔克斯可能知道《一千零一夜》里神奇的阿拉伯飞毯，那张由思想来驾驶的神奇飞毯，应该是一个家喻户晓的故事。当然这不重要，重要的是无论是山鲁佐德的讲述，还是马尔克斯的叙述，当人物在天上飞翔的时候，他们都寻找到了现实的依据。可以说《一千零一夜》里的阿拉伯飞毯与《百年孤独》的床单是异曲同工，而且各有归属。神奇的飞毯更像是神话中的表达，而雷梅黛丝坐在床单上飞翔，则是充满了生活的气息。

在希腊的神话和传说里，为了让神们的飞翔合情合理，作者借用了鸟的形象，让神的背上生长出一对翅膀。神一旦拥有了翅膀，也就拥有了飞翔的理由，作者也可以省略掉那些飞翔时的描写，因为读者在鸟的飞翔那里已经提前获得了神飞翔时的姿势。那个天上的独裁者宙斯，有一个热衷于为父亲拉皮条的儿子赫耳墨斯，赫耳墨斯的背上有着一对勤奋的翅膀,他上天下地,为自己的父亲寻找漂亮姑娘。

在我有限的阅读里,有关神仙们如何从天上下来,又如何回到天上去的描写,我觉得中国晋代干宝所著的《搜神记》里的描写,堪称第一。干宝笔下的神仙是在下雨的时候,从天上下来;刮风的时候,又从地上回到了天上。利用下雨和刮风这样两个自然界的景象来表达神仙的上天下地,既有了现实生活的依据,也有了神仙出入时有别于世上常人的潇洒和气势。就像希腊神话和传说中,当宙斯对人间充满愤怒时,"他正想用闪电鞭挞整个大地",将闪电比喻成鞭子,十分符合宙斯的身份,如果是用普通的鞭子,就不是宙斯了,充其量是一个生气的马车夫。《搜神记》里的这个例子,可以说是想象力和洞察力的完美结合。

第二个话题是文学如何叙述变形,也就是人可以变成动物、变成树木、变成房屋等等。我们在中国的笔记小说和章回小说里可以随时读到这样的描写,当神仙对凡人说完话,经常是"化作一阵清风"离去,这样的描写可以让凡人立刻醒悟过来,原来刚才说话的是神仙,而且从此言听计从。这个例子显示了在中国的文学传统里,总是习惯将风和神仙的行动结合起来。上面《搜神记》里的例子是让神仙借着风上天,这个例子干脆让神仙变形成了风。我想自然界里风的自由自在的特性,直接产生了文学叙述里神仙行动的随心所欲和不可捉摸。另一方面,比如树叶,比如纸张等等,被风吹到了天空上,也是我们生活中熟悉的景象。就像《红楼梦》里薛宝钗所云:"好风凭借力,送我上青云。"正是这些为我们所熟悉的自然景象,让神仙无论是借风上天,还是变成风消失,都获得了文学意义上的合法性。

在《西游记》里,孙悟空和二郎神大战时不断变换自己的形象,而且都有一个动作——摇身一变,身体摇晃一下,就变成了动物。这个动作十分重要,既表达了变的过程,也表达了变的合理。如果变形时没有身体摇晃的动作,直接就变过去了,这样的变形就会显得唐突和缺乏可信。可以这么说,这个摇身一变,是想象力展开的时候,同时出现的洞察力为我们提供了现实的依据。

我们读到孙悟空变成麻雀停在树梢,二郎神立刻变成饿鹰,抖开翅膀,飞过去扑打;孙悟空一看大事不妙,变成一只大鹚冲天而去,二郎神马上变成海鹤追上云霄;孙悟空俯冲下来,淬入水中变成一条小鱼,二郎神接踵而至变成鱼鹰飘荡在水波上;孙悟空只好变成一条水蛇游近岸钻入草中,二郎神追过去变成了一只朱绣顶的灰鹤,伸着长嘴来吃水蛇;孙悟空急忙变成一只花鸨,露出一副痴呆样子,立在长着蓼草的小洲上。这时候草根和贵族的区别出来了,身为贵族阶层的二郎神看见草根阶层的孙悟空变得如此低贱,因为花鸨是鸟中最贱最淫之物,不愿再跟着变换形象,于是现出自己的原身,取出弹弓,拽满了,一个弹子将孙悟空打了一个滚。

这一笔看似随意,却十分重要,显示出了叙述者在其想象力飞翔的时候,仍然对现实生活明察秋毫。对于出生草根的孙悟空来说,变成什么不重要,重要的是达到自己的目的;贵族出生的二郎神就不一样,在变成飞禽走兽的时候,必须变成符合自己贵族身份的动物。不像孙悟空那样,可以变成花鸨,甚至可以变成一堆牛粪。

在这个章节的叙述里,无论孙悟空和二郎神各自变成了什么,吴承恩都是故意让他们露出破绽,从而让对方一眼识破。孙悟空被二郎神一个弹子打得滚下了山崖,伏在地上变成了一座土地庙,张开的嘴巴像是庙门,牙齿变成门扇,舌头变成菩萨,眼睛变成窗棂,可是尾巴不好处理,只好匆匆变成一根旗杆,竖在后面。没有庙宇后面竖立旗杆的,这又是一个破绽。

孙悟空和二郎神变成动物后出现的破绽,一方面可以让故事顺利发展,正是变形后不断出现的破绽,才能让二者之间的激战不断持续;另一方面也揭示了文学叙述里的一个准则,或者说是文学想象的一个准则,那就是洞察力的重要性。通过文学想象叙述出来的变形,总是让变形的和原本的之间存在着差异,这差异就是想象力留给洞察力的空间。这个由想象留出来的空间通常十分微小,而且瞬间即逝,只有敏锐的洞察力可以去捕捉。

阅读的经历告诉我们,无论是神话和传说的叙述,还是超现实和荒诞的叙述,文学的想象在叙述变形时留出来的差异,经常是故事的重要线索,在这个差异里诞生出下一个引人入胜的情节,而且这下一个情节仍然会留出差异的空间,继续去诞生新的隐藏着差异的情节,直到故事结尾的来临。

在希腊的神话和传说里,伊俄的故事是一个很好的例子。美丽的伊俄有一天在草地上为她父亲牧羊的时候，被好色之徒宙斯看上了。宙斯变形成一个男人，用甜美的言语挑逗引诱她，伊俄恐怖地逃跑，跑得像飞一样的快，也跑不出宙斯的控制。这时宙斯之妻，诸神之母赫拉出现了，经常被丈夫背叛的赫拉，始终以顽强的疑心监视着宙斯。宙斯预先知道赫拉赶来了，为了从赫拉的嫉恨中救出伊俄，宙斯将美丽的少女变形成了一头雪白的小母牛，打算蒙混过关。赫拉一眼识破了丈夫的诡计，夸奖起小母牛的美丽，提出要求，希望宙斯将这头雪白美丽的小母牛作为礼物送给她。这时的原文是这样写的："欺骗遇到了欺骗。"宙斯尽管不愿失去光艳照人的伊俄，可是害怕赫拉的嫉恨会像火焰一样爆发，从而毁灭他的小情人，宙斯只好暂时将小母牛送给了他的妻子。

伊俄的悲剧开始了，赫拉把这个情敌交给了百眼怪物阿耳戈斯看管。阿耳戈斯睡眠的时候，只闭上两只眼睛，其他的眼睛都睁开着，在他的额前脑后像星星一样发着光。赫拉命令阿耳戈斯将伊俄带到天边，离开宙斯越远越好。伊俄跟着阿耳戈斯浪迹天涯，白天吃着苦草和树叶，饮着污水；晚上脖颈锁上沉重的锁链，躺在坚硬的地上。

"小母牛的心怀着人类的悲哀，在兽皮下跳跃着。"叙述的差异出现了，变形的小母牛和原本的小母牛之间的差异，就是在伊俄变形为小母牛后随时显示出人的特征。可怜的伊俄常常忘记自己不再是人类，她要举手祷告时，才想起来自己没有手。她想以甜美感人的话向百眼怪物祈求时，发出的却是牛犊的鸣叫。关于伊俄命运的叙述不断地出现这样的差异，如同阶梯一样级级向上，叙述时接连出现的差异将伊俄的命运推向了悲剧的高潮。

变形为小母牛的伊俄在百眼怪物阿耳戈斯的监管下游牧各地，多年后她来到了自己的故乡，来到她幼时常常嬉游的河岸。故事的讲述者这时候才让她第一次看到自己变形以后的模样，"当那有角的兽头在河水的明镜中注视着她，她在战栗的恐怖中逃避开自己的形象。"母牛的形象和人的感受之间的差异产生了悲剧，而且是在象征她昔日美好生活的河岸上产生的。

叙述的差异继续向前，伊俄充满渴望地走向了她的姐妹和父亲，可是她的亲人都不认识她，感人至深的情景来到了。父亲伊那科斯喜爱这头雪白的小母牛，抚摸拍打着她光艳照人的身躯，从树上摘下树叶给她吃。"但当这小母牛感恩地舔着他的手，用亲吻和人类的眼泪爱抚他的手时，这老人仍猜不出他所抚慰的是谁，也不知道谁在向他感恩。"

历经艰辛的伊俄仍然保持着人类的思想，没有因为变形而改变，她用小母牛的蹄弯弯曲曲地在沙上写字，告诉父亲她是谁。多么美妙的差异叙述，准确的母牛的动作描写，蹄弯弯曲曲，写下的却是人类的字体。正是变形后仍然保持着人类的情感和思想，使伊俄与原本的真正母牛之间出现了一系列的差异，这一系列的差异成了叙述的纽带，最后的高潮也产生于差异中。当伊俄弯弯曲曲地用蹄在沙地上写字时，读者所感叹的已经不是作者的想象力，而是作者的洞察力了。在这个故事里，如果说想象力制造了叙述的差异，那么盘活这一系列叙述差异的应该是洞察力。

伊俄的父亲立刻明白了站在面前的是自己的孩子，"多悲惨呀！"老人惊呼起来，抱住他的呜咽着的女儿的两角和脖颈，"我走遍全世界寻找你，却发现你是这个样子！"

伊俄变形的故事让我们更多地获得这样的感受，在小母牛的躯体里，以及小母牛的动作和声音里，人类的特征如何在挣扎。在波兰作家布鲁诺·舒尔茨的变形故事里，曾经精确地表达了人变形为动物以后的某些动物特征。

和《希腊神话和传说》的作者斯威布一样，也和《西游记》的作者吴承恩一样，舒尔茨的变形故事的叙述纽带也是一系列差异的表达。布鲁诺·舒尔茨笔下的父亲经常逃走，又经常回来，而且是变形后回来。当父亲变形为螃蟹回到家中后，虽然他已经成了人的食物，可是仍然要参与到一家人的聚餐里，每当吃饭的时候，他就会来到餐室，一动不动地停留在桌子下面，"尽管他的参与完全是象征性的"。与伊俄变形为小母牛一样，这个父亲变形为螃蟹后，仍然保持着过去岁月里人的习惯。虽然他拥有了十足的螃蟹形象和螃蟹动作，可是差异叙述的存在让他作为人的特征时隐时现。当他被人踢了一脚后，就会"用加倍的速度像闪电似的、锯齿形地跑起来，好像要忘掉他不体面地摔了一跤这个回忆似的"。螃蟹的逃跑和人的自尊在叙述里同时出现，可以这么说，文学作品中的差异叙述和音乐里的和声是异曲同工。

现在我们应该欣赏一下布鲁诺·舒尔茨变形故事里精确的动物

特征描写，这是一个胆大的作家，他轻描淡写之间，就让母亲把作为螃蟹的父亲给煮熟了，放在盆子里端上来时"显得又大又肿"，可是一家人谁也不忍心对煮熟的螃蟹父亲动上刀叉，母亲只好把盆子端到起居室，又在螃蟹上盖了一块紫天鹅绒。然后布鲁诺·舒尔茨显示了其想象力之后非凡的洞察力，几个星期以后他让煮熟的螃蟹父亲逃跑了。"我们发现盆子空了，一条腿横在盆子边上……"布鲁诺·舒尔茨将螃蟹煮熟后容易掉腿的动物特征描写得淋漓尽致，他感人至深地描写了父亲逃跑时腿不断脱落在路上，最后这样写："他靠着剩下的精力，拖着自己到某一个地方去，去开始一种没有家的流浪生活；从此以后，我们没有再见到他。"这篇小说题为《父亲的最后一次逃走》。

今天关于文学作品中想象的演讲到此为止，有关想象的话题远远没有结束，今天仅仅是开始。我之所以选择"飞翔和变形"作为第一个题目，是因为二者都是大幅度地表达了文学的想象力，或者说都是将现实生活的不可能和不合情理，变成了文学作品中的可能与合情合理。当然大幅度表达文学想象力的不仅仅是飞翔和变形，还有人死了以后如何复活。如果以后有机会的话，我乐意继续讨论。这是我第二次来到延世大学，我以后还会回来，当我回来的时候，随身携带的演讲题目应该是《生与死，死而复生》。

二〇〇七年五月二十八日

生与死，死而复生
——关于文学作品中的想象之二

去年九月里的一个早晨[1]，我走在德国杜塞尔多夫的老城区时，突然看见了海涅故居。此前我并不知道海涅故居在此，在临街的联排楼房里，海涅故居是黑色的，而它左右的房屋都是红色的，海涅的故居比起它身旁已经古老的房屋显得更加古老，仿佛是一张陈旧的照片，中间站立的是过去时代里的祖父，两旁站立着过去时代里的父辈们。我的喜悦悄然升起，这和知道有海涅故居再去拜访所获得的喜悦不一样，因为我得到的是意外的喜悦。事实上我们一直生活在意外之中，只是太多的意外因为微小而被我们忽略。为什么有人总是赞美生活的丰富多彩？我想这是因为他们善于品尝生活中随时出现的意外。

今天我之所以提起这个几年前的美好早晨，是因为这个杜塞尔多夫的早晨让我再次回到了自己的童年，回到了我在医院里度过的童年。

当时的中国有一个比较普遍的现象，就是城镇的职工大多是居住在单位里，比如我的父母都是医生，于是医生护士们的宿舍楼和

---

[1] 本文系作者 2007 年在瑞典乌普萨拉大学的演讲。

医院的病房挨在一起，我和我哥哥是在医院里长大的。我长期在医院的病区里游荡，习惯了来苏水的气味，我小学时的很多同学都讨厌这种气味，我倒是觉得这种气味不错。

我父亲是一名外科医生，当时医院的手术室只是一间平房，我和哥哥经常在手术室外面玩耍，经常看到父亲给病人做完手术后，口罩上和手术服上满是血迹地走出来。离手术室不远有一个池塘，护士经常提着一桶病人身上割下来的血肉模糊的东西从手术室出来，走过去倒进池塘里。到了夏天，池塘里散发出了阵阵恶臭，苍蝇密密麻麻像是一张纯羊毛地毯盖在池塘上面。

那时候医院的宿舍楼里没有卫生设施，只有一个公用厕所在宿舍楼的对面，厕所和医院的太平间挨在一起，只有一墙之隔。我每次上厕所时都要经过太平间，朝里面看上一眼，里面干净整洁，只有一张水泥床。在我的记忆里，那地方的树木比别处的树木茂盛，可能是太平间的原因，也可能是厕所的原因。那时的夏天极其炎热，我经常在午睡醒来后，看到汗水在草席上留下自己完整的体形。我在夏天里上厕所时经过太平间，常常觉得里面很凉爽。我是在中国的"文革"里长大的，当时的教育让我成了一个彻底的无神论者，我不相信鬼的存在，也不怕鬼。有一天中午我走进了太平间，在那张干净的水泥床上躺了下来。从此以后我经常在炎热的中午，进入太平间睡午觉，感受炎热夏天里的凉爽生活。

这是我的童年往事，成长的过程有时候也是遗忘的过程，我在后来的生活中完全忘记了这个童年的经历，在夏天炎热的中午，躺在太平间象征着死亡的水泥床上，感受着活生生的凉爽。直到有一天我偶尔读到了海涅的诗句，他说："死亡是凉爽的夜晚。"然后这个早已消失的童年记忆，瞬间回来了，而且像是刚刚被洗涤过一样地清晰。海涅写下的，就是我童年时在太平间睡午觉时的感受。然后我明白了：这就是文学。

这可能是我最初感受到的来自死亡的气息，隐藏在炎热里的凉爽气息，如同冷漠的死隐藏在热烈的生之中。我总觉得自己现在的经常性失眠与童年的经历有关，我童年的睡眠是在医院太平间的对面，常常是在后半夜，我被失去亲人的哭声惊醒，我聆听了太多的哭声，各种各样的哭声，男声女声，男女混声；有苍老的，有年轻的，也有稚气的；有大声哭叫的，也有低声抽泣的；有歌谣般动听的，也有阴森森让人害怕的……哭声各不相同，可是表达的主题是一样的，那就是失去亲人的悲伤。每当夜半的哭声将我吵醒，我就知道又有一个人纹丝不动地躺在对面太平间的水泥床上了。一个人离开了世界，一个活生生的人此后只能成为一个亲友记忆中的人。这就是我的童年经历，我从小就在生的时间里感受死的踪迹，又在死的踪迹里感受生的时间。夜复一夜地感受，捕风捉影地感受，在现实和虚幻之间左右摇摆地感受。太平间和水泥床是实际的和可以触摸的，黑夜里的哭声则是虚无缥缈，与我童年的睡梦为伴，让我躺在生的边境上，聆听死的喃喃自语。在生的炎热里寻找死的凉爽，而死的凉爽又会散发出更多生的炎热。

我想，这就是生与死。在此前的《飞翔与变形》里，我举例不少，是为了说明文学作品中想象力和洞察力唇齿相依的重要性，同时也为了说明文学里所有伟大的想象都拥有其现实的基地。现在这篇《生与死，死而复生》，我试图谈谈想象力的长度和想象力的灵魂。

生与死，是此文的第一个话题。正如我前面所讲述的那样，杜塞尔多夫的海涅故居如何让我回到了自己的童年，一件已经被遗忘了的往事如何因为海涅的诗句变成刻骨铭心的记忆，这个记忆又如何不断延伸和不断更新，周而复始，永无止境。这个关于生与死的例子，其实要表述的可能是想象力里面最为朴素也是最为普遍的美德——联想。联想的美妙在于其绵延不绝，犹如道路一样，一条道路通向另一条道路，再通向更多的道路，有时候它一直往前，有时候它会回来。当然它会经常拐弯，可是从不中断。联想所表达出来的，其实就是想象力的长度，而且是没有尽头的长度。

这是童年对我们的控制，我一直认为童年的经历决定了一个人一生的方向。世界最初的图像就是在那时候来到我们的印象里，就像是现在的复印机一样，闪亮一道光线就把世界的基本图像复印在了我们的思想和情感里。当我们长大成人以后所做的一切，其实不过是对这个童年时就拥有的基本图像做一些局部的修改。当然有些人可能改动得多一些，另一些人可能改动得少一些。很多年前我在和一个朋友的对话里说："我只要写作，就是回家。"我的每一次写作都让我回到南方，无论是《活着》和《许三观卖血记》，还是现在的《兄弟》，都是如此。在经历了最近二十年的天翻地覆以后，我童年的那个小镇已经没有了，我现在叙述里的小镇已经是一个抽象的南方小镇了，是一个心理的暗示，也是一个想象的归宿。

马塞尔·普鲁斯特是这方面的行家，他说："只有通过钟声才能意识到中午的康勃雷，通过供暖装置所发出的哼声才意识到清早的堂西埃尔。"没有联想，康勃雷和堂西埃尔如何得以存在？当他出门旅行，入住旅馆的房间时，因为墙壁和房顶涂上海洋的颜色，他就感觉到空气里有咸味；当某一个清晨出现，他在自己的卧室里醒来，看到阳光从百叶窗照射进来，就会感到百叶窗上插满了羽毛；当某一个夜晚降临，他睡在崭新的绸缎枕头上，光滑和清新的感觉油然升起时，他突然感到睡在了自己童年的脸庞上。

我曾经多次说过这样的话，如果文学里真的存在某些神秘的力量，那就是让我们在属于不同时代、不同民族、不同文化和不同环境的作品里读到属于自己的感受。文学就是这样地美妙，某一个段落、某一个意象、某一个比喻和某一段对话等，都会激活阅读者被记忆封锁的某一段往事，然后将它永久保存到记忆的"文档"和"图片"里。同样的道理，阅读文学作品不仅可以激活某个时期的某个经历，也会激活更多时期的更多经历。而且，一个阅读还可以激活更多的阅读，唤醒过去阅读里的种种体验，这时候阅读就会诞生另外一个世界，出现另外一条人生道路。这就是文学带给我们的想象力的长度。

想象力的长度可以抹去所有的边界：阅读和阅读之间的边界，阅读和生活之间的边界，生活和生活之间的边界，生活和记忆之间的边界，记忆和记忆之间的边界……生与死的边界。

生与死，这是很多伟大文学作品乐此不疲的主题，也是文学的想象力自由驰骋之处。与前面讨论的文学作品中的飞翔和变形有所不同，生与死之间存在着一条秘密通道，就是灵魂。因此在文学作品中表达生与死、死而复生时，比表达飞翔和变形更加迅速。我的意思是说：有关死亡世界里的万事万物，我们早已耳濡目染，所以我们的阅读常常无需经过叙述铺垫，就可直接抵达那里。

一个人和其灵魂的关系，有时候就是生与死的关系。这几乎是所有不同文化的共识，有所不同的也只是表述的不同。而且万事万物皆有灵魂，艺术更是如此。当我们被某一段音乐、某一个舞蹈、某一幅画作、某一段叙述深深感动之时，我们就会忍不住发出这样的感叹：这是有灵魂的作品。

中国有五十六个民族，有关灵魂的表述各不相同，有时候即便是同一个民族，因为历史、地理和文化等诸多方面的差异，表述的差异也是显而易见。然而万变不离其宗，当一个人的灵魂飞走了，那么也就意味着这个人死去了。

在汉族看来，每个人都有一个灵魂。如果这个人印堂变暗，脸色发黑，这是死亡的先兆；如果这个人遭遇婴儿的害怕躲闪，也是死亡的先兆，因为婴儿的眼睛干净，看得见这个人灵魂出窍。诸如此类的表述在汉族这里层出不穷，而且地域不同表述也是不同。很多地方的人死后入殓前，脚旁要点亮一盏油灯，这是长明灯，因为阴间的道路是黑暗的。如果是富裕人家，入殓时头戴一顶镶着珍珠的帽子，珍珠也是长明灯，为死者在阴间长途跋涉照明。

生活在云南西北部的独龙族认为每个人拥有两个灵魂，第一个灵魂是与生俱有的，其身材相貌和性格，还有是否聪明和愚蠢都和人一样；而且和人一样穿衣打扮，人换衣时，灵魂也换衣。只有在人睡眠之时有所不同，因为灵魂是不睡觉的，这时候它离开了人的身体，外出找乐子去了。独龙人对梦的解释很有意思，他们认为人在梦中所见所为，都是不睡觉的灵魂干出来的事情。当人死后，第二个灵魂出现了，这是一个贪食酒肉的灵魂，所以滞留人间，不断地要世人供吃供喝（祭品）。

在云南的阿昌族那里，每个人有三个灵魂。人死后三个灵魂分工不同，一个灵魂被送到坟上，于清明节祭扫；一个灵魂供在家里；一个灵魂送到鬼王那里。这第三个灵魂将沿着祖先迁来的道路送回去，到达鬼王那里报到后，就会回到祖先的身旁。

灵魂演绎出来了无数的阐释与叙述，也提供了不少就业机会，巫师巫婆们，作家诗人们等等，皆因此来养家糊口。如同中国古老的招魂术，在古代的波斯、希腊和罗马曾经流行死灵术。巫师们身穿从死人身上扒下来的衣服，沉思着死亡的意义，来和死亡世界沟通。与中国的巫婆跳大神按劳所得一样，这些死灵师召唤亡魂也是为了挣钱。死灵师受雇于那些寻找宝藏的人，他们相信死后的人可以无所不知无所不见。招魂仪式通常是在人死后十二个月进行，按照古代波斯人、希腊人和罗马人的见解，人死后最初的十二个月里，其灵魂对人间恋恋不舍，在墓地附近徘徊不去，所以从这些刚死之人那里打听不出什么名堂。当然，太老的尸体也同样没用。死灵师认为，过于腐烂的尸体是不能清楚回答问题的。

有关灵魂的描述多彩多姿，其实也是想象力的多彩多姿。不管在何时何地，想象都有一个出发地点，然后是一个抵达之处。这就是我在前一篇《飞翔与变形》里所强调的现实依据，同时也可以这么认为：想象就是从现实里爆发出来的渴望。死灵师不愿意从太烂的尸体那里去召唤答案，这个想象显然来自人老之后记忆的逐渐丧失。中国人认为阴间是黑暗的，是因为黑夜的存在；独龙人巧妙地从梦出发，解释了那个与生俱有并且如影随形的灵魂；阿昌族有关三个灵魂的理论，可以说是表达了所有人的愿望。坟墓是必须要去的地方，家又不愿舍弃，祖先的怀抱又是那么地温暖。怎么办？阿昌族慷慨地给予我们每人三个灵魂，让我们不必为如何取舍而发愁。

古希腊人说阿波罗的灵魂进入了一只天鹅，然后就有了后面这个传说，诗人的灵魂进入了天鹅体内。这真是一个迷人的景象，当带着诗人灵魂的天鹅在水面上展翅而飞时，诗人也就被想象的灵感驱使着奋笔疾书，伟大的诗篇在白纸上如瀑布般倾泻下来。如果诗人绞尽脑汁也写不出一个字来，那么保存他灵魂的天鹅很可能病倒了。

这个传说确实说出了文学和艺术里经常出现的奇迹，创作者在想象力发动起来，并且高速前进后起飞时，其灵魂可能去了另外一个地方。有点像独龙人睡着后，他们的灵魂外出找乐子那样。根据我自己的写作经历，我时常遇到这样美妙的情景，当我的写作进入某种疯狂状态时，我就会感到不是我在写些什么，而是我被指派在写些什么。我不知道自己当时的灵魂是不是进入了一只天鹅的体内，我能够确定的是，我的灵魂进入了想象的体内。

为什么我们经常在一些作品中感受到了想象的力量，而在另外一些作品中却没有这样的感受。我想，并不是后者没有想象，是因为后者的想象里没有灵魂。有灵魂的想象会让我们感受到独特和惊奇的气息，甚至是怪异和骇人听闻的气息，反过来没有灵魂的想象总是平庸和索然无味。如果我们长期沉迷在想象平庸的作品的阅读之中，那么当有灵魂的想象扑面而来时，我们可能会害怕会躲闪，甚至会愤怒。我曾经说过，一个伟大的作者应该怀着空白之心去写作，一个伟大的读者应该怀着空白之心去阅读。只有怀着一颗空白之心，才可能获得想象的灵魂。就像中国汉族的习俗里所描述的那样，婴儿为什么能够看见灵魂从一个行将死去的人的体内飞走，因为婴儿的眼睛最干净。只有干净的眼睛才能够看见灵魂，无论是写作还是阅读，都是如此。被过多的平庸作品弄脏了的阅读和写作，确实会看不见伟大作品的灵魂。

人们经常说，第一个将女人比喻成鲜花的是天才，第二个是庸才，第三个是蠢才，我不知道第四个以后会面对多少难听的词汇。比喻的生命是如此短促，第一个昙花一现后，从第二个开始就成了想象的陈词滥调，成了死灵师不屑一顾的太烂的尸体，那些已经不能够清楚回答问题的尸体。然而不管是第几个，只要将美丽的女性比喻成鲜花的,我们就不能说这样的比喻里没有想象,毕竟这个比喻将女性和鲜花连接起来了,可是为什么我们感受不到想象的存在?因为这样的比喻已经是腐烂的尸体,灵魂早已飞走。如果给这具腐烂的尸体注入新的灵魂,那么情况就会完全不同。马拉美证明了在第三个以后,将女人比喻成鲜花的仍然可能是天才。看看他是怎么干的,他为了勾引某位美丽的贵夫人,献上了这样的诗句:"每朵花都梦想着雅丝丽夫人。"

马拉美告诉我们,什么才是有灵魂的想象力。别的人也这样告诉我们,比如那个专写性爱小说的劳伦斯。我曾经好奇,他为何在性爱描写上长时间地乐此不疲?我不是要否认性爱的美好,这种事写多了和干多了其实差不离,总应该会有疲乏的时候。直到有一天,我读到了劳伦斯的一段话,大意是这样的,他认为女人之所以美丽,是因为她们身上散发着浓郁的性;女人逐渐老去的过程,不是脸上皱纹越来越多,而是她们身上的性正在逐渐消失。劳伦斯的这段话让我理解了他的写作,为什么他一生都在性爱描写上面津津乐道,因为他的想象力找到了性的灵魂。

这两个都是生的例子,现在应该说一说死了。让我们回到古希腊,回到天鹅这里。传说天鹅临终时唱出的歌声是最为优美动听的,于是就有了西方美学传统里的"最后的作品",在中国叫"绝唱"。

"最后的作品"或者"绝唱",可以说是所有文学艺术作品中,最能够表达出死亡的灵魂,也是想象力在巅峰时刻向我们出示了人生的意义。在这样的时刻,我们仿佛看到死亡的灵魂在巍峨的群山之间,犹如日落一样向我们挥手道别。我们经常读到这样的篇章,某种情感日积月累无法释放,在内心深处无限膨胀后沉重不堪,最后只能以死亡的方式爆发。恨,可以这样;爱,也能如此。我们读到过一个美丽的少女,如何完成她仇恨的绝唱《死亡之吻》。为报杀父之仇,她在嘴唇上涂抹了毒药,勾引仇人接吻,与仇人同归于尽。在《红字》里,我们读到了爱的绝唱。海丝特未婚生下了一个女儿,她拒绝说出孩子的父亲,胸前永久戴上象征通奸耻辱的红A字。孩子的父亲丁梅斯代尔,一个纯洁的年轻人,也是教区人人爱戴的牧师,因为海丝特的忍辱负重,让他在内心深处经历了七年的煎熬,最后在"新英格兰节日"这一天终于爆发了。他进行了自己生命里最后一次演讲,但他"最后的作品"不是布道,而是用音乐一般的声音,热情和激动地表达了对海丝特的爱,他当众宣布自己就是那个孩子的父亲。他释放了自己汹涌澎湃的爱之后,倒在了地上,安静地死去了。

二十多年前,我在中国南方的一个小镇图书馆里翻阅笔记小说,读到过一个惊心动魄的死亡故事。由于年代久远,我已经忘记这个故事的出处,只记得有一只鸟,生活在水边,喜欢看着自己在水中的倒影翩翩起舞,其舞姿之优美,令人想入非非。皇帝听说了这只鸟,让人将它捉来宫中,给予贵族的生活,每天提供山珍海味,期望它在宫中一展惊艳舞姿。然而习惯乡野水边生活的鸟,来到宫中半年从不起舞,而且形容日渐憔悴。皇帝十分生气,以为这只鸟根本就不会跳舞。这时有大臣献言，说这鸟只能在水边看到自己的身影时才会起舞。大臣建议搬一面铜镜过来，鸟一旦看见自己的身影就会立刻起舞。皇帝准许，铜镜搬到了宫殿之上。这只鸟在铜镜里看到自己后，果然翩翩起舞了。半年没有看到自己的身影和半年没有跳舞的鸟，似乎要把半年里面应该跳的所有舞蹈一口气跳完，它竟然跳了三天三夜，然后倒地气绝身亡。

在这个"最后的作品"，或者说"绝唱"里，我相信没有读者会在意所谓的细节真实性：一只鸟持续跳舞三天三夜，而且不吃不睡。想象力的逻辑在这里其实是灵魂的逻辑，一只热爱跳舞胜过生命的鸟，被禁锢半年之后，重获自由之舞时，舞蹈就如熊熊燃烧的火焰，而且是焚烧自己的火焰，最后的结局必然是"气绝身亡"。为什么这个死亡如此可信和震撼，因为我们看到了想象力的灵魂在死亡叙述里如何翩翩起舞。

我不能确定在欧洲源远流长的"黄金律"是否出自毕达哥拉斯学派，我只是觉得用"黄金分割"的方法有时候可以衡量出想象力的灵魂。现在我们进入了本次讨论的最后一个话题——死而复生。

我们读到过很多死而复生的故事，这些故事有一个共同的规律，就是在复生时总要借助些什么。在《封神演义》里，那个拆肉还母、拆骨还父的哪吒，死后其魂魄借助莲花而复生；《搜神记》里的唐父喻借助王道平哭坟而复生；《白蛇传》的许仙借助吃灵芝草复生；杜丽娘借助婚约复生；颜畿借助托梦复生；还有借助盗墓者而复生。

然而令我印象深刻的例子还是来自法国的尤瑟纳尔，尽管这个例子在我此前的文章里已经提到过。尤瑟纳尔在一个关于中国的故事里，写下了画师王佛和他的弟子林的事迹。里面死而复生的片段属于林，林的脑袋在宫殿上被皇帝的侍卫砍下来以后，没过多久又回到了他的脖子上，林站在一条逐渐驶近的船上，在有节奏的荡桨声里，船来到了师傅王佛的身旁。林将王佛扶到了船上，还说出了一段优美的话语，他说："大海真美，海风和煦，海鸟正在筑巢。师傅，我们动身吧，到大海彼岸的那个地方去。"尤瑟纳尔在这个片段里令人赞叹的一笔，是在林的脑袋被砍下后重新回到原位时的一句描写，她这样写："他的脖子上却围着一条奇怪的红色围巾。"这一笔使原先的林和死而复生的林出现了差异，也就出现了比例。不仅让叙述合理，也让叙述更加有力。我要强调的是，这条红色围巾在叙述里之所以了不起，是因为它显示了生与死的比例关系，正是这样完美的比例出现，死而复生才会如此不同凡响。我们可以将红色围巾理解为血迹的象征，也可以理解为更多的不可知。这条可以意会很难言传的红色围巾，就是衡量想象力的"黄金律"。红色围巾使这个本来已经破碎的故事重新完成了构图，并且达到了自然事物的最佳状态。如果没有红色围巾这条黄金分割线，我们还能在这个死而复生的故事里看到想象力的灵魂飘然而至吗？

二〇〇七年九月二十六日

川端康成和卡夫卡的遗产

　　川端康成和卡夫卡,来自东西方的两位作家,在 1982 年和 1986 年分别让我兴奋不已。虽然不久以后我发现他们的缺陷和他们的光辉一样明显。然而当我此刻再度回想他们时,犹如在阴天里回想阳光灿烂的情景。

　　川端康成拥有两根如同冬天的枯树枝一样的手臂,他挂在嘴角的微笑有一种衰败的景象。从作品中看,他似乎一直迷恋少女。直到晚年的写作里,对少女的肌肤他依然有着少男般的憧憬。我曾经看到一部日本出版的川端康成影册,其中有一幅是他在接受诺贝尔文学奖时的演说,面对他的第一排坐着几位身穿和服手持鲜花的日本少女。他还可能喜欢围棋,他的《名人》是一部激动人心的小说。

　　《美的存在与发现》是他自杀前在夏威夷的文学演说,文中对阳光在玻璃杯上移动的描叙精美至极,显示了川端在晚年时感觉依然生机勃勃。文后对日本古典诗词的回顾与他的《我在美丽的日本》一样,仅仅只是体现了他是一位出众的鉴赏家。而作为小说家来说,这两篇文章缺乏对小说具有洞察力的见解,或许他这样做是企图说明自己作品的渊源,从而转弯抹角地回答还是不久以前对他们（新感觉派）的指责，指责认为他们是模仿表现主义、达达主义、莫朗等。这时候的川端有些虚弱不堪。

1982年在浙江宁波甬江江畔一座破旧公寓里，我最初读到川端康成的作品，是他的《伊豆的舞女》。那次偶然的阅读，导致我一年之后正式开始的写作，和一直持续到1986年春天的对川端的忠贞不渝。那段时间我阅读了译为汉语的所有川端作品。他的作品我都是购买双份，一份保存起来，另一份放在枕边阅读。后来他的作品集出版时不断重复，但只要一本书中有一个短篇我藏书里没有，购买时我就毫不犹豫。

现在回想起来，当初对川端的迷恋来自我写作之初对作家目光的发现。无数事实涌出经验，在作家目光之前摇晃，这意味着某种形式即将诞生。川端的目光显然是宽阔和悠长的。他在看到一位瘸腿的少女时给予了深切的同情，她与一个因为当兵去中国的青年男子订婚，这是战争给予她的短暂恩赐。未婚夫的战死，使婚约解除，她离开婆家独自行走，后来伫立在一幢新屋即将建立处，新屋暗示着一对新婚夫妇即将搬入居住。两个以上的、可能是截然无关的事实可以同时进入川端的目光，即婚约的解除与新屋的建成。

《雪国》和《温泉旅馆》是川端的杰作，还有《伊豆的舞女》等几个短篇。《古都》对风俗的展示过于铺张，《千只鹤》里有一些惊人的感受，但通篇平平常常。

川端的作品笼罩了我最初三年多的写作。那段时间我排斥了几乎所有别的作家，只接受普鲁斯特和曼斯菲尔德等少数几个多愁善感的作家。

这样的情形一直持续到1986年春天。一个偶然的机会让我发现了卡夫卡。我是和一个朋友在杭州逛书店时看到一本《卡夫卡小说选》的。那是最后一本,我的朋友先买了。后来在这个朋友家聊天,说到《战争与和平》,他没有这套书。我说我可以设法搞到一套,同时我提出一个前提,就是要他把《卡夫卡小说选》给我。他的同意使我在不久之后的一个夜晚读到了《乡村医生》。那部短篇使我大吃一惊。事情就是这样简单,在我即将沦为文学迷信的殉葬品时,卡夫卡在川端康成的屠刀下拯救了我。我把这理解成命运的一次恩赐。

《乡村医生》让我感到作家在面对形式时可以是自由自在的,形式似乎是"无政府主义"的,作家没有必要依赖一种直接的、既定的观念去理解形式。在某种意义上说,作家完全可以依据自己心情是否愉快来决定形式是否愉悦。在我想象力和情绪力日益枯竭的时候,卡夫卡解放了我,使我三年多时间建立起来的一套写作法则在一夜之间成了一堆破烂。不久以后我注意到了一种虚伪的形式(参见《虚伪的作品》一文)。这种形式使我的想象力重新获得自由,犹如田野上的风一样自由自在。只有这样,写作对我来说才如同普鲁斯特所说的:"有益于身心健康。"

以后读到的《饥饿艺术家》、《在流放地》等小说,让我感到意义在小说中的魅力。川端康成显然是属于排斥意义的作家。而卡夫卡则恰恰相反,卡夫卡所有作品的出现都源于他的思想。他的思想和时代格格不入。我在了解到川端康成之后,再试图去了解日本文学,那么就会发现某种共同的标准,所以川端康成的出现没有丝毫偶然的因素。而卡夫卡的出现则可以说是一个奇迹了,文学史上的奇迹。

从相片上看,卡夫卡脸型消瘦,锋利的下巴有些像匕首。那是一个内心异常脆弱过敏的作家。他对自己的隐私保护得非常好。即使他随便在纸片上涂下的素描,一旦被人发现也立即藏好。我看到过一些他的速写画,基本上是一些人物和椅子及写字台的关系。他的速写形式十分孤独,他只采用直线,在一切应该柔和的地方他一律采取坚硬的直线。这暗示了某种思维特征。他显然是善于进行长驱直入的思索的。他的思维异常锋利,可以轻而易举地直达人类的痛处。

《审判》是卡夫卡三部长篇之一,非常出色。然而卡夫卡在对人物 K 的处理上过于随心所欲,从而多少破坏了他严谨的思想。

川端康成过于沉湎在自然的景色和女人的肌肤的光泽之中。卡夫卡则始终听任他的思想使唤。因此作为小说家来说,他们显然没有福克纳来得完善。

无论是川端康成,还是卡夫卡,他们都是极端个人主义的作家。他们的感受都是纯粹个人化的,他们感受的惊人之处也在于此。

川端康成在《禽兽》的结尾,写到一个母亲凝视死去的女儿时的感受,他这样写:

女儿的脸生平第一次化妆,真像是一位出嫁的新娘。

而在卡夫卡的《乡村医生》中,医生看到患者的伤口时,感到有些像玫瑰花。

川端康成和卡夫卡的遗产是两座博物馆,所要告诉我们的是文学史上曾经出现过什么;而不是两座银行,他们不供养任何后来者。

一九八九年十一月十七日

虚伪的作品

现在我似乎比以往任何时候都明白自己为何写作，我的所有努力都是为了更加接近真实。因此在1986年年底写完《十八岁出门远行》后的兴奋，不是没有道理。那时候我感到这篇小说十分真实，同时我也意识到其形式的虚伪。所谓的虚伪，是针对人们被日常生活围困的经验而言。这种经验使人们沦陷在缺乏想象的环境里，使人们对事物的判断总是实事求是地进行着。当有一天某个人说他在夜间看到书桌在屋内走动时，这种说法便使人感到不可思议和难以置信。也不知从何时起，这种经验只对实际的事物负责，它越来越疏远精神的本质。于是真实的含义被曲解也就在所难免。由于长久以来过于科学地理解真实，真实似乎只对早餐这类事物有意义，而对深夜月光下某个人叙述的死人复活故事，真实在翌日清晨对它的回避总是毫不犹豫。因此我们的文学只能在缺乏想象的茅屋里度日如年。在有人以要求新闻记者眼中的真实，来要求作家眼中的真实时，人们的广泛拥护也就理所当然了。而我们也因此无法期待文学会出现奇迹。

1989年元旦的第二天，安详的史铁生坐在床上向我揭示这样一个真理：在瓶盖拧紧的药瓶里，药片是否会自动跳出来？他向我指出了经验的可怕，因为我们无法相信不揭开瓶盖药片就会出来，我们的悲剧在于无法相信。如果我们确信无疑地认为瓶盖拧紧药片也会跳出来，那么也许就会出现奇迹。可因为我们无法相信，奇迹也就无法呈现。

在1986年写完《十八岁出门远行》之后，我隐约预感到一种全新的写作态度即将确立。艾萨克辛格在初学写作之时，他的哥哥这样教导他："事实是从来不会陈旧过时的，而看法却总是会陈旧过时。"当我们抛弃对事实做出结论的企图，那么已有的经验就不再牢不可破。我们开始发现自身的肤浅来自经验的局限。这时候我们对真实的理解也就更为接近真实了。当我们就事论事地描述某一事件时，我们往往只能获得事件的外貌，而其内在的广阔含义则昏睡不醒。这种就事论事的写作态度窒息了作家应有的才华，使我们的世界充满了房屋、街道这类实在的事物，我们无法明白有关世界的语言和结构。我们的想象力会在一只茶杯面前忍气吞声。

有关二十世纪文学评价的普遍标准，一直以来我都难以接受。把它归结为后工业时期人的危机的产物似乎过于简单。我个人认为二十世纪文学的成就主要在于文学的想象力重新获得自由。十九世纪文学经过了辉煌的长途跋涉之后，却把文学的想象力送上了医院的病床。

当我发现以往那种就事论事的写作态度只能导致表面的真实以后，我就必须去寻找新的表达方式。寻找的结果使我不再忠诚所描绘事物的形态，我开始使用一种虚伪的形式。这种形式背离了现状世界提供给我的秩序和逻辑,然而却使我自由地接近了真实。

罗布·格里耶认为文学的不断改变主要在于真实性概念在不断改变。十九世纪文学造就出来的读者有其共同的特点,那就是世界对他们而言已经完成和固定下来。他们在各种已经得出的答案里安全地完成阅读行为,他们沉浸在不断被重复的事件的陈旧冒险里。他们拒绝新的冒险,因为他们怀疑新的冒险是否值得。对于他们来说,一条街道意味着交通、行走这类大众的概念。而街道上的泥迹,他们也会立刻赋予"不干净"、"没有清扫"之类固定想法。

当文学所表达的仅仅只是一些大众的经验时,其自身的革命便无法避免。任何新的经验一旦时过境迁就将衰老,而这衰老的经验却成了真理,并且被严密地保护起来。在各种陈旧经验堆积如山的中国当代文学里,其自身的革命也就困难重重。

当我们放弃"没有清扫"、"不干净"这些想法,而去关注泥迹可能显示的意义,那种意义显然是不确定和不可捉摸的,有关它的答案像天空的颜色一样随意变化,那么我们也许能够获得纯粹个人的新鲜经验。

普鲁斯特在《复得的时间》里这样写道:"只有通过钟声才能意识到中午的康勃雷,通过供暖装置所发出的哼声才意识到清早的堂西埃尔。"康勃雷和堂西埃尔是两个地名。在这里,钟声和供暖装置的意义已不再是大众的概念,已经离开大众走向个人。

一次偶然的机会,使我在某个问题上进行了长驱直入的思索,那时候我明显地感到自己脱离常识过程时的快乐。我选用"偶然的机会",是因为我无法确定促使我思想新鲜起来的各种因素。我承认自己所有的思考都从常识出发,1986年以前的所有思考都只是在无数常识之间游荡,我使用的是被大众肯定的思维方式,但是那一年的某一个思考突然脱离了常识的围困。

那个脱离一般常识的思考,就是此文一直重复出现的真实性概念。有关真实的思考进行了两年多以后还将继续下去,我知道自己已经丧失了结束这种思考的能力。因此此刻我所要表达的只是这个思考的历程,而不是提供固定的答案。

任何新的发现都是从对旧事物的怀疑开始的。人类文明为我们提供了一整套秩序,我们置身其中是否感到安全?对安全的责问是怀疑的开始。人在文明秩序里的成长和生活是按照规定进行着。秩序对人的规定显然是为了维护人的正常与安全,然而秩序是否牢不可破?事实证明庞大的秩序在意外面前总是束手无策。城市的十字路口说明了这一点。十字路口的红绿灯,以及将街道切割成机动车道、自行车道、人行道,而且来与去各在大路的两端,所有这些代表了文明的秩序,这秩序的建立是为了杜绝车祸,可是车祸经常在十字路口出现,于是秩序经常全面崩溃。交通阻塞以后几百辆车将组成一个混乱的场面。这场面告诉我们,秩序总是要遭受混乱的捉弄。因此我们置身文明秩序中的安全也就不再真实可信。

我在1986、1987年写《一九八六年》《河边的错误》《现实一种》时,总是无法回避现实世界给予我的混乱。那一段时间就像张颐武所说的"余华好像迷上了暴力"。确实如此,暴力因为其形式充满激情,它的力量源自于人内心的渴望,所以它使我心醉神迷。让奴隶们互相残杀,奴隶主坐在一旁观看的情景已被现代文明驱逐到历史中去了,可是那种形式总让我感到是一出现代主义的悲剧。人类文明的递进,让我们明白了这种野蛮的行为是如何威胁着我们的生存。然而拳击运动取而代之,在这里我们可以看到文明对野蛮的悄悄让步。即便是南方的斗蟋蟀,也可以让我们意识到暴力是如何深入人心。在暴力和混乱面前,文明只是一个口号,秩序成了装饰。

我曾和李陀讨论过叙述语言和思维方式的问题。李陀说:"首先出现的是叙述语言,然后引出思维方式。"

我的个人写作经历证实了李陀的话。当我写完《十八岁出门远行》后,我从叙述语言里开始感受到自己从未有过的思维方式。这种思维方式一直往前行走,使我写出了《一九八六年》《现实一种》等作品,然而在1988年春天写作《世事如烟》时,我并没有清晰地意识到新的变化在悄悄进行。直到整个叙述语言方式确立后,才开始明确自己的思维运动出现了新的前景。而在此之前,也就是写完《现实一种》时,我以为从《十八岁出门远行》延伸出来的思维方式已经成熟和固定下来。我当时给朱伟写信说道:"我已经找到了今后的创作的基本方法。"

事实上到《现实一种》为止,我有关真实的思考只是对常识的怀疑。也就是说,当我不再相信有关现实生活的常识时,这种怀疑便导致我对另一部分现实的重视,从而直接诱发了我有关混乱和暴力的极端化想法。

在我心情开始趋向平静的时候,我便尽量公正地去审视现实。然而,我开始意识到生活是不真实的,生活事实上是真假杂糅和鱼目混珠。这样的认识是基于生活对于任何一个人都无法客观。生活只有脱离我们的意志独立存在时,它的真实才切实可信。而人的意志一旦投入生活,诚然生活中某些事实可以让人明白一些什么,但上当受骗的可能也同时呈现了。几乎所有的人都曾发出过这样的感叹:生活欺骗了我。因此,对于任何个体来说,真实存在的只能是他的精神。当我认为生活是不真实的,只有人的精神才是真实时,难免会遇到这样的理解:我在逃离现实生活。汉语里的"逃离"暗示了某种惊慌失措。另一种理解是上述理解的深入,即我是属于强调自我对世界的感知,我承认这个说法的合理之处,但我此刻想强调的是:自我对世界的感知其终极目的便是消失自我。人只有进入广阔的精神领域才能真正体会世界的无边无际。我并不否认人可以在日常生活里消解自我,那时候人的自我将融化在大众里,融化在常识里。这种自我消解所得到的很可能是个性的丧失。

在人的精神世界里,一切常识提供的价值都开始摇摇欲坠,一切旧有的事物都将获得新的意义。在那里,时间固有的意义被取消。十年前的往事可以排列在五年前的往事之后,然后再引出六年前的往事。同样这三件往事,在另一种环境时间里再度回想时,它们又将重新组合,从而展示其新的含义。时间的顺序在一片宁静里随意变化。生与死的界线也开始模糊不清,对于在现实中死去的人，只要记住他们，他们便依然活着。另一些人尽管继续活在现实中，可是对他们的遗忘也就意味着他们已经死亡。而欲望和美感、爱与恨、真与善在精神里都像床和椅子一样实在，它们都具有限定的轮廓、坚实的形体和常识所理解的现实性。我们的目光可以望到它们，我们的手可以触摸它们。

对于1989年开始写作或者还在写作的人来说，小说已不是首创的形式，它作为一种传统为我们继承。我这里所指的传统，并不只针对狄德罗，或者19世纪的巴尔扎克、狄更斯，也包括活到20世纪的卡夫卡、乔伊斯，同样也没有排斥罗布·格里耶、福克纳和川端康成。对于我们来说，无论是旧小说，还是新小说，都已经成为传统。因此我们无法回避这样的问题，即我们为何写作？我们所有的努力都是为了什么？我现在所能回答的只能是——我所有的努力都是为了使这种传统更为接近现代，也就是说使小说这个过去的形式更为接近现在。

这种接近现在的努力将具体体现在叙述方式、语言和结构、时间和人物的处理上，就是如何寻求最为真实的表现形式。

当我越来越接近三十岁的时候（这个年龄在老人的回顾里具有少年的形象，然而在我却预示着与日俱增的回想），在我规范的日常生活里，每天都有多次的事与物触发我回首过去，而我过去的经验为这样的回想提供了足够事例。我开始意识到那些即将来到的事物，其实是为了打开我的过去之门。因此现实时间里的从过去走向将来便丧失了其内在的说服力。似乎可以这样认为，时间将来只是时间过去的表象。如果我此刻反过来认为时间过去只是时间将来的表象时，确立的可能也同样存在。我完全有理由认为过去的经验是为将来的事物存在的，因为过去的经验只有通过将来事物的指引才会出现新的意义。

拥有上述前提以后，我开始面对现在了。事实上我们真实拥有的只有现在，过去和将来只是现在的两种表现形式。我的所有创作都是针对现在成立的，虽然我叙述的所有事件都作为过去的状态出现，可是叙述进程只能在现在的层面上进行。在这个意义上说，一切回忆与预测都是现在的内容，因此现在的实际意义远比常识的理解要来得复杂。由于过去的经验和将来的事物同时存在现在之中，所以现在往往是无法确定和变幻莫测的。

阴沉的天空具有难得的宁静，它有助于我舒展自己的回忆。当我开始回忆多年前某桩往事，并涉及与那桩往事有关的阳光时，我便知道自己叙述中需要的阳光应该是怎样的阳光了。正是这种在阴沉的天空里显示出来的过去的阳光，便是叙述中现在的阳光。

在叙述上叙述对象之间存在的第三者（阴沉的天空），可以有效地回避表层现实的局限，也就是说可以从单调的此刻进入广阔复杂的现在层面。这种现在的阳光，事实上是叙述者经验里所有阳光的汇集。因此叙述者可以不受束缚地寻找最为真实的阳光。

我喜欢这样一种叙述态度，通俗的说法便是将别人的事告诉别人。而努力躲避另一种叙述态度，即将自己的事告诉别人。即便是我个人的事，一旦进入叙述我也将其转化为别人的事。我寻找的是无我的叙述方式,在这个意义上,我同意李劼强调的作家与作品之间有一个叙述者的存在。在叙述过程中,个人经验转换的最简便有效的方法就是,尽可能回避直接的表述,让阴沉的天空来展示阳光。

我在前文确立的现在,某种意义上说是针对个人精神成立的,它越出了常识规定的范围。换句话说,它不具备常识应有的现存答案和确定的含义。因此面对现在的语言,只能是一种不确定的语言。

日常语言是消解了个性的大众化语言,一个句式可以唤起所有不同人的相同理解。那是一种确定了的语言,这种语言向我们提供了一个无数次被重复的世界,它强行规定了事物的轮廓和形态。因此当一个作家感到世界像一把椅子那样明白易懂时,他提倡语言应该大众化也就理直气壮了。这种语言的句式像一个紧接一个的路标,总是具有明确的指向。

所谓不确定的语言,并不是面对世界的无可奈何,也不是不知所措之后的含糊其词,事实上它是为了寻求最为真实可信的表达。因为世界并非一目了然,面对事物的纷繁复杂,语言感到无力时时做出终极判断。为了表达的真实,语言只能冲破常识,寻求一种能够同时呈现多种可能,同时呈现几个层面,并且在语法上能够并置、错位、颠倒,不受语法固有序列束缚的表达方式。

当内心涌上一股情感,如果能够正确理解这股情感,也许就会发现那些痛苦、害怕、喜悦等确定字眼,并非是内心情感的真实表达，它们只是一种简单的归纳。要是使用不确定的叙述语言来表达这样的情感状态，显然要比大众化的确定语言来得客观真实。

我这样说并非全部排斥语言的路标作用，因为事物并非任何时候都是纷繁复杂，它也有简单明了的时候。同时我也不想掩饰自己在使用语言时常常力不从心。痛苦、害怕等确定语词我们谁也无法永久逃避。我强调语言的不确定，只是为了尽可能真实地表达。

我所指的不确定的叙述语言，和确定的大众语言之间最根本的区别在于：前者强调对世界的感知，而后者则是判断。

我在前文已经说过，大众语言向我们提供了一个无数次被重复的世界。因此我寻找新语言的企图，是为了向朋友和读者展示一个不曾被重复的世界。

世界对于我，在各个阶段都只能作为有限的整体出现。所以在我某个阶段对世界的理解，只是对某个有限的整体的理解，而不是世界的全部。这种理解事实上就是结构。

从《十八岁出门远行》到《现实一种》时期的作品，其结构大体是对事实框架的模仿，情节段之间的关系基本上是递进、连接的关系，它们之间具有某种现实的必然性。但是那时期作品体现我有关世界结构的一个重要标志，便是对常理的破坏。简单的说法是，常理认为不可能的，在我作品里是坚实的事实；而常理认为可能的，在我那里无法出现。导致这种破坏的原因首先是对常理的怀疑。很多事实已经表明，常理并非像它自我标榜的那样，总是真理在握。我感到世界有其自身的规律，世界并非总在常理推断之中。

我这样做同时也是为了告诉别人：事实的价值并不只是局限于事实本身，任何一个事实一旦进入作品都可能象征一个世界。

当我写作《世事如烟》时，其结构已经放弃了对事实框架的模仿。表面上看为了表现更多的事实，使世界能够尽可能呈现纷繁的状态，我采用了并置、错位的结构方式。但实质上，我有关世界结构的思考已经确立，并开始脱离现状世界提供的现实依据。我发现了世界里一个无法眼见的整体的存在，在这个整体里，世界自身的规律也开始清晰起来。

那个时期，当我每次行走在大街上，看着车辆和行人运动时，我都会突然感到这运动透视着不由自主。我感到眼前的一切都像是事先已经安排好，在某种隐藏的力量指使下展开其运动。所有的一切（行人、车辆、街道、房屋、树木），都仿佛是舞台上的道具，世界自身的规律左右着它们，如同事先已经确定了的剧情。这个思考让我意识到，现状世界出现的一切偶然因素，都有着必然的前提。因此，当我在作品中展现事实时，必然因素已不再统治我，偶然的因素则异常地活跃起来。

与此同时，我开始重新思考世界里的一切关系：人与人、人与现实、房屋与街道、树木与河流等等。这些关系如一张错综复杂的网。

那时候我与朋友交谈时，常常会不禁自问：交谈是否呈现了我与这位朋友的真正关系？无可非议这种关系是表面的，暂时的。那么永久的关系是什么？于是我发现了世界赋予人与自然的命运。人的命运，房屋、街道、树木、河流的命运。世界自身的规律便体现在这命运之中，世界里那不可捉摸的一部分开始显露其光辉。我有关世界的结构开始重新确立，而《世事如烟》的结构也就这样产生。在《世事如烟》里，人与人，人与物，物与物，情节与情节，细节与细节的连接都显得若即若离，时隐时现。我感到这样能够体现命运的力量，即世界自身的规律。

现在我有必要说明的是：有关世界的结构并非只有唯一。因此在《世事如烟》之后，我的继续寻找将继续有意义。当我寻找得更为深入，或者说角度一旦改变，我开始发现时间作为世界的另一种结构出现了。

世界是所发生的一切，这所发生的一切的框架便是时间。因此时间代表了一个过去的完整世界。当然这里的时间已经不再是现实意义上的时间，它没有固定的顺序关系。它应该是纷繁复杂的过去世界的随意性很强的规律。

当我们把这个过去世界的一些事实，通过时间的重新排列，如果能够同时排列出几种新的顺序关系（这是不成问题的），那么就将出现几种不同的新意义。这样的排列显然是由记忆来完成的，因此我将这种排列称为记忆的逻辑。所以说，时间的意义在于它随时都可以重新结构世界，也就是说世界在时间的每一次重新结构之后，都将出现新的姿态。

事实上，传统叙述里的插叙、倒叙，已经开始了对小说时间的探索。遗憾的是这种探索始终是现实时间意义上的探索。由于这样的探索无法了解到时间的真正意义，就是说无法了解时间其实是有关世界的结构，所以它的停滞不前将是命中注定的。

在我开始以时间作为结构，来写作《此文献给少女杨柳》时，我感受到闯入一个全新世界的极大快乐。我在尝试地使用时间分裂、时间重叠、时间错位等方法以后，收获到的喜悦出乎预料。

两年以来，一些读过我作品的读者经常这样问我：你为什么不写写我们？我的回答是：我已经写了你们。

他们所关心的是我没有写从事他们那类职业的人物，而并不是作为人我是否已经写到他们了。所以我还得耐心地向他们解释：职业只是人物身上的外衣，并不重要。

事实上我不仅对职业缺乏兴趣，就是对那种竭力塑造人物性格的做法也感到不可思议和难以理解。我实在看不出那些所谓性格鲜明的人物身上有多少艺术价值。那些具有所谓性格的人物几乎都可以用一些抽象的常用语词来概括，即开朗、狡猾、厚道、忧郁等等。显而易见，性格关心的是人的外表而并非内心，而且经常粗暴地干涉作家试图进一步深入人的复杂层面的努力。因此我更关心的是人物的欲望，欲望比性格更能代表一个人的存在价值。

另一方面，我并不认为人物在作品中享有的地位，比河流、阳光、树叶、街道和房屋来得重要。我认为人物和河流、阳光等一样，在作品中都只是道具而已。河流以流动的方式来展示其欲望，房屋则在静默中显露欲望的存在。人物与河流、阳光、街道、房屋等各种道具在作品中组合一体又相互作用，从而展现出完整的欲望。这种欲望便是象征的存在。

因此小说传达给我们的,不只是栩栩如生或者激动人心之类的价值。它应该是象征的存在。而象征并不是从某个人物或者某条河流那里显示。一部真正的小说应该无处不洋溢着象征,即我们寓居世界方式的象征,我们理解世界并且与世界打交道的方式的象征。

一九八九年六月

辑二

谁是我们共同的母亲

了解八十年代中国文学的人，几乎都知道在1987年出现了一部著名的小说——《欢乐》，同时也知道这部作品在问世以后所遭受的猛烈攻击。值得注意的是这样的攻击来自四面八方，立场不同的人和观点不同的人都被攻击团结到了一起，他们伸出手（有些人伸出了拳头）愤怒地指向了一部不到七万字的虚构作品。

于是《欢乐》成了其叙述中的主角齐文栋，虚构作品的命运与作品中人物的命运重叠到了一起，齐文栋内心所发出的喊叫"……富贵者欺负我，贫贱者嫉妒我，痔疮折磨我，肠子痛我头昏我，汗水流我腿软我，喉咙发痒上腭呕吐我……乱箭齐发……"也成了虚构作品《欢乐》的现实处境。

人们为什么要对《欢乐》乱箭齐发呢？这部讲述一个少年如何在一瞬间重新经历一生的故事，或者说这部回光返照的故事在什么地方冒犯了他们？

对《欢乐》的拒绝首先是来自叙述上的，《欢乐》冒犯的是叙述的连续性和流动性，叙述在《欢乐》里时常迷失了方向，这是阅读者所不能忍受的。对于正规的阅读者来说，故事应该像一条道路、一条河流那样清晰可见，它可以曲折，但不能中断。而《欢乐》正是以不断的中断来完成叙述。

另一方面,《欢乐》的叙述者对事物赤裸裸的描叙,可以说是真正激怒了阅读者,对《欢乐》异口同声地拒绝,几乎都是从那个有关跳蚤爬上母亲身体的段落发出的,于是它成了一个著名的段落,就像是某一幅著名的肖像那样。与此同时,莫言对母亲亵渎的罪名也和他作为作家的名字一样显赫了。

现在,让我们来重温一下这个著名段落:

……跳蚤在母亲紫色的肚皮上爬,爬!在母亲积满污垢的肚脐眼里爬,爬!在母亲泄了气的破气球一样的乳房上爬,爬!在母亲弓一样的肋条上爬,爬!在母亲的瘦脖子上爬,爬!在母亲的尖下巴上、破烂不堪的嘴上爬,爬!母亲嘴里吹出来的绿色气流使爬行的跳蚤站立不稳,脚步趔趄,步伐踉跄;使飞行的跳蚤乏了翅膀,翻着筋斗,有的偏离了飞行方向,有的像飞机跌入气涡,进入螺旋。跳蚤在母亲金红色的阴毛中爬,爬!——不是我亵渎母亲的神圣,是你们这些跳蚤要爬,爬!跳蚤不但在母亲的阴毛中爬,跳蚤还在母亲的生殖器官上爬,我毫不怀疑有几只跳蚤钻进了母亲的阴道,母亲的阴道是我用头颅走过的最早的、最坦荡最曲折、最痛苦也最欢乐的漫长又短暂的道路。不是我亵渎母亲!不是我亵渎母亲!!不是我亵渎母亲!!!是你们,你们这些跳蚤亵渎了母亲也侮辱了我!我痛恨人类般的跳蚤!写到这里,你浑身哆嗦像寒风中的枯叶，你的心胡乱跳动，笔尖在纸上胡乱划动……

乱箭齐发者认为莫言亵渎了母亲，而莫言用六个惊叹号来声明没有亵渎母亲。接下去是我，作为《欢乐》的读者，1990年第一次读到跳蚤这一段时，我被深深打动；1995年3月我第二次阅读到这里时，我终于流下了眼泪，我感到自己听到了莫言的歌唱，我听到的是苦难沉重的声音在歌唱苦难沉重的母亲……母亲的肚皮变成了紫色，母亲的肚脐眼积满了污垢，母亲的乳房是泄了气的破皮球，母亲的肋条像弓一样被岁月压弯了，母亲的瘦脖子、尖下巴还有破烂不堪的嘴……这就是莫言歌唱的母亲，她养育了我们毁灭了自己。

同一个事物产生了两种截然不同的声音，指责《欢乐》的他们和被《欢乐》感动的我，或者说是我们。

因此问题不再是母亲的形象是不是可以亵渎，而是莫言是不是亵渎了母亲这个形象，莫言触犯众怒的实质是什么？

一目了然的是他在《欢乐》里创造了一个母亲，不管这个母亲是莫言为自己的内心创造的，还是为别人的阅读创造的，批评者们都将齐文栋的母亲视为了自己的母亲。

问题就在这里，这是强迫的阅读，阅读者带着来自母亲乳头的甜蜜回忆和后来的养育之恩，在阅读《欢乐》之前已经设计完成了母亲的形象，温暖的、慈祥的、得体的、干净的、伟大的……这样一个母亲，他们将自己事先设定的母亲强加到齐文栋的母亲之上，结果发现她们不是一个母亲,她们叠不到一起,最重要的是她们还格格不入。

齐文栋的母亲为什么一定要成为他们的母亲呢?叙述者和阅读者的冲突就在这里,也就是母亲应有的形象是不是必须得到保护?是不是不能遭受破坏?就是修改也必须有一些原则上的限定。

因此,母亲的形象在虚构作品中逐渐地成了公共产物,就像是一条道路,所有的人都可以在上面行走;或者是天空,所有的人都可以抬起头来注视。阅读者虽然有着不同的经历,对待自己现实中的母亲或者热爱,或者恨,或者爱恨交加,可是一旦面对虚构作品中的母亲,他们立刻把自己的现实,自己的经历放到了一边,他们步调一致地哭和步调一致地笑,因为这时候母亲只有一个了,他们自己的母亲消失到了遗忘之中,仿佛从来就没有过自己的母亲,仿佛自己是从试管里出来的,而不是莫言那样:"母亲的阴道是我用头颅走过的最早的、最坦荡最曲折、最痛苦也最欢乐的漫长又短暂的道路。"

所以,当莫言让一只跳蚤爬进齐文栋母亲的阴道时,莫言不知道自己已经伤天害理了,他让一只跳蚤爬进了他们的母亲,即属于一个集体的母亲的阴道,而不是齐文栋一个人的母亲的阴道。

母亲的形象在很多时候都只能是一个,就像祖国只有一个那样。另一方面对于每一个个人来说,母亲确实也只能是一个,一个人可以在两个以上的城市里居住,却不能在几个子宫之间旅游,来自生理的优势首先让母亲这个形象确定了下来,就像是确定一条河流一条道路，确定了母亲独一无二的地位。于是母亲这个词语就意味着养育，意味着自我牺牲，意味着无穷无尽的爱和无穷无尽的付出，而且这一切当我们还在子宫里时就已经开始了。

所以当他们拒绝《欢乐》时，很大程度上是因为《欢乐》中母亲的形象过于真实，真实到了和他们生活中的母亲越来越近，而与他们虚构中的母亲越来越远。这里表达出了他们的美好愿望，他们在生活中可以接受母亲的丑陋，然而虚构中的母亲一定要值得他们骄傲。因为他们想得到的不是事实，而是愿望。他们希望看到一个不是自己的母亲，而是一个属于集体的母亲。这个母亲可以这样，也可以那样，但必须是美好的。而《欢乐》中齐文栋的母亲却是紫色的肚皮，弓一样的肋条，破烂的嘴巴。

在我们的语言里（汉语），几乎不可能找到另一个词语，一个可以代替或者说可以超越"母亲"的词语，母亲这两个字在汉语里显示出了她的至高无上。也许正因为她高高在上，母亲这个词语所拥有的含义变得越来越抽象，她经常是一个国家、一个民族、一条著名河流的代名词，甚至经常是一个政党的代名词。而当她真正履行自己的职责，在儿女的面前伸过去母亲的手，望过去母亲的目光，发出母亲的声音时，她又背负沉重的道义，她必须无条件地去爱，她甚至都不能去想到自己。这时候她所得到的回报往往只是口语化的"妈妈"或者口语化的"娘"，除此以外还有什么呢？在现实中她可以得到儿女更多的回报，然而作为一个语言中最为高尚的典范，母亲这个词语是不应该有私心杂念的。

这就是人们为什么要歌唱母亲，被母亲热爱的人在歌唱，被母亲抛弃的人也在歌唱，值得注意的是他们所歌唱的母亲，在很大程度上已经是虚构的母亲了。事实上歌本身具有的抒情和理想色彩已经决定了歌唱者的内心多于现实，人们在歌唱母亲的时候，其实是再一次地接受了母亲所给予的养育，给予的爱，尽管这是歌唱者自己虚构出来的，可是这虚构出来的爱往往比现实中所得到的爱更为感人，因此歌唱母亲成了人们共同的愿望，同时也成了人们表白自己良知的最好时刻。

现在让我们重新回到《欢乐》里来，当他们认为《欢乐》亵渎了母亲这个形象时，事实上是在拒绝一种叙述方式，在他们看来，《欢乐》的叙述者选择了泥沙俱下式的叙述，已经违反了阅读的规则，更为严重的是《欢乐》还选择了丧失良知的叙述。

所以我们有必要再来看看莫言的这部作品，这部在叙述上有着惊人力量的作品怎样写到了母亲。

作为母亲的儿子，作为《欢乐》叙述的执行者，齐文栋走上告别人世之路时，他的目光已经切割了时间，时间在《欢乐》里化作了碎片，碎片又整理出了一个又一个的事实，如同一场突然来到的大雪，在我们的眼前纷纷扬扬。

叙述语言的丰富变化和叙述事实的铺天盖地而来，让我们觉得《欢乐》这部不到七万字的虚构作品，竟然有着像土地一样的宽广。而这一切都发生在一双临终的眼睛里，发生在一条短暂的道路上，齐文栋走上自我毁灭时的重温过去，仿佛是一生的重新开始，就像他重新用头颅走过了母亲最坦荡最曲折、最痛苦也最欢乐的漫长又短暂的阴道。

在齐文栋临终的眼睛里,母亲是瘦小的,软弱的,并且还是丑陋的,就像那个充满激情和热爱的段落里所展示的那样:肚脐眼积满了污垢,弓一样的肋条和破烂不堪的嘴。

应该说,这样的母亲正在丧失生存的能力,然而齐文栋所得到的唯一的保护就是来自这样一个母亲。

齐文栋,一个年轻的,虽然不是强壮的,可也是健康的人,被这样的一个母亲爱护着。在这里,莫言用强壮的声音来讲述软弱的力量。这正是莫言对现实所具有的卓越的洞察能力,也是莫言卓越的叙述所在。

为什么一定要抬起头来才能看到天空呢?低着头时同样也能看到天空,不管他是用想象看到的,还是用别的更为隐秘的方式看到的,总之他看到天空的方式与众不同。而更多的人往往是在流鼻血的时候,才会被迫抬起头来去看天空。

在《欢乐》里,莫言叙述的母亲是一个衰落了的母亲。可以说是所有的人都有机会亲眼目睹自己母亲的衰落,母亲从最开始的强大,从年轻有力,胸前的乳房里有着取之不尽的乳汁开始,慢慢地走向衰落,乳房成了泄了气的破皮球,曾经保护着我们的母亲需要我们来保护了。穿越车辆不断的马路时,不再是她牵着我们的手,而是我们牵着她的手了。

莫言讲述的正是这样一个令人悲哀的事实,一个正在倒塌的形象，然而这时候的母亲恰恰又是最有力量的，正像一位英国女作家所说的那样："时间和磨难会驯服一个青年女子，但一个老年妇女是任何人间力量都无法控制的。"

因此莫言在《欢乐》里歌唱母亲全部的衰落时，他其实是在歌唱母亲的全部荣耀；他没有直接去歌唱母亲昔日的荣耀，是因为他不愿意在自己的歌唱里出现对母亲的炫耀；他歌唱的母亲是一个真实的母亲，一个时间和磨难已经驯服不了的母亲，一个已经山河破碎了的母亲。

正是这样的母亲，才使我们百感交集，才使我们有了同情和怜悯之心，才使我们可以无穷无尽地去付出自己的爱。

当那只跳蚤出现时，从母亲紫色的肚皮上出现，爬上母亲弓一样的肋条，最后又爬进了母亲的阴道。这时候的跳蚤已经不是现实中的跳蚤了，它成了叙述里的一个惊叹号，或者是歌唱里跳跃的音符，正是它的不断前行，让我们看到了母亲的全部，母亲的过去和母亲的现在，还有母亲的末日。当它最后爬进母亲的阴道时，正是齐文栋寻找到了自己生命的开始。

然而很多人拒绝了这只跳蚤，他们指责了跳蚤，也指责了莫言，指责跳蚤是因为跳蚤自身倒霉的命运，指责莫言是因为莫言选择了跳蚤。

莫言为什么要选择跳蚤？在这个问题之前应该还有一个问题，就是《欢乐》的叙述为什么要选择莫言？

毫无疑问，这只跳蚤是激情的产物。作为叙述基础的母亲是一个什么样的母亲呢？这一点人们已经知道了，知道她的紫色肚皮，她的瘦脖子和破烂嘴巴，来到这样的母亲身上的只能是跳蚤了，如果让一颗宝石在母亲的紫色肚皮上滚动，这情景一定让人瞠目结舌。

因此，跳蚤的来到并不是出于莫言的邀请，而是叙述中母亲的邀请，那个完全衰落了的母亲的邀请。就像倒塌的房屋不会去邀请明亮的家具，衰落了的母亲除了跳蚤以外，还能邀请到什么呢？

可是他们没有这样认为，他们认为莫言在《欢乐》里让一只跳蚤爬进了母亲的阴道，所以莫言亵渎了母亲——在这句简单的话语里，我们看到了来自语言的暴力，这句话语本身的逻辑并没有什么不合理之处，问题是这句话语脱离了《欢乐》完整的叙述，断章取义地将自己孤立起来，然后粗暴地确立了莫言亵渎的罪名。

当一个少女用她美丽的眼睛看着我们时，我们都会被她眼睛的美丽所感动，可是把她的眼睛挖出来以后再拿给我们看时，我们都会吓得屁滚尿流。

现在他们就像是挖出少女的眼睛一样，将这个段落从《欢乐》的叙述里挖了出来。有经验的阅读者都应该明白这样一个道理，叙述的完整性是不能被破坏的。我们看着同样的一块草地，一块青翠的闪耀着阳光的草地，叙述让我们在鸟语花香的时候看着它，和经历了一场灾难一切都变成废墟以后，叙述再让我们看着依然青翠的草地时，我们前后的感受决然不同。

《欢乐》的遭遇让我们想到什么是经典形象，经典形象给后来的叙述带来了什么？

让我们闭上眼睛来想一想，我们所读过的所有叙述作品，这些不同年代、不同地域、不同时间里出现的作品，在这一刻同时来到我们的记忆中时，作品原有的叙述已经支离破碎，被我们所记住的经常是一段有趣的对话，或者是一段精彩的描叙，而这些都和叙述中的人物形象有关，因此让我们牢牢记住的就是一个又一个人物，我们不仅记住了他们的言行，也记住了他们的外貌，以及他们的隐私。

于是这些人物的形象成了经典，毫无疑问这是文学在昔日的荣耀，并且长生不老，是一代又一代的阅读者的伙伴。应该说这些经典形象代表的是文学的过去，而不是今天，更不是我们文学的未来。

然而当很多人要求现在的作家应该像巴尔扎克、卡夫卡，或者像曹雪芹、鲁迅那样写作时，问题就出来了，我们今天的写作为什么要被过去时代的写作所笼罩呢？

人们觉得只有一个高老头太少了，只有一个格里高里·萨姆沙太少，只有一个阿Q、一个贾宝玉也太少了，他们希望这些经典形象在后来的作家那里不停地被繁殖出子孙来。

从这里我们开始意识到经典形象代表了什么，它代表了很多人共同的利益和共同的愿望，经典形象逐渐地被抽象化了，成了叙述中的准则和法规。人们在阅读文学作品的时候，对形象的关注已经远远超过对一个活生生的人的关注。就像是一场正在进行中的时装表演，人们关注的是衣服，而不是走动的人。

这里出现了一个值得注意的现象，虚构作品在不断地被创作出来的同时，也确立了自身的教条和真理，成了阅读者检验一部作品是否可以被接受的重要标准，它们凌驾在叙述之上，对叙述者来自内心的声音充耳不闻，对叙述自身的发展漠不关心。它们就是标准，就是一把尺或者是一个圆规，所有的叙述必须在它们认可的范围内进行，一旦越出了它们规定的界线，就是亵渎……就是一切它们所能够进行指责的词语。

因此，人们在《欢乐》里所寻找的不是——谁是我的母亲，而是——谁是我们共同的母亲。

一九九五年四月十一日

温暖和百感交集的旅程

我经常将川端康成和卡夫卡的名字放在一起，并不是他们应该在一起，而是出于我个人的习惯。我难以忘记1980年冬天最初读到《伊豆的歌女》时的情景，当时我二十岁，我是在浙江宁波靠近甬江的一间昏暗的公寓里与川端康成相遇。五年之后，也是在冬天，也是在水边，在浙江海盐一间临河的屋子里，我读到了卡夫卡。谢天谢地，我没有同时读到他们。当时我年轻无知，如果文学风格上的对抗过于激烈，会使我的阅读不知所措和难以承受。在我看来，川端康成是文学里无限柔软的象征，卡夫卡是文学里极端锋利的象征；川端康成叙述中的凝视缩短了心灵抵达事物的距离，卡夫卡叙述中的切割扩大了这样的距离；川端康成是肉体的迷宫，卡夫卡是内心的地狱；川端康成如同盛开的罂粟花使人昏昏欲睡，卡夫卡就像是流进血管的海洛因令人亢奋和痴呆。我们的文学接受了这样两份决然不同的遗嘱，同时也暗示了文学的广阔有时候也存在于某些隐藏的一致性之中。川端康成曾经这样描述一位母亲凝视死去女儿时的感受："女儿的脸生平第一次化妆，真像是一位出嫁的新娘。"类似起死回生的例子在卡夫卡的作品中同样可以找到。《乡村医生》中的医生检查到患者身上溃烂的伤口时，他看到了一朵玫瑰红色的花朵。

这是我最初体验到的阅读，生在死之后出现，花朵生长在溃烂的伤口上。对抗中的事物没有经历缓和的过程，直接就是会合，然后同时拥有了多重品质。这似乎是出于内心的理由，我意识到伟大作家的内心没有边界，或者说没有生死之隔，也没有美丑和善恶之分，一切事物都以平等的方式相处。他们对内心的忠诚使他们写作时同样没有了边界，因此生和死、花朵和伤口可以同时出现在他们的笔下，形成叙述的和声。

我曾经迷恋于川端康成的描述，那些用纤维连接起来的细部，我说的就是他描述细部的方式。他叙述的目光无微不至，几乎抵达了事物的每一条纹路，同时又像是没有抵达，我曾经认为这种若即若离的描述是属于感受的方式。川端康成喜欢用目光和内心的波动去抚摸事物，他很少用手去抚摸，因此当他不断地展示细部的时候，他也在不断地隐藏着什么。被隐藏的总是更加令人着迷，它会使阅读走向不可接近的状态，因为后面有着一个神奇的空间，而且是一个没有疆界的空间，可以无限扩大，也可以随时缩小。为什么我们在阅读之后会掩卷沉思？这是因为我们需要走进那个神奇的空间，并且继续行走。这样的品质也在卡夫卡和马尔克斯，以及其他更多的作家那里出现，这也是我喜爱《礼拜二午睡时刻》的一个原因。

加西亚·马尔克斯是无可争议的大师，而且生前就已获此殊荣。《百年孤独》塑造了一个天马行空的作家的偶像，一个将想象力尽情挥霍的偶像,其实马尔克斯在叙述里隐藏着小心翼翼的克制,正是这两者间激烈的对抗,造就了伟大的马尔克斯。《礼拜二午睡时刻》所展示的就是作家克制的才华,这是一个在任何时代都有可能出现的故事,因此也是任何时代的作家都有可能写下的故事。我的意思是它的主题其实源远流长,一个母亲对儿子的爱。虽然作为小偷的儿子被人枪杀的事实会令任何母亲不安,然而这个经过了长途旅行,带着已经枯萎的鲜花和唯一的女儿,来到这陌生之地看望亡儿之坟的母亲却是如此的镇静。马尔克斯的叙述简洁和不动声色,人物和场景仿佛是在摄影作品中出现,而且他只写下了母亲面对一切的镇静,镇静的后面却隐藏着无比的悲痛和宽广的爱。为什么神父都会在这个女人面前不安?为什么枯萎的鲜花会令我们战栗?马尔克斯留下的疑问十分清晰,疑问后面的答案也是同样的清晰,让我们觉得自己已经感受到了,同时又觉得自己的感受还远远不够。

卡夫卡的作品,我选择了《在流放地》。这是一个使人震惊的故事,一个被遗弃的军官和一架被遗弃的杀人机器,两者间的关系有点像是变了质的爱情,或者说他们的历史是他们共同拥有的,少了任何一个都会两个同时失去。应该说,那是充满了荣耀和幸福的历史。故事开始时他们的蜜月已经结束,正在经历着毁灭前凋零的岁月。旅行家——这是卡夫卡的叙述者——给予了军官回首往事的机会,另两个在场的人都是士兵,一个是"张着大嘴,头发蓬松"即将被处决的士兵,还有一个是负责解押的士兵。与《变形记》这样的作品不同，卡夫卡没有从一开始就置读者于不可思议的场景之中，而是给予了我们一个正常的开端，然后向着不可思议的方向发展。随着岁月的流逝，机器的每一个部分都有了通用的小名，军官向旅行家介绍："底下的部分叫做'床'，最高的部分叫'设计师'，在中间能够上下移动的部分叫做'耙子'。"还有特制的粗棉花，毛毡的小口衔，尤其是这个在处死犯人时塞进他们嘴中的口衔，这是为了阻止犯人喊叫的天才设计，也是卡夫卡叙述中令人不安的颤音。由于新来的司令官对这架杀人机器的冷漠，部件在陈旧和失灵之后没有得到更换，于是毛毡的口衔上沾满了一百多个过去处死犯人的口水，那些死者的气息已经一层层地渗透了进去，在口衔上阴魂不散。因此当那个"张着大嘴，头发蓬松"犯人的嘴刚刚咬住上衔，立刻闭上眼睛呕吐起来，把军官心爱的机器"弄得像猪圈一样"。卡夫卡有着长驱直入的力量，仿佛匕首插入身体，慢慢涌出的鲜血是为了证实插入行为的可靠，卡夫卡的叙述具有同样的景象，细致、坚实和触目惊心，而且每一段叙述在推进的同时也证实了前面完成的段落，如同匕首插入后鲜血的回流。因此，当故事变得越来越不可思议的时候，故事本身的真实性不仅没有削弱，反而增强。然后，我们读到了军官疯狂同时也是合理的举动，他放走了犯人，自己来试验这架快要崩溃的机器，让机器处死自己。就像是一对殉情的恋人，他似乎想和机器一起崩溃。这个有着古怪理想的军官也要面对那个要命的口衔。卡夫卡这样写道："可以看得出来军官对这口衔还是有些勉强，可是他只是躲闪了一小会儿，很快就屈服了，把口衔纳进了嘴里。"

我之所以选择《在流放地》，是因为卡夫卡这部作品留在叙述上的刻度最为清晰，我所指的是一个作家叙述时产生力量的支点在什么地方？这位思维变幻莫测的作家，这位让读者惊恐不安和难以预测的作家究竟给了我们什么？他是如何用叙述之砖堆砌了荒诞的大厦？《在流放地》清晰地展示了卡夫卡叙述中伸展出去的枝叶，在对那架杀人机器细致入微的描写里，这位作家表达出了和巴尔扎克同样准确的现实感，这样的现实感也在故事的其他部分不断涌现，正是这些拥有了现实依据的描述，才构造了卡夫卡故事的地基。事实上他所有的作品都是如此，只是人们更容易被大厦的荒诞性所吸引，从而忽视了建筑材料的实用性。

布鲁诺·舒尔茨的《鸟》和若昂·吉马朗埃斯·罗萨的《河的第三条岸》也是同样如此。《鸟》之外我还选择了舒尔茨另外两部短篇小说，《蟑螂》和《父亲的最后一次逃走》。我认为只有这样，在《鸟》中出现的父亲的形象才有可能完整起来。我们可以将它们视为一部作品中的三个章节，况且它们的篇幅都是十分简短。舒尔茨赋予的这个"父亲"，差不多是我们文学中最为灵活的形象。他在拥有了人的形象之外，还拥有了鸟、蟑螂和螃蟹的形象，而且他在不断地死去之后，还能够不断地回来。这是一个空旷的父亲，他既没有人的边界，也没有动物的边界，仿佛幽灵似的飘荡着，只要他依附其上，任何东西都会散发出生命的欲望。因此，他是一个实实在在的生命，可以说是人的生命。舒尔茨的描述是那样的精确迷人,"父亲"无论是作为人出现,还是作为鸟、蟑螂或者螃蟹出现,他的动作和形态与他生命所属的种族都有着完美的一致性。值得注意的是,舒尔茨与卡夫卡一样,当故事在不可思议的环境和突如其来的转折中跳跃时,叙述始终是扎实有力的,所有的事物被展示时都有着现实的触摸感和亲切感。尽管舒尔茨的故事比卡夫卡更加随意,然而叙述的原则是一致的。就像格里高里·萨姆沙和甲虫互相拥有对方的习惯,"父亲"和蟑螂或者螃蟹的结合也使各自的特点既鲜明又融洽。

若昂·吉马朗埃斯·罗萨在《河的第三条岸》也塑造了一个父亲的形象,而且也同样是一个脱离了父亲概念的形象,不过他没有去和动物结合,他只是在自己的形象里越走越远,最后走出了人的疆域,有趣的是这时候他仍然是一个活生生的人。这个永不上岸的父亲,使罗萨的故事成了一个永不结束的故事。这位巴西作家在讲述这个故事时,没有丝毫离奇之处,似乎是一个和日常生活一样真实的故事,可是它完全不是一个日常生活的故事,它给予读者的震撼是因为它将读者引向了深不可测的心灵的夜空,或者说将读者引向了河的第三条岸。罗萨、舒尔茨和卡夫卡的故事共同指出了荒诞作品存在的方式,他们都是在人们熟悉的事物里进行并且完成了叙述,而读者却是鬼使神差地来到了完全陌生的境地。这些形式荒诞的作家为什么要认真地和现实地刻画每一个细节?因为他们在具体事物的真实上有着难以言传的敏锐和无法摆脱的理解,同时他们的内心总是在无限地扩张,因此他们作品的形式也会无限扩张。

在卡夫卡和舒尔茨之后，辛格是我选择的第三位来自犹太民族的作家。与前两位作家类似，辛格笔下的人物总是难以摆脱流浪的命运，这其实是一个民族的命运。不同的是，卡夫卡和舒尔茨笔下的人物是在内心的深渊里流浪，辛格的人物则是行走在现实之路上。这也是为什么辛格的人物充满了尘土飞扬的气息，而卡夫卡和舒尔茨的人物一尘不染，因为后者生活在想象的深处。然而，他们都是迷途的羔羊。《傻瓜吉姆佩尔》是一部震撼灵魂的杰作，吉姆佩尔的一生在短短几千字的篇幅里得到了几乎是全部的展现，就像写下了浪尖就是写下整个大海一样，辛格的叙述虽然只是让吉姆佩尔人生的几个片段闪闪发亮，然而他全部的人生也因此被照亮了。这是一个比白纸还要洁白的灵魂，他的名字因为和傻瓜紧密相连，他的命运也就书写了一部受骗和被欺压的历史。辛格的叙述是如此的质朴有力，当吉姆佩尔善良和忠诚地面对所有欺压他和欺骗他的人时，辛格表达了人的软弱的力量，这样的力量发自内心，也来自深远的历史，因此它可以战胜所有强大的势力。故事的结尾催人泪下，已经衰老的吉姆佩尔说："当死神来临时，我会高高兴兴地去。不管那里会是什么地方，都会是真实的，没有纷扰，没有嘲笑，没有欺诈。赞美上帝：在那里，即使是吉姆佩尔，也不会受骗。"此刻的辛格似乎获得了神的目光，他看到了，也告诉我们，有时候最软弱的也会是最强大的。就像《马太福音》第十八章所讲述的故事：门徒问耶稣，"天国里谁是最大的？"耶稣叫来了一个小孩，告诉门徒，"凡自己谦卑像这小孩子的，他在天国里就是最大的。"

据我所知，鲁迅和博尔赫斯是我们文学里思维清晰和思维敏捷的象征，前者犹如山脉隆出地表，后者则像是河流陷入了进去，这两个人都指出了思维的一目了然，同时也展示了思维存在的两种不同方式。一个是文学里令人战栗的白昼，另一个是文学里使人不安的夜晚；前者是战士，后者是梦想家。这里选择的《孔乙己》和《南方》，都是叙述上惜墨如金的典范，都是文学中精瘦如骨的形象。在《孔乙己》里，鲁迅省略了孔乙己最初几次来到酒店的描述，当孔乙己的腿被打断后，鲁迅才开始写他是如何走来的。这是一个伟大作家的责任，当孔乙己双腿健全时，可以忽视他来到的方式，然而当他腿断了，就不能回避。于是，我们读到了文学叙述中的绝唱。"忽然间听得一个声音，'温一碗酒'。这声音虽然极低，却很耳熟。看时又全没有人。站起来向外一望，那孔乙己便在柜台下对了门槛坐着。"先是声音传来，然后才见着人，这样的叙述已经不同凡响，当"我温了酒，端出去，放在门槛上"，孔乙己摸出四文大钱后，令人战栗的描述出现了，鲁迅只用了短短一句话，"见他满手是泥，原来他是用这手走来的。"

这就是我为什么热爱鲁迅的理由，他的叙述在抵达现实时是如此的迅猛，就像子弹穿越了身体，而不是留在了身体里。与作为战士的鲁迅不同，作为梦想家的博尔赫斯似乎深陷于不可知的浪漫之中，他那简洁明快的叙述里，其实弥漫着理性的茫然，而且他时常热衷于这样的迷茫，因此他笔下的人物常常是头脑清楚，可是命运模糊。当他让虚弱不堪的胡安·达尔曼捡起匕首去迎接决斗，也就是迎接不可逆转的死亡时，理性的迷茫使博尔赫斯获得了现实的宽广，他用他一贯的方式写道："如果说，达尔曼没有了希望，那么，他也没有了恐惧。"

鲁迅的孔乙己仿佛是记忆凝聚之后来到了现实之中，而《南方》中的胡安·达尔曼则是一个努力返回记忆的人。叙述方向的不同使这两个人物获得了各自不同的道路，孔乙己是现实的和可触摸的，胡安·达尔曼则是神秘的和难以把握的。前者从记忆出发，来到现实；后者却是从现实出发，回到记忆之中。鲁迅和博尔赫斯似乎都怀疑岁月会抚平伤疼，因此他们笔下的人物只会在自己的厄运里越走越远，最后他们殊途同归，消失成了他们共同的命运。值得注意的是，现实的孔乙己和神秘的胡安·达尔曼，都以无法确定的方式消失："我到现在终于没有见——大约孔乙己的确死了。""达尔曼手里紧紧地握着匕首，也许他根本不知道怎么使用它，就出了门，向草原走去。"

拉克司奈斯的《青鱼》和克莱恩的《海上扁舟》是我最初阅读的记录，它们记录了我最初来到文学身旁时的忐忑不安，也记录了我当时的激动和失眠。这是二十年前的往事了，如果没有拉克司奈斯和克莱恩的这两部作品，还有川端康成的《伊豆的歌女》，我想，我也许不会步入文学之门。就像很多年以后，我第一次看到伯格曼的《野草莓》后，才知道什么叫电影一样，《青鱼》和《海上扁舟》在二十年前就让我知道了什么是文学。直到现在，我仍然热爱着它们，这并不是因为它们曾使我情窦初开，而是它们让我知道了文学的持久和浩瀚。这两部短篇小说都只是叙述了一个场景，一个在海上，另一个在海边。这似乎是短篇小说横断面理论的有力证明，问题是伟大的短篇小说有着远远超过篇幅的纬度和经度。《海上扁舟》让我知道了什么是叙述的力量，一叶漂浮在海上的小舟，一个厨子，一个加油工人，一个记者，还有一个受伤的船长，这是一个抵抗死亡，寻找生命之岸的故事。史蒂芬·克莱恩的才华将这个单调的故事拉长到一万字以上，而且丝丝入扣，始终激动人心。拉克司奈斯的《青鱼》让我明了史诗不仅仅是篇幅的漫长，有时候也会在一部简洁的短篇小说中出现。就像瓦西里·康定斯基所说的"一种无限度的红色只能由大脑去想象"，《青鱼》差不多是完美地体现了文学中浩瀚的品质，它在极其有限的叙述里表达了没有限度的思想和情感，如同想象中的红色一样无边无际。

这差不多是我二十年来阅读文学的经历，当然还有更多的作品这里没有提及。我对那些伟大作品的每一次阅读，都会被它们带走。我就像是一个胆怯的孩子，小心翼翼地抓住它们的衣角，模仿着它们的步伐，在时间的长河里缓缓走去，那是温暖和百感交集的旅程。它们将我带走，然后又让我独自一人回去。当我回来之后，才知道它们已经永远和我在一起了。

一九九九年四月三十日

布尔加科夫与《大师和玛格丽特》

布尔加科夫

1930年3月28日，贫困潦倒的布尔加科夫给斯大林写去了一封信，希望得到莫斯科艺术剧院一个助理导演的职位。"如果不能任命我为助理导演……"他说，"请求当个在编的普通配角演员。如果当普通配角也不行，我就请求当个管剧务的工人。如果连工人也不能当，那就请求苏联政府以它认为必要的任何方式尽快处置我，只要处置就行……"

作为一位作品被禁的大师，布尔加科夫在骄傲与克服饥饿之间显得困难重重，最终他两者都选择了，他在"请求"的后面没有丝毫的乞讨，当他请求做一个管剧务的工人时，依然骄傲地说："只要处置就行。"

同年4月18日，斯大林拨通了布尔加科夫家的电话，与布尔加科夫进行了简短的交谈，然后布尔加科夫成了莫斯科艺术剧院的一名助理导演。他重新开始写作《大师和玛格丽特》，一部在那个时代不可能获得发表的作品，布尔加科夫深知这一点，因此他的写作就更为突出地表达了内心的需要，也就是说他的写作失去了实际的意义，与发表、收入、名誉等等毫无关系，写作成了纯粹的自我表达，成了布尔加科夫对自己的纪念。

这位来自基辅的神学教授的儿子，自幼腼腆、斯文、安静，他认为，"作家不论遇到多大困难都应该坚贞不屈……如果使文学去适应把个人生活安排得更为舒适、富有的需要，这样的文学便是一种令人厌恶的勾当了。"

他说到做到，无论是来自政治的斯大林的意见，还是来自艺术的斯坦尼斯拉夫斯基的压力，都不能使他改变自己的主张，于是他生活贫困，朋友疏远，人格遭受侮辱，然而布尔加科夫"微笑着接受厄运的挑战"，就像一首牙买加民歌里的奴隶的歌唱，"你们有权利，我们有道德。"

在这种情况下，布尔加科夫的写作只能是内心独白，于是在愤怒、仇恨和绝望之后，他突然幸福地回到了写作，就像疾病使普鲁斯特回到写作，孤独使卡夫卡回到写作那样，厄运将布尔加科夫与荣誉、富贵分开了，同时又将真正的写作赋予了他，给了他另一种欢乐，也给了他另一种痛苦。

回到了写作的布尔加科夫，没有了出版，没有了读者，没有了评论，与此同时他也没有了虚荣，没有了毫无意义的期待。他获得了宁静，获得了真正意义上的写作。他用不着去和自己的盛名斗争；用不着一方面和报纸、杂志夸夸其谈，另一方面独自一人时又要反省自己的言行。最重要的是，他不需要迫使自己从世俗的荣耀里脱身而出，回到写作，因为他没有机会离开写作了，他将自己的人生掌握在叙述的虚构里，他已经消失在自己的写作之中，而且无影无踪，就像博尔赫斯写到佩德罗·达米安生命消失时的比喻："仿佛水消失在水中。"

在生命的最后十二年里，布尔加科夫失去一切之后，《大师和玛格丽特》的写作又使他得到了一切；他虚构了撒旦对莫斯科的访问，也虚构了自己；或者说他将自己的生活进行了重新的安排，他扩张了想象，缩小了现实。因此在最后的十二年里，很难说布尔加科夫是贫困的，还是富有的；是软弱的，还是强大的；是走投无路，还是左右逢源。

大师和玛格丽特

在这部作品中，有两个十分重要的人物，就是大师和玛格丽特，他们第一次的出现，是在书的封面上，可是以书名的身份出现了一次以后，他们的第二次出现却被叙述一再推迟，直到284页，大师才悄然而来，紧接着在314页的时候，美丽的玛格丽特也接踵而至了。在这部580页的作品里，大师和玛格丽特真正的出现正是在叙述最为舒展的部分，也就是一部作品中间的部分。这时候，读者已经忘记了书名，忘记了曾经在书的封面上看到过他们的名字。

在此之前，化名沃兰德的撒旦以叙述里最为有力的声音，改变了莫斯科的现实。虽然撒旦的声音极其低沉，低到泥土之下，但是它建立了叙述的基础，然后就像是地震一样，在其之上，我们看到了莫斯科如何紧张了起来，并且惊恐不安。

显然，布尔加科夫的天才得到了魔鬼的帮助，饱尝痛苦和耻辱的内心，使他在有生之年就远离了人世，当他发现自己讨厌的不是几个人，而是所有的人时，他的内心逐渐地成了传说，在传说中与撒旦相遇，然后和撒旦重叠。因此可以这样说，《大师和玛格丽特》里的撒旦，就是布尔加科夫自己，而大师——这个试图重写本丢·彼拉多的历史的作家，则是布尔加科夫留在现实里的残缺不全的影子。

从钱诚先生的汉语翻译来看，《大师和玛格丽特》的叙述具备了19世纪式的耐心，尤其是开始的几章，牧首湖畔的冗长的交谈，本丢·彼拉多对耶稣的审讯，然后又回到牧首湖畔的谈话，61页过去了，布尔加科夫才让那位诗人疯跑起来，当诗人无家汉开始其丧失理智的疯狂奔跑，布尔加科夫叙述的速度也跑动起来了，一直到283页，也就是大师出现之前，布尔加科夫让笔下的人物像是传递接力似的，把叙述中的不安和恐惧迅速弥漫开去。

我们读到的篇章越来越辉煌，叙述逐渐地成了集会，莫斯科众多的声音一个接着一个地汇入红场。在魔鬼的游戏的上面，所有的人都在惊慌失措地摇晃，而且都是不由自主。所发生的一切事都丧失了现实的原则，人们目瞪口呆、浑身发抖、莫名其妙和心惊胆战。就这样，当所有的不安、所有的恐惧、所有的虚张声势都聚集起来时，也就是说当叙述开始显示出无边无际的前景时，叙述断了。这时候大师和玛格丽特的爱情开始了，强劲有力的叙述一瞬间就转换成柔情似水，中间没有任何过渡，就是片刻的沉默也没有，仿佛是突然伸过来一双纤细的手，"咔嚓"一声扭断了一根铁管。

这时候283页过去了，这往往是一部作品找到方向的时候，最起码也是方向逐渐清晰起来的时候，因此在这样的时候再让两个崭新的人物出现，叙述的危险也随之产生，因为这时候读者开始了解叙述中的人物了，叙述中的各种关系也正是在这时候得到全部的呈现。叙述在经历了此刻的复杂以后，接下去应该是逐渐单纯地走向结尾。所以，作家往往只有出于无奈，才会在这时候让新的人物出来，作家这样做是因为新的人物能够带来新的情节和新的细节，将它们带入停滞不前的叙述中，从而推动叙述。

在这里，大师和玛格丽特的出现显然不是出于布尔加科夫的无奈，他们虽然带来了新的情节和新的细节，但是他们不是推动，而是改变了叙述的方向。这样一来，就注定了这部作品在叙述上的多层选择，也就是说它不是一部结构严密的作品。事实也正是如此，人们在这部作品中读到的是一段又一段光彩夺目的篇章，而章节之间的必要联结却显得并不重要了，有时候甚至没有联结，直接就是中断。

布尔加科夫在丰富的欲望和叙述的控制之间，做出了明智的选择，他要表达的事物实在是太多了，以至于叙述的完美必然会破坏事实的丰富，他干脆放任自己的叙述，让自己的想象和感受尽情发挥，直到淋漓尽致之时，他才会做出结构上的考虑。这时候大师和玛格丽特的重要性显示出来了，正是他们的爱情，虚幻的和抽象的爱情使《大师和玛格丽特》有了结构，同时也正是这爱情篇章的简短，这样也就一目了然，使结构在叙述中浮现了出来，让叙述在快速奔跑的时候有了回首一望，这回首一望恰到好处地拉住了快要迷途不返的叙述。

《大师和玛格丽特》似乎证明了这样的一种叙述，在一部五百页以上的长篇小说里，结构不应该是清晰可见的，它应该是时隐时现，它应该在叙述者训练有素的内心里，而不应该在急功近利的笔尖。只有这样，长篇小说里跌宕的幅度辽阔的叙述才不会受到伤害。

大师和玛格丽特，这是两个雕像般的人物，他们具有不可思议的完美，布尔加科夫让他们来自现实，又不给予他们现实的性格。与柏辽兹、斯乔帕、瓦列奴哈和里姆斯基他们相比，大师和玛格丽特实在不像是莫斯科的居民。这并不是指他们身上没有莫斯科平庸和虚伪的时尚，重要的是在他们的内心里我们读不到莫斯科的现实，而且他们的完美使他们更像是传说中的人物，让人们觉得他们和书中的撒旦、耶稣还有本丢·彼拉多一样古老，甚至还没有撒旦和耶稣身上的某些现实性，而大师笔下的犹太总督本丢·彼拉多，倒是和今天的政治家十分相近。

布尔加科夫在描叙这两个人物时，显然是放弃了他们应该具有的现实性。因为在《大师和玛格丽特》里，我们已经读到了足够多的现实。在柏辽兹、里姆斯基这些莫斯科的平庸之辈那里，布尔加科夫已经显示出了其洞察现实的天才，可以说是我们要什么，布尔加科夫就给了我们什么。就是在撒旦，在耶稣，在本丢·彼拉多那里，我们也读到了来自人间的沉思默想，来自人间的对死亡的恐惧和来自人间的如何让阴谋得以实现。

在长达十二年的写作里，布尔加科夫有足够多的时间来斟酌大师和玛格丽特，他不会因为疏忽而将他们写得像抒情诗那样与现实十分遥远。当然，他们也和现实格格不入。布尔加科夫之所以这样，就是要得到叙述上的不和谐，让大师和玛格丽特在整个叙述中突出起来，然后，正像前面所说的那样，使结构在叙述中得到浮现。

在《大师和玛格丽特》里，作为一个作家，大师与现实之间唯一的联系，就是他被剥夺了发表作品的自由，这一点和布尔加科夫的现实境况完全一致，这也是布尔加科夫自身的现实与作品之间的唯一联系。这样的联系十分脆弱，正是因为其脆弱，大师这个人物在布尔加科夫的笔下才如此虚幻。

在这里，布尔加科夫对自己的理解是虚幻的，或者说他宁愿虚幻地去理解自己。现实的压制使他完全退回到了自己的内心，接着又使他重新掌握了自己的命运，他将自己的命运推入到想象之中。于是出现了玛格丽特，这个美丽超凡的女子，与大师一样，她也沉浸在自己的想象之中。两个同样的人在莫斯科的某一个街角邂逅时，都是一眼就看出了对方的内心，爱情就这样开始了。

玛格丽特的出现，不仅使大师的内心获得了宁静，也使布尔加科夫得到了无与伦比的安慰。这个虚幻的女子与其说是为了大师而来，还不如说是布尔加科夫为自己创造的。大师只是布尔加科夫在虚构世界里的一个代表：当布尔加科夫思考时，他成了语言；当布尔加科夫说话时，他成了声音；当布尔加科夫抚摸时，他成了手。因此可以这样说，玛格丽特是布尔加科夫在另一条人生道路上的全部的幸福，也是布尔加科夫现实与写作之间的唯一模糊之区。只有这样，布尔加科夫才能完好无损地保护住了自己的信念，就像人们常说的这是爱情的力量，并且将这样的信念继续下去，就是在自己生命结束以后，仍然让它向前延伸，因为他的另一条人生道路没有止境。

所以当大师的完美因为抽象而显得苍白时，玛格丽特的完美则是楚楚动人。对布尔加科夫来说，《大师和玛格丽特》中的大师在很大程度上只是结构的需要，玛格丽特就不仅仅是结构的需要了，她柔软的双肩同时还要挑起布尔加科夫内心沉重的爱情。

于是她不可逃避地变得极其忧郁，她的忧郁正是大师——其实是布尔加科夫——给予的，是大师在镜中映出的另一个人的现实造成的。玛格丽特被撒旦选中，出来担当魔鬼晚会的女主人，这位一夜皇后在布尔加科夫笔下光彩照人。虽然在这辉煌的篇章里，有关玛格丽特最多的描绘是她的视线，让她的视线去勾勒晚会的全部，也就是说在这个篇章里主要出现的都是别人，玛格丽特出现的只是眼睛，然而这正是人们常说的烘云托月，布尔加科夫向我们证明了烘云托月是最能让女人美丽，而且也是女人最为乐意的。

不久之后，玛格丽特开始在天空飞翔了，这又是一段美丽无比的描叙，让玛格丽特的身体在夜空的风中舒展开来，虚幻之后的美已经无法表达，只有几声叹息来滥竽充数。飞翔的最后是看到了一条月光铺成的道路，这条道路来自遥远的月亮，在月光路上，玛格丽特看到本丢·彼拉多拼命地追赶着耶稣，大声喊叫着告诉耶稣，杀害他的不是本丢·彼拉多。

作家就是这样，穷尽一生的写作，总会有那么一两次出于某些隐秘的原因，将某一个叙述中的人物永远留给自己。这既是对自己的纪念，也是对自己的奖励。布尔加科夫同样如此，玛格丽特看上去是属于《大师和玛格丽特》的，是属于所有阅读者的，其实她只属于布尔加科夫。她是布尔加科夫内心的所有的爱人，是布尔加科夫对美的所有的感受，也是布尔加科夫漫长的人生中的所有力量。在玛格丽特这里，布尔加科夫的内心得到了所有的美和所有的爱，同时也得到了所有的保护。玛格丽特在天空的飞翔曾经中断过一次，就是为了大师，也就是布尔加科夫，她在莫斯科的上空看到了伤害大师的批评家拉铜斯基的住所，于是她毅然中断了美丽的飞翔，降落到了拉铜斯基的家中，将所有的仇恨都发泄了出来。事实上她的仇恨正是布尔加科夫的仇恨，而她的发泄又正是布尔加科夫内心深处对自己的保护。有时候道理就是这样简单。

幽默与现实

可以说，《大师和玛格丽特》的写作，是布尔加科夫在生命最后岁月里最为真实的生活，这位几乎是与世隔绝的作家，就是通过写作，不停的写作，使自己与现实之间继续着藕断丝连的联系。

在卡夫卡之后，布尔加科夫成为20世纪又一位现实的敌人，不同的是卡夫卡对现实的仇恨源自于自己的内心，而布尔加科夫则有切肤之痛，并且伤痕累累。因此，当他开始发出一生中最后的声音时，《大师和玛格丽特》就成了道路，把他带到了现实面前，让他的遗嘱得到了发言的机会。

这时候对布尔加科夫来说，与现实建立起什么样的关系就显得极其重要了，显然他绝不会和现实妥协，可是和现实剑拔弩张又会使他的声音失去力量，他的声音很可能会成为一堆谩骂，一堆哭叫。

他两者都放弃了，他做出的选择是一个优秀作家应有的选择，最后他与现实建立了幽默的关系。他让魔鬼访问莫斯科，作品一开始他就表明了自己的态度，那就是他要讲述的不是一个斤斤计较的故事，他要告诉我们的不是个人的恩怨，而是真正意义上的现实，这样的现实不是人们所认为的实在的现实，而是事实、想象、荒诞的现实，是过去、现在、将来的现实，是应有尽有的现实。同时他也表明了自己的内心在仇恨之后已经获得了宁静。所以，他把撒旦请来了。撒旦在作品中经常沉思默想，这样的品格正是布尔加科夫历尽艰难之后的安详。

因此，布尔加科夫对幽默的选择不是出于修辞的需要，不是叙述中机智的讽刺和人物俏皮的发言。在这里，幽默成了结构，成了叙述中控制的恰如其分的态度，也就是说幽默使布尔加科夫找到了与世界打交道的最好方式。

正是这样的方式，使布尔加科夫在其最后的写作里，没有被自己的仇恨淹没，也没有被贫穷拖垮，更没有被现实欺骗。同时，他的想象力，他的洞察力，他写作的激情开始茁壮成长了。就这样，在那最后的十二年里，布尔加科夫解放了《大师和玛格丽特》的叙述，也解放了自己越来越阴暗的内心。

一九九六年八月二十日

博尔赫斯的现实

这是一位退休的图书馆馆长、双目失明的老人，一位女士的丈夫，作家和诗人。就这样，晚年的博尔赫斯带着四重身份，离开了布宜诺斯艾利斯之岸，开始其漂洋过海的短暂生涯，他的终点是日内瓦。就像其他感到来日不多的老人一样，博尔赫斯也选择了落叶归根，他如愿以偿地死在了日内瓦。一年以后，他的遗孀接受了一位记者的采访。

玛丽娅·科达玛因为悲伤显得异常激动，记者在括号里这样写道："整个采访中，她哭了三次。"然而有一次，科达玛笑了，她告诉记者："我想我将会梦见他，就像我常常梦见我的父亲一样。密码很快就会出现，我们两人之间新的密码，需要等待……这是一个秘密。它刚刚到来……我与我父亲之间就有一个密码。"

作为一位作家，博尔赫斯与现实之间似乎也有一个密码，使迷恋他的读者在他生前，也在他死后都处于科达玛所说的"需要等待"之中，而且"这是一个秘密"。确实是一个秘密，很少有作家像博尔赫斯那样写作，当人们试图从他的作品中眺望现实时，能看到什么呢？

他似乎生活在时间的长河里，他的叙述里转身离去的经常是一些古老的背影,来到的又是虚幻的声音,而现实只是昙花一现的景色。于是就有了这样的疑惑,从1899年8月24日到1986年6月14日之间出现过的那个名叫博尔赫斯的生命,是否真的如此短暂?因为人们阅读中的博尔赫斯似乎有着历史一样的高龄,和源源不断的长寿。

就像他即将落叶归根之时,选择了日内瓦,而不是他的出生地布宜诺斯艾利斯,博尔赫斯将自己的故乡谜语般地隐藏在自己的内心深处,他也谜语一样地选择了自己的现实,让它在转瞬即逝中始终存在着。

这几乎也成了博尔赫斯叙述时的全部乐趣。在和维尔杜戈·富恩斯特的那次谈话里,博尔赫斯说:"他(指博尔赫斯自己)写的短篇小说中,我比较喜欢的是《南方》《乌尔里卡》和《沙之书》。"

《乌尔里卡》开始于一次雪中散步,结束在旅店的床上。与博尔赫斯其他小说一样,故事单纯得就像是挂在树叶上的一滴水,一个上了年纪的男人和一个似乎还年轻的女人。博尔赫斯在小说的开始令人费解地这样写道:"我的故事一定忠于事实,或者至少忠于我个人记忆所及的事实。"

这位名叫乌尔里卡的女子姓什么?哈维尔·奥塔罗拉,也就是叙述中的"我"并不知道。两个人边走边说,互相欣赏着对方的发言,由于过于欣赏,两个人说的话就像是出自同一张嘴。最后"天荒地老的爱情在幽暗中荡漾,我第一次也是最后一次占有了乌尔里卡肉体的形象"。

为什么在"肉体"的后面还要加上"形象"？从而使刚刚来到的"肉体"的现实立刻变得虚幻了。这使人们有理由怀疑博尔赫斯在小说开始时声称的"忠于事实"是否可信？因为人们读到了一个让事实飞走的结尾。其实博尔赫斯从一开始就不准备拿事实当回事，与其他的优秀作家一样，叙述中的博尔赫斯不会是一个信守诺言的人。他将乌尔里卡的肉体用"形象"这个词虚拟了，并非他不会欣赏和品味女性之美，这方面他恰恰是个行家，他曾经在另一个故事里写一位女子的肉体时，使用了这样的感受："平易近人的身体。"他这样做就是为了让读者离开现实，这是他一贯的叙述方式，他总是乐意表现出对非现实处理的更多关心。

仍然是在和维尔杜戈·富恩斯特的那次谈话里，我们读到了两个博尔赫斯，作为"我"的这个博尔赫斯谈论着那个"他"的博尔赫斯。有意思的是，在这样一次随便的朋友间的交谈里，博尔赫斯议论自己的时候，始终没有使用"我"这个词，就像是议论别人似的说"他"，或者就是直呼其名。谈话的最后，博尔赫斯告诉维尔杜戈·富恩斯特："我不知道我们两人之中谁和你谈话。"

这让我们想到了那篇只有一页的著名短文《博尔赫斯和我》，一个属于生活的博尔赫斯如何对那个属于荣誉的博尔赫斯心怀不满，因为那个荣誉的博尔赫斯让生活中的博尔赫斯感到自己不像自己了，就像老虎不像老虎、石头不像石头那样，他抱怨道："与他的书籍相比，我在许多别的书里，在一把吉他累人的演奏之中，更能认出我自己。"

然而到了最后，博尔赫斯又来那一套了："我不知道我俩之中是谁写下了这一页。"

这就是怀疑，或者说这就是博尔赫斯的叙述。在他的诗歌里、在他的故事里以及他的随笔，甚至是那些前言里，博尔赫斯让怀疑流行在自己的叙述之中，从而使他的叙述经常出现两个方向，它们互相压制，同时又互相解放。

当他一生的写作完成以后，在其为数不多的作品里，我们看到博尔赫斯有三次将自己放入了叙述之中。第三次是在1977年，已经双目失明的博尔赫斯写下了一段关于1983年8月25日的故事，在这个夜晚的故事里，六十一岁的博尔赫斯见到了八十四岁的博尔赫斯，年老的博尔赫斯说话时，让年轻一些的博尔赫斯感到是自己在录音带上放出的那种声音。与此同时，后者过于衰老的脸，让年轻的博尔赫斯感到不安，他说："我讨厌你的面孔，它是我的漫画。"

"真怪，"那个声音说，"我们是两个人，又是一个人……"

这个事实使两个博尔赫斯都深感困惑，他们相信这可能是一个梦，然而，"到底是谁梦见了谁？我知道我梦见了你，可是不知道你是否也梦见了我？"……"最重要的是要弄清楚，是一个人做梦还是两个人做梦。"有趣的是，当他们回忆往事时，他们都放弃了"我"这个词，两个博尔赫斯都谨慎地用上了"我们"。

与其他作家不一样，博尔赫斯在叙述故事的时候，似乎有意要使读者迷失方向，于是他成了迷宫的创造者，并且乐此不疲。即便是在一些最简短的故事里，博尔赫斯都假装要给予我们无限多的乐趣，经常是多到让我们感到一下子拿不下。而事实上他给予我们的并不像他希望的那么多，或者说并不比他那些优秀的同行更多。不同的地方就在于他的叙述，他的叙述总是假装地要确定下来了，可是永远无法确定。我们耐心细致地阅读他的故事，终于读到了期待已久的肯定时，接踵而来的立刻是否定。于是我们又得重新开始，我们身处迷宫之中，而且找不到出口，这似乎正是博尔赫斯乐意看到的。

另一方面，这样的叙述又与他的真实身份——图书馆员吻合了起来，作为图书馆员的他，有理由将自己的现实建立在九十万册的藏书之上，以此暗示他拥有了与其他所有作家完全不同的现实，从而让我们读到"无限、混乱与宇宙，泛神论与人性，时间与永恒，理想主义与非现实的其他形式"。《迷宫的创造者博尔赫斯》的作者安娜·玛丽亚·巴伦奈切亚这样认为："这位作家的著作只有一个方面——对非现实的表现——得到了处理。"

这似乎是正确的，他的故事总是让我们难以判断：是一段真实的历史还是虚构？是深不可测的学问还是平易近人的描叙？是活生生的事实还是非现实的幻觉？叙述上的似是而非，使这一切都变得真假难辨。

在那篇关于书籍的故事《沙之书》里，我们读到了一个由真实堆积起来的虚幻。一位退休的老人得到了一册无始无终的书："页码的排列引起了我的注意，比如说，逢双的一页印的是40，

514，接下去却是999。我翻过那一页，背面的页码有八位数，像字典一样，还有插画：一个钢笔绘制的铁锚……我记住地方，合上书。随即又打开。尽管一页一页地翻阅，铁锚图案却再也找不到了。"

"他让我找第一页……我把左手按在封面上，大拇指几乎贴着食指去揭书页。白费劲，封面和手之间总有好几页。仿佛是从书里冒出来的……现在再找找最后一页……我照样失败。"

"我发现每隔两千页有一帧小插画。我用一本有字母索引的记事簿把它们临摹下来，记事簿不久就用完了。插画没有一张重复。"

这些在引号里的段落是《沙之书》中最为突出的部分，因为它将我们的阅读带离了现实走向令人不安的神秘。就像作品中那位从国立图书馆退休的老人一样，用退休金和花体字的威克利夫版《圣经》换来了这本神秘之书，一本随时在生长和消亡的无限的书，最后的结局却是无法忍受它的神秘。他想到"隐藏一片树叶的最好地点是树林"，于是就将这本神秘之书偷偷放在了图书馆某一层阴暗的搁架上，隐藏在了九十万册藏书之中。

博尔赫斯在书前引用了英国玄学派诗人乔治·赫伯特的诗句：

……你的沙制的绳索……

他是否在暗示"沙之书"其实和赫伯特牧师的"沙制的绳索"一样的不可靠？然而在叙述上，《沙之书》却是用最为直率的方式讲出的，同时也是讲述故事时最为规范的原则。我们读到了街道、房屋、敲门声、两个人的谈话，谈话被限制在买卖的关系中……

显然，博尔赫斯是在用我们熟悉的方式讲述我们所熟悉的事物，即使在上述引号里的段落，我们仍然读到了我们的现实："页码的排列""我记住地方，合上书""我把左手按在封面上""把它们临摹下来"，这些来自生活的经验和动作让我们没有理由产生警惕，恰恰是这时候，令人不安的神秘和虚幻来到了。

这正是博尔赫斯叙述里最为迷人之处，他在现实与神秘之间来回走动，就像在一座桥上来回踱步一样自然流畅和从容不迫。与他的其他故事相比，比如说《巴别图书馆》这样的故事，《乌尔里卡》和《沙之书》多少还为我们提供了一些现实的场景和可靠的时间，虽然他的叙述最终仍然让我们感到了场景的非现实和时间的不可靠，起码我们没有从一开始就昏迷在他的叙述之中。而另外一些用纯粹抽象方式写出的故事，则从一开始就拒我们于千里之外，如同观看日出一样，我们知道自己看到了，同时也看清楚了，可是我们永远无法接近它。虽然里面迷人的意象和感受已经深深地打动了我们，可我们依然无法接近。值得注意的是这些意象和感受总是和他绵绵不绝的思考互相包括，丝丝入扣之后变得难以分辨。

于是博尔赫斯的现实也变得扑朔迷离，他的神秘和幻觉、他的其他的非现实倒是一目了然。他的读者深陷在他的叙述之中，在他叙述的花招里长时间昏迷不醒，以为读到的这位作家是史无前例的，读到的这类文学也是从未有过的，或者说他们读到的已经不是文学，而是智慧、知识和历史的化身。最后他们只能同意安娜·玛丽亚·巴伦奈切亚的话：读到的是"无限、混乱与宇宙，泛神论与人性，时间与永恒，理想主义与非现实的其他形式"。博尔赫斯自己也为这位女士的话顺水推舟，他说："我感谢她对一个无意识过程的揭示。"

事实上，真正的博尔赫斯并非如此虚幻。当他离开那些故事的叙述，而创作他的诗歌和散文时，他似乎更像博尔赫斯。他在一篇题为《神曲》的散文里这样写："但丁试图让我们感到离弦飞箭到达的速度，就对我们说，箭中了目标，离了弦，把因果关系倒了过来，以此表现事情发生的速度是多么快……我还要回顾一下《地狱篇》第五唱的最后一句……'倒下了，就像死去的躯体倒下。'为什么令人难忘？因为有'倒下'的声响。"

在这里，博尔赫斯向我们揭示了语言里最为敏感的是什么，就像他在一篇小说里写到某个人从世上消失时，用了这样的比喻："仿佛水消失在水中。"他让我们知道，比喻并不一定需要另外事物的帮助，水自己就可以比喻自己。他把本体和喻体，还有比喻词之间原本清晰可见的界线抹去了。

在一篇例子充足的短文《比喻》里面，博尔赫斯指出了两种已经存在的比喻：亚里士多德认为比喻生成于两种不同事物的相似性，和斯诺里所收集的并没有相似性的比喻。博尔赫斯说："亚里士多德把比喻建立在事物而非语言上……斯诺里收集的比喻不是……只是语言的建构。"

历史学家斯诺里·斯图鲁松所收集的冰岛诗歌中的比喻十分有趣，博尔赫斯向我们举例："比如愤怒的海鸥、血的猎鹰和血色或红色天鹅象征的乌鸦；鲸鱼屋子或岛屿项链意味着大海；牙齿的卧室则是指嘴巴。"

博尔赫斯随后写道："这些串连在诗句中的比喻一经他精心编织，给人（或曾给人）以莫大的惊喜。但是过后一想，我们又觉得它们没有什么，无非是些缺乏价值的劳作。"

在对亚里士多德表示了温和的不赞成，和对斯诺里的辛勤劳动否定之后，博尔赫斯顺便还嘲笑了象征主义和词藻华丽的意大利诗人马里诺，接下去他一口气举出了十九个比喻的例子，并且认为"有时候，本质的统一性比表面的不同性更难觉察"。

显然，博尔赫斯已经意识到了比喻有时候也存在于同一个事物的内部，这时候出现的比喻往往是最为奇妙的。虽然博尔赫斯没有直接说出来，当他对但丁的"倒下了，就像死去的躯体倒下"赞不绝口的时候，当他在《圣经·旧约》里读到"大卫长眠于父母旁，葬于大卫城内"时，他已经认识了文学里这一支最为奇妙的家族，并且通过写作，使自己也成了这一家族中的成员。

于是我们读到了这样的品质，那就是同一个事物就足以完成一次修辞的需要，和结束一次完整的叙述。博尔赫斯具备这样的智慧和能力，就像他曾经三次将自己放入叙述之中，类似的才华在他的作品里总是可以狭路相逢。这才真正是他与同时代很多作家的不同之处，那些作家的写作都是建立在众多事物的关系上，而且还经常是错综复杂的关系，所以他们必须解开上百道方程式，才有希望看到真理在水中的倒影。

博尔赫斯不需要通过几个事物相互建立起来的关系写作，而是在同一事物的内部进行着瓦解和重建的工作。他有着奇妙的本领，他能够在相似性的上面出现对立，同时又可以是一致。他似乎拥有了和真理直接对话的特权，因此他的声音才那样的简洁、纯净和直接。

他的朋友，美国人乔瓦尼在编纂他的诗歌英译本的时候发现："作为一个诗人，博尔赫斯多年来致力于使他的写作愈来愈明晰、质朴和直率。研究一下他通过一本又一本诗集对早期诗作进行的修订，就能看出一种对巴洛克装饰的清除，一种对使用自然词序和平凡语言的更大关心。"

在这个意义上，博尔赫斯显然已经属于了那个古老的家族。在他们的族谱上，我们可以看到这样的名字：荷马、但丁、蒙田、塞万提斯、拉伯雷、莎士比亚……虽然博尔赫斯的名字远没有他那些遥远的前辈那样耀眼，可他不多的光芒足以照亮一个世纪，也就是他生命逗留过的 20 世纪。在博尔赫斯这里，我们看到一种古老的传统，或者说是古老的品质，历尽艰难之后成了永不消失。这就是一个作家的现实。

当他让两个博尔赫斯在漫长旅途的客栈中相遇时，毫无疑问这是一个在幻觉里展开的故事，可是当年轻一些的博尔赫斯听到年老的博尔赫斯说话时，感到是自己在录音带上放出的那种声音。多么奇妙的录音带，录音带的现实性使幻觉变得真实可信，使时间的距离变得合理。在他的另一个故事《永生》里，一个人存活了很多个世纪，可是当这个长生不死的人在沙漠里历经艰辛时，博尔赫斯这样写道："我一连好几天没有找到水，毒辣的太阳、干渴和对干渴的恐惧使日子长得难以忍受。"在这个充满神秘的故事里，博尔赫斯仍然告诉了我们什么是恐惧，或者说什么才是恐惧的现实。

这就是博尔赫斯的现实。尽管他的故事是那样的神秘和充满了幻觉，时间被无限地拉长了，现实又总是转瞬即逝，然而当他笔下的人物表达感受和发出判断时，立刻让我们有了切肤般的现实感。就像他告诉我们，在"干渴"的后面还有更可怕的"对干渴的恐惧"那样，博尔赫斯洞察现实的能力超凡脱俗，他外表温和的思维里隐藏着尖锐，只要进入一个事物，并且深入进去，对博尔赫斯来说已经足够了。

这正是博尔赫斯叙述中最为坚实的部分，也是一切优秀作品得以存在的支点，无论这些作品是写实的，还是荒诞的或者是神秘的。

然而，迷宫似的叙述使博尔赫斯拥有了另外的形象，他自己认为："我知道我文学产品中最不易朽的是叙述。"事实上，他如烟般飘起的叙述却是用明晰、质朴和直率的方式完成的，于是最为变幻莫测的叙述恰恰是用最为简洁的方式创造的。因此，美国作家约翰·厄普代克这样认为：博尔赫斯的叙述"回答了当代小说的一种深刻需要——对技巧的事实加以承认的需要"。

与其他作家不同，博尔赫斯通过叙述让读者远离了他的现实，而不是接近。他似乎真的认为自己创造了叙述的迷宫，认为他的读者找不到出口，同时又不知道身在何处。他在《秘密奇迹》的最后这样写："行刑队用四倍的子弹，将他打倒。"

这是一个奇妙的句子，博尔赫斯告诉了我们"四倍的子弹"，却不说这四倍的基数是多少。类似的叙述充满了他的故事，博尔赫斯似乎在暗示我们，他写到过的现实比任何一个作家都要多。他写了四倍的现实，可他又极其聪明地将这四倍的基数秘而不宣。在这不可知里，他似乎希望我们认为他的现实是无法计算的，认为他的现实不仅内部极其丰富，而且疆域无限辽阔。

他曾经写到过有个王子一心想娶一个世界之外的女子为妻，于是巫师"借助魔法和想象，用栎树花和金雀花，还有合叶子创造了这个女人"。博尔赫斯是否也想使自己成为文学之外的作家？

一九九八年三月三日

大仲马的两部巨著

要我为读者推荐几本书,我首先想到的是法国的大仲马,人民文学出版社推出了插图本的《三剑客》和《基度山伯爵》。前者六十三万字,定价三十元,后者一百万字,定价四十元,价廉物美。《三剑客》和《基度山伯爵》是大仲马的伟大作品,我是二十来岁的时候第一次读到它们的,也是人民文学出版社的书,当时我不吃不喝不睡,几乎是疯狂地读完了这两部巨著,然后大病初愈似的有气无力了一个月。

这是我阅读经典文学的入门书,去年我儿子十一岁的时候,我觉得他应该阅读经典文学作品了,我首先为他选择的就是《三剑客》和《基度山伯爵》。我儿子读完大仲马的这两部巨著后,满脸惊讶地告诉我:原来还有比《哈利·波特》更好的小说。今年八月在上海时,李小林告诉我,她十岁的时候,巴金最先让她阅读的外国文学作品也是大仲马的这两部小说。

很多人对大仲马议论纷纷,他的作品引人入胜,于是就有人把他说成了通俗小说作家。难道让人读不下去的作品才是文学吗?其实大仲马的故事是简单的,让读者激动昂扬的是他叙述时的磅礴气势,还有他刻画细部时的精确和迷人的张力。

克林顿还在当美国总统时,有一次请加西亚·马尔克斯到白宫做客,在座的作家还有富恩特斯和斯泰伦。酒足饭饱之后,克林顿想知道在座的每位作家最喜欢的一部长篇小说是什么,加西亚·马尔克斯的回答是《基度山伯爵》。为什么?马尔克斯说《基度山伯爵》是关于教育问题的最伟大的小说。一个几乎没有文化的年轻水手被打入伊夫城堡的地牢,十五年以后出来时居然懂得了物理、数学、高级金融、天文学、三种死的语言和七种活的语言。

我一直以为进入外国经典文学最好是先从大仲马开始,阅读的耐心是需要日积月累的,大仲马太吸引人了,应该从他开始,然后是狄更斯他们,然后就进入了比森林还要茂密宽广的文学世界,这时候的读者已经有耐心去应付形形色色的阅读了。加西亚·马尔克斯的话让我意识到,大仲马的这两部巨著不仅仅是阅读经典文学的入门之书,也是一个读者垂暮之年对经典文学阅读时的闭门之书。

二〇〇五年九月七日

契诃夫的等待

安·巴·契诃夫在20世纪初创作了剧本《三姐妹》,娥尔加、玛莎和衣丽娜。她们的父亲是一位死去的将军,她们哥哥的理想是成为一名大学教授,她们活着,没有理想,只有梦想,那就是去莫斯科。莫斯科是她们童年美好时光的证词,也是她们成年以后唯一的向往。她们日复一日,年复一年地等待着,岁月流逝,她们依然坐在各自的椅子里,莫斯科依然存在于向往之中,而"去"的行为则始终作为一个象征,被娥尔加、玛莎和衣丽娜不断透支着。

这个故事开始于一座远离莫斯科的省城,也在那里结束。这似乎是一切以等待为主题的故事的命运,周而复始,叙述所渴望到达的目标,最终却落在了开始处。

半个世纪以后,萨缪尔·贝克特写下了《等待戈多》,爱斯特拉冈和弗拉季米尔,这两个流浪汉进行着重复的等待,等待那个永远不会来到的名叫戈多的人。最后,剧本的结尾还原了它的开始。

这是两个风格相去甚远的剧作,它们风格之间的距离与所处的两个时代一样遥远,或者说它们首先是代表了两个不同的时代,其次才代表了两个不同的作家。又是半个世纪以后,林兆华的戏剧工作室将《三姐妹》和《等待戈多》变成了《三姐妹·等待戈多》,

于是另一个时代介入了进去。

有趣的是，这三个时代在时间距离上有着平衡后的和谐，这似乎是命运的有意选择，果真如此的话，这高高在上的命运似乎还具有着审美的嗜好。促使林兆华将这样两个戏剧合二为一的原因其实十分简单，用他自己的话说，就是"等待"。"因为'等待'，俄罗斯的'三姐妹'与巴黎的'流浪汉'在此刻的北京相遇。"

可以这么说，正是契诃夫与贝克特的某些神合之处，让林兆华抓到了把柄，使他相信了他们自己的话："一部戏剧应该是舞台艺术家以极致的风格去冲刺的结果。"这段既像宣言又像广告一样的句子，其实只是为了获取合法化的自我辩护。什么是极致的风格？1901年的《三姐妹》和1951年的《等待戈多》可能是极致的风格，而在1998年，契诃夫和贝克特已经无须以此为生了。或者说，极致的风格只能借用时代的目光才能看到，在历史眼中，契诃夫和贝克特的叛逆显得微不足道，重要的是他们展示了情感的延续和思想的发展。林兆华的《三姐妹·等待戈多》在今天可能是极致的风格，当然也只能在今天。事实上，真正的意义只存在于舞台之上，台下的辩护或者溢美之词无法烘云托月。

将契诃夫忧郁的优美与贝克特悲哀的粗俗安置在同一个舞台和同一个时间里，令人惊讶，又使人欣喜。林兆华模糊了两个剧本连接时的台词，同时仍然突出了它们各自的语言风格。舞台首先围起了一摊水，然后让水围起了没有墙壁的房屋，上面是夜空般宁静的玻璃，背景时而响起没有歌词的歌唱。三姐妹被水围困着，她们的等待从一开始就被强化成不可实现的纯粹的等待。而爱斯特拉冈和弗拉季米尔只有被驱赶到前台时才得以保留自己的身份，后退意味着衰老五十年，意味着身份的改变，成了中校和男爵。这两个人在时间的长河里游手好闲，一会儿去和玛莎和衣丽娜谈情说爱，一会儿又跑回来等待戈多。

这时候更能体会契诃夫散文般的优美和贝克特诗化的粗俗，舞台的风格犹如秀才遇到了兵，古怪的统一因为风格的对抗产生了和谐。贝克特的台词生机勃勃，充满了北京街头的气息，契诃夫的台词更像是从记忆深处发出，遥远的像是命运在朗诵。

林兆华希望观众能够聆听，"听听大师的声音"，他认为这样就足够了。聆听的结果使我们发现在外表反差的后面，更多的是一致。似乎舞台上正在进行着一场同性的婚姻，结合的理由不是相异，而是相同。

《三姐妹》似乎是契诃夫内心深处的叙述，如同那部超凡脱俗的《草原》，沉着冷静，优美动人，而不是《一个官员的死》这类聪明之作。契诃夫的等待犹如不断延伸的道路，可是它的方向并不是远方，而是越来越深的内心。娥尔加在等待中慢慢衰老起来；衣丽娜的等待使自己失去了现实对她的爱——男爵，这位单相思的典范最终死于决斗；玛莎是三姐妹中唯一的已婚者，她似乎证实了这样的话：有婚姻就有外遇。玛莎突然爱上了中校，而中校只是她们向往中的莫斯科的一个阴影，被错误地投射到这座沉闷的省城，阳光移动以后，中校就被扔到了别处。

跟随将军的父亲来到这座城市的三姐妹和她们的哥哥安得列，在父亲死后就失去了自己的命运，他们的命运与其掌握者——父亲，一起长眠于这座城市之中。

安得列说："因为我们的父亲，我和姐妹们才学会了法语、德语和英语，衣丽娜还学会了意大利语。可是学这些真是不值得啊！"

玛莎认为："在这城市里会三国文字真是无用的奢侈品。甚至连奢侈品都说不上，而是像第六个手指头，是无用的附属品。"

安得列不是"第六个手指"，他娶了一位不懂得美的女子为妻，当他的妻子与地方自治会主席波波夫私通后，他的默许使他成了地方自治会的委员，安得列成功地将自己的内心自己的现实分离开来。这样一来，契诃夫就顺理成章地将这个悲剧人物转化成喜剧的角色。

娥尔加、玛莎和衣丽娜，她们似乎是契诃夫的恋人，或者说是契诃夫的"向往中的莫斯科"。像其他的男人希望自己的恋人洁身自好一样，契诃夫内心深处的某些涌动的理想，创造了三姐妹的命运。他维护了她们的自尊，同时也维护了她们的奢侈和无用，最后使她们成了"第六个手指"。

于是，命中注定了她们在等待中不会改变自我，等待向前延伸着，她们的生活却是在后退，除了那些桦树依然美好，一切都在变得今不如昔。这城市里的文化阶层是一支军队，只有军人可以和她们说一些能够领会的话，现在军队也要走了。

衣丽娜站在舞台上，她烦躁不安，因为她突然忘记了意大利语里"窗户"的单词。

安·巴·契诃夫的天才需要仔细品味。岁月流逝,青春消退,当等待变得无边无际之后,三姐妹也在忍受着不断扩大的寂寞、悲哀和消沉。这时候契诃夫的叙述极其轻巧,让衣丽娜不为自己的命运悲哀,只让她为忘记了"窗户"的意大利语单词而伤感。如同他的同胞柴可夫斯基的《悲怆》,一段抒情小调的出现,是为了结束巨大的和绝望的管弦乐。契诃夫不需要绝望的前奏,因为三姐妹已经习惯了自己的悲哀,习惯了的悲哀比刚刚承受到的更加沉重和深远,如同挡住航道的冰山,它们不会融化,只是在某些时候出现裂缝。当裂缝出现时,衣丽娜就会记不起意大利语的"窗户"。

萨缪尔·贝克特似乎更愿意发出一个时代的声音,当永远不会来到的戈多总是不来时,爱斯特拉冈说:"我都呼吸得腻烦啦!"

弗拉季米尔为了身体的健康,同时也是为了消磨时间,提议做一些深呼吸,而结果却是对呼吸的腻烦。让爱斯特拉冈讨厌自己的呼吸,还有什么会比讨厌这东西更要命了?贝克特让诅咒变成了隐喻,他让那个他所不喜欢的时代自己咒骂自己,用的是最恶毒的方式,然而又没有说粗话。

与契诃夫一样,贝克特的等待也从一开始就画地为牢,或者说他的等待更为空洞,于是也就更为纯粹。

三姐妹的莫斯科是真实存在的,虽然在契诃夫的叙述里,莫斯科始终存在于娥尔加、玛莎和衣丽娜的等待之中,也就是说存在于契诃夫的隐喻里,然而莫斯科自身具有的现实性,使三姐妹的台词始终拥有了切实可信的方向。

爱斯特拉冈和弗拉季米尔的戈多则十分可疑,在高度诗化之后变得抽象的叙述里,戈多这个人物就是作为象征都有点靠不住。可以这么说,戈多似乎是贝克特的某一个秘而不宣的借口;或者,贝克特自己对戈多也是一无所知。因此爱斯特拉冈和弗拉季米尔的等待也变得随心所欲和可有可无,他们的台词犹如一盘散沙,就像他们拼凑起来的生活,没有目标,也没有意义,他们仅仅是为了想说话才站在那里滔滔不绝,就像田野里耸立的两支烟囱要冒烟一样,可是他们生机勃勃。

贝克特的有趣之处在于:如果将爱斯特拉冈和弗拉季米尔的任何一句台词抽离出来,我们会感到贝克特给了我们活生生的现实,可是将它们放回到原有的叙述之中,我们发现贝克特其实给了我们一盘超现实的杂烩。

大约十年前,我读到过一位女士的话。在这段话之前,我觉得有必要提醒一下,这位女士一生只挚爱一位男子,也就是她的丈夫。现在,我们可以来听听她是怎么说的,她说:当我完全彻底拥有一位男人时,我才能感到自己拥有了所有的男人。

这就是她的爱情,明智的、洞察秋毫的和丰富宽广的爱情。当她完全彻底拥有了一位男人,又无微不至地品味后,她就有理由相信普天之下的男人其实只有一个。

同样的想法也在一些作家那里出现,博尔赫斯说:"许多年间,我一直认为几近无限的文学集中在一个人身上。"接下去他这样举例："这个人曾经是卡莱尔、约翰尼斯·贝希尔、拉法埃尔·坎西诺斯-阿森斯和狄更斯。"

虽然博尔赫斯缺乏那位女士忠贞不渝的品质，他在变换文学恋人时显得毫无顾虑，然而他们一样精通此道。对他们来说，文学的数量和生活的数量可能是徒劳无益的，真正有趣的是方式，欣赏文学和品尝生活的方式。马赛尔·普鲁斯特可能是他们一致欣赏的人，这位与哮喘为伴的作家有一次下榻在旅途的客找里，他躺在床上，看着涂成海洋颜色的墙壁，然后他感到空气里带有盐味。普鲁斯特在远离海洋的时候，依然真实地感受着海洋的气息，欣赏它和享受它。这确实是生活的乐趣，同时也是文学的乐趣。

在《卡夫卡及其先驱者》一文里，博学多才的博尔赫斯为卡夫卡找到了几位先驱者，"我觉得在不同家、不同时代的文学作品中辨出了他的声音，或者说，他的习惯"。精明的博尔赫斯这样做并不是打算刁难卡夫卡，他其实想揭示出存在于漫长文学之中的"继续"的特性，在鲜明的举例和合理的逻辑之后，博尔赫斯告诉我们："事实是每一位作家创造了他自己的先驱者。"

在这个结论的后面，我们发现一些来自文学或者艺术的原始的特性，某些古老的品质，被以现代艺术的方式保存了下来，从而使艺术中"继续"的特性得以不断实现。比如说等待。

马赛尔·普鲁斯特在其绵延不绝的《追忆似水年华》里，让等待变成了品味自己生命时的自我诉说，我们经常可以读到他在床上醒来时某些甜蜜的无所事事，"醒来时他本能地从中寻问，须臾间便能得知他在地球上占据了什么地点,醒来前流逝了多长时间"。或者他注视着窗户,阳光从百叶窗里照射进来,使他感到百叶窗上插满了羽毛。

只有在没有目标的时候,又在等待自己的某个决定来到时,才会有这样的心情和眼睛。等待的过程总是有些无所事事,这恰恰是体会生命存在的美好时光。而普鲁斯特与众不同的是,他在入睡前就已经开始了——"我情意绵绵地把腮帮贴在枕头的鼓溜溜的面颊上,它像我们童年的脸庞,那么饱满、娇嫩、清新。"

等待的主题也在但丁的漫长的诗句里反复吟唱,《神曲·炼狱篇》第四歌中,但丁看到他的朋友,佛罗伦萨的乐器商贝拉加在走上救恩之路前犹豫不决,问他你为什么坐在这里?你在等待什么?随后,但丁试图结束他的等待,"现在你赶快往前行吧……"

你看太阳已经碰到了子午线,
黑夜已从恒河边跨到了摩洛哥。

普鲁斯特的等待和但丁的等待是叙述里流动的时间,如同河水抚摸岸边的某一块石头一样,普鲁斯特和但丁让自己的叙述之水抚摸了岸边所有等待的石头,他们的等待就这样不断消失和不断来到。因此,《神曲》和《追忆似水年华》里的等待总是短暂的,然而它们却是饱满的,就像"蝴蝶虽小,同样也把一生经历"。

与《三姐妹》和《等待戈多》更为接近的等待,是巴西作家若昂·吉马朗埃斯·罗萨的《河的第三条岸》，这部只有六千字的短篇小说，印证了契诃夫的话，契诃夫说："我能把一个长长的主题简短地表达出来。"

"父亲是一个尽职、本分、坦白的人。"故事的叙述就是这样朴素地开始，并且以同样的朴素结束。这个"并不比谁更愉快或更烦恼"的人，有一天订购了一条小船，从此开始了他在河上漂浮的岁月，而且永不上岸。他的行为给他的家人带去了耻辱，只有叙述者，也就是他的儿子出于某些难以言传的本能，开始了在岸边漫长的等待。后来叙述者的母亲、哥哥和姐姐都离开了，搬到了城里去居住，只有叙述者依然等待着父亲，他从一个孩子开始等待，一直到白发苍苍。

"终于，他在远处出现了，那儿，就在那儿，一个模糊的身影坐在船的后部。我朝他喊了好几次。我庄重地指天发誓，尽可能大声喊出我急切想说的话：

"'爸爸，你在河上浮游得太久了，你老了……回来吧，我会代替你。就在现在，如果你愿意的话。无论何时，我会踏上你的船，顶上你的位置。'

"……

'他听见了，站了起来，挥动船桨向我划过来……我突然浑身战栗起来。因为他举起他的手臂向我挥舞——这么多年来这是第一次。我不能……我害怕极了，毛发直竖，发疯地跑开了，逃掉了……从此以后，没有人再看见过他，听说过他……"

罗萨的才华使他的故事超越了现实，就像他的标题所暗示的那样，河的第三条岸其实是存在的，就像莫斯科存在于三姐妹的向往中，戈多存在于弗拉季米尔和爱斯特拉冈的无聊里。这个故事和契诃夫、贝克特剧作的共同之处在于：等待的全部意义就是等待的失败，无论它的代价是失去某些短暂的时刻，还是耗去毕生的幸福。

我们可以在几乎所有的文学作品中辨认出等待的模样，虽然它不时地改变自己的形象，有时它是某个激动人心的主题，另外的时候它又是一段叙述、一个动作或者一个心理的过程，也可以是一个细节和一行诗句，它在我们的文学里生生不息，无处不在。所以，契诃夫的等待并不是等待的开始，林兆华的等待也不会因此结束。

基于这样的理由，我们可以相信博尔赫斯的话：几近无限的文学有时候会集中在一个人身上。同时也可以相信那位女士的话：所有的男人其实只有一个。事实上，博尔赫斯或者那位女士在表达自己精通了某个过程的时候，也在表达各自的野心，骨子里他们是想拥有无限扩大的权力。在这一点上，艺术家或者女人的爱，其实与暴君是一路货色。

一九九八年五月十日

山鲁佐德的故事

《一千零一夜》第三百五十一夜,山鲁佐德的冒险之旅刚刚走过三分之一,虽然她还没有改变山鲁亚尔来源于嫉妒的残暴,不过她用故事编织起来的陷阱已经趋向了完美,她的国王显然听从了那些故事的召唤,在痴迷之中将脚踩进了她的陷阱。于是,这位本来只有一夜命运的宰相之女,成功地延长了她的王后之夜。这一夜,这位将美丽和智慧凝聚一身的阿拉伯女子故伎重演,讲述的是一个破产的人一梦醒来又恢复财富的故事:

一个古代巴格达的富翁,因为拥有了无数的财产,所以构成了他挥金如土和坐吃山空的生活,最后就是一贫如洗。从荣华富贵跌入到贫穷落寞,这个人的内心自然忧郁苦恼,他终日闷闷不乐。有一天,他在睡梦里见到有人走过来对他说:"你的衣食在埃及,上那儿去寻找吧。"

他相信了梦中所见,翌日就走上了背井离乡之路。在漫漫长途的奔波跋涉和心怀美梦的希望里,巴格达人来到了埃及。他进城时已是夜深人静,很难找到住宿,就投宿在一座礼拜堂中。当天夜里,礼拜堂隔壁的人家被盗,一群窃贼从礼拜堂内越墙去偷窃。主人梦中惊醒,呼喊捉贼,巡警闻声赶来,窃贼早已逃之夭夭,只有这个来自巴格达的穷光蛋还在堂中熟睡，于是他被当成窃贼扔进了监狱，饱尝一顿使其差点丧命的毒打。巴格达人度过了三天比贫困更加糟糕的牢狱生活后，省长亲自提审了他，问他来自何处，他回答来自巴格达；省长又问他为何来到埃及，他就想起那个曾经使他想入非非如今已让他伤心欲绝的美梦来，他告诉省长梦中有人说他的衣食在埃及，可是他在埃及得到的衣食却是一顿鞭子和牢狱的生活。

省长听后哈哈大笑，他认为自己见到了世上最愚蠢的人，他告诉巴格达人，他曾经三次梦见有人对他说："巴格达城中某地有所房子，周围有个花园，园中的喷水池下面埋着许多金银。"省长并不相信这些，认为这些不过是胡思乱梦，而这巴格达人却不辞跋涉来到埃及，巴格达人的愚蠢给省长带去了快乐，省长给了他一个银币，让他拿去做路费，对他说："赶快回去做个本分人吧。"

巴格达人收下省长的施舍，迅速起程，奔回巴格达。在省长有关梦境中那所巴格达房子的详尽描述里，他听出来正是自己的住宿。他一回家就开始了挖掘，地下的宝藏由此显露了出来——

与山鲁佐德讲述的其他故事一样，这个故事在现实和神秘之间如履薄冰，似乎随时都会冰破落水，然而山鲁佐德的讲述身轻如燕，使叙述中的险情一掠而过。山鲁佐德让梦中见闻与现实境遇既分又合，也就是说当故事的叙述必须穿越两者相连的边境时，山鲁佐德的故事就会无视边境的存在，仿佛行走在同样的国土上，而当故事离开边境之后，现实的国度和神秘的国度又会立刻以各自独立的方式呈现出来。这几乎是《一千零一夜》中所有故事叙述时的准则，它们的高超技巧其实来自一个简单的行为：当障碍在叙述中出现时，解决它们的最好方式就是对它们视而不见。

显然，组成这个故事的基础是不断出现的暗示。我所说的暗示带有某些迷信的特征，就像巴格达人得到梦的启示一样，他此后风餐露宿的艰难经历只是为了证明梦中的见闻，而在叙述中以梦的形式出现的暗示其实十分脆弱和可疑。即使是阅读者，在它刚出现时对待它的态度也大多会和省长一致，很少会和巴格达人一致。仿佛是让行走者在一条道路上看到了很多方向，暗示的不可确定性不仅使人物的命运扑朔迷离，而且让故事也变得宿命了。这时候只有将迷信的激情注入到命运的暗示之中，方向才会逐渐清晰起来，然而前景仍然难以预测。山鲁佐德这个故事的迷人之处，在我看来，是后面出现的暗示对前面暗示的证实。当巴格达人向省长讲述自己为何来到埃及后，省长讲述了自己的梦中见闻，故事的叙述出现了奇妙的汇合，巴格达人之梦和省长之梦在审讯里相逢。省长之梦是故事里第二个出现的暗示，这时候第一个暗示成了它的梯子，使它似乎接近了宝藏。于是巴格达人选择了第二个梦境所指出的方向，与第一个梦境完全相反的方向，他回到了家中。让一个暗示去证实另一个暗示，从而使这个第351夜的故事始终沉浸在叙述的梦游里，一切都显得模棱两可和似是而非，直到巴格达人挖出了地下的宝藏，故事才如梦方醒。至于故事中有关宝藏的主题，在这里仅仅是叙述的借口，使故事前行时有一个理由，而且这样的理由随时都可以更换。因此，一个与宝藏无关的主题同样可以完成这个巴格达人的故事。正如人们常说的金钱是身外之物，对故事来说更是如此。

《一千零一夜》将民间世俗的理想、圆滑的人情世故、神秘主义的梦幻、现实主义的批判性，以及命运的因果报应和道德上的惩恶扬善熔于一炉，其漫长和庞杂的故事犹如连成一片后绵延不绝的山峰。然而重要的是——只要仔细阅读全书就会发现，叙述中合理的依据在其浩瀚的篇幅里随处可见，或者说正是这些来自现实的可信的依据将故事里的每一个转折衔接得天衣无缝。

在其开篇《国王山鲁亚尔及其兄弟的故事》里，山鲁亚尔和沙宰曼兄弟在被他们各自的王后背叛之后，他们不再相信女人的诺言，开始信任某一位诗人的话——女人的喜怒哀乐，总是和她们的身体紧密相关。这位诗人接着说："她们的爱情是虚伪的爱情，衣服里包藏的全是阴险。"然后诗人警告道："莫非你不知道老祖宗亚当的结局，就是因为她们才被撵出乐园。"于是山鲁亚尔在此后对女人的残暴获得了逻辑的源泉，然后《一千零一夜》的讲述者山鲁佐德应运而生了。

山鲁佐德来到宫中，这位一夜王后延长她命运的法宝就是不断地去讲述那些令人着迷的故事。因此在这漫长叙述里的第一个重要的衔接出现了，那就是山鲁佐德如何开始向山鲁亚尔讲述她的故事？《一千零一夜》中遍布这样的转折，这些貌似平常的段落其实隐藏着叙述里最大的风险，因为它们直接影响了此后的叙述，在那些后来的展开部分和高潮部分里，叙述的基础是否坚实可信往往取决于前面转折时的衔接。山鲁佐德为自己的讲述寻找到了合理的依据，她让自己的妹妹在这一夜来到宫中，并且让妹妹提出让她讲述故事的请求。山鲁佐德向国王申请再见一面妹妹的理由是"作最后的话别"，国王自然同意。于是姐妹两人在宫中拥抱了，然后一起坐到床脚下，妹妹向山鲁佐德请求讲述一个故事，为的是让这个死亡之夜尽量快活。山鲁佐德顺水推舟："只要德高望重的国王许可，我自己是非常愿意讲的。"国王山鲁亚尔并不知道这是陷阱的开始，他欣然允诺，使自己也成为一名听众，而且将自己听众的身份持续了一千零一夜。

《一千零一夜》的叙述者没有让山鲁佐德以直接的方式对国王说——让我讲一个故事，而是以转折的方式让她的妹妹敦亚佐德来到宫中，使讲述故事这一行为获得了最大限度的合理性。这似乎就是叙述之谜，有时候用直接的方式去衔接恰恰会中断叙述的流动，而转折的方式恰恰是继续和助长了这样的流动。叙述中的转折犹如河流延伸时出现的拐弯，对河流来说，真实可信的存在方式是因为它曲折的形象，而不是笔直的形象。

在《洗染匠和理发师的故事》里，我们读到了两个相反的形象，奸诈和懒惰的艾彼·勾尔与善良和勤快的艾彼·绥尔。正如人们相信人世间经常存在着不公正，故事开始时好吃懒做和造谣撞骗的洗染匠与辛勤工作和心地单纯的理发师得到的是同样的命运——都是贫穷，于是两个决然不同的人携手外出，他们希望能在异国他乡获得成功和财富。艾彼·勾尔是个天生的骗子，他的花言巧语使艾彼·绥尔毫无怨言地以自己的勤劳去养活他。以吃和睡来填充流浪中漫长旅途的艾彼·勾尔，在艾彼·绥尔病倒后偷走了他全部的钱财，然后远走高飞。山鲁佐德告诉我们：骗子同样有飞黄腾达的时候。当艾彼·勾尔来到某一城中，发现这里的洗染匠只会染出蓝色时，他去觐见了国王，声称他可以洗染出各种颜色的布料，国王就给了他金钱和建立一座染坊所需的一切。艾彼·勾尔一夜致富，而且深得国王的信任。然后故事开始青睐倒霉的艾彼·绥尔了，这位善良的理发师从病中康复后，终于知道了他的伙伴是一个什么人。可是当一贫如洗的他来到同样的城市时，他立刻忘记了艾彼·勾尔对他的背叛，他为艾彼·勾尔的成功满心欢喜，并且满腔热情地来到艾彼·勾尔高高的柜台前。接下去的情节是故事中顺理成章的叙述，艾彼·勾尔对艾彼·绥尔的迎接是指称他为窃贼，让手下的奴仆在他背上打了一百棍，又将他翻过来在胸前打了一百棍。以后就该轮到好人飞黄腾达了，这不仅仅是《一千零一夜》的愿望，差不多是所有民间故事叙述时的前途。山鲁佐德让伤心和痛苦的艾彼·绥尔发现城中没有澡堂，于是他也去觐见了国王，仁慈和慷慨的国王给了他多于艾彼·勾尔的金钱，也给了他建造一座澡堂的一切。于是艾彼·绥尔获得了超过艾彼·勾尔的成功，他的善良使他不去计较金钱，让顾客以自己收入的多少来付账，而且无论是王公贵族还是平民百姓，他都以同样的殷勤去招待。在山鲁佐德的故事里，坏蛋总是坏得十分彻底，他们损人往往不是为了利己，而是为了纯粹的损人。出于同样的理由，艾彼·勾尔设计陷害了艾彼·绥尔，让国王错误地以为艾彼·绥尔企图谋害他，国王决定处死善良的艾彼·绥尔。于是好人有好报的故事法则开始生效了，死刑的执法者是一位去过艾彼·绥尔的澡堂并且受到其殷勤侍候的船长，他相信艾彼·绥尔的为人，释放了他。后来艾彼·绥尔重新赢得了国王的信任，而艾彼·勾尔则是恶有恶报，最后轮到他被处死。处死他的方法曾经是处死艾彼·绥尔的方法，那就是将他放入一个大麻袋中，又将石灰灌满麻袋后扔进大海，这是一个充满了想象力的刑罚。艾彼·绥尔化险为夷，躲过此劫；艾彼·勾尔则不可能在《一千零一夜》里获得同样的好运，他被扔进了大海。他在被海水淹死的同时，也被石灰活活地烧死。

离奇曲折和跌宕起伏几乎是《一千零一夜》中所有故事的品质，也是山鲁佐德能够在山鲁亚尔屠刀下苟且偷生的法宝。在故事中，艾彼·绥尔重新获得国王的信任就是出于离奇和跌宕的理由。在好心的船长手里捡回生命的艾彼·绥尔，开始了渔夫的生涯。如同其他故事共有的叙述，落难之后往往会获得重新崛起的机遇，艾彼·绥尔在打上来的某一条鱼的肚子里看到了一枚宝石戒指，这枚神奇的戒指戴在手指上以后，只要举手致意，那么眼前的人就会人头落地。这是国王的宝石戒指，他之所以能够统辖三军，是因为人们慑于这枚戒指的威力。山鲁佐德紧凑地讲述着她的故事，她让国王失落权力的戒指与艾彼·绥尔的命运紧密相连，因此国王宝石戒指的失而复得也必然是艾彼·绥尔重获荣华富贵的开始。当船长释放艾彼·绥尔之后，他将一块大石头放入麻袋中以假乱真。船长划着小船来到宫殿附近，此刻的国王坐在临海的宫窗前，船长问国王是不是可以将艾彼·绥尔抛入海中，国王说抛吧，国王说话的时候举起戴着宝石戒指的右手一挥，一道闪光从他的手指上划到了海面，戒指掉入了大海。然后，戒指来到了艾彼·绥尔的手上。那个处死艾彼·绥尔的挥手，不久之后就转换成了他的幸运。艾彼·绥尔决定将戒指还给国王，以此来表示他的忠诚。于是，艾彼·绥尔的命运就像是一只暴跌后见底的股票，开始了强劲无比的反弹。

我欣赏的正是国王挥手间戒指掉入大海的描述，在离奇和跌宕不止的情节间的推动和转换里，山鲁佐德的讲述之所以能够深深地吸引着山鲁亚尔，有一点就是人物动作和言行的逼真描写，山鲁佐德说得丝丝入扣。她的故事就是在细节的真实和情节的荒诞之间，同时建立了神秘的国度和现实的国度，而且让阅读者无法找到两者间边境的存在。正是这样的讲述，使山鲁亚尔这个暴君在听到这些离奇故事的同时，内心里得到的却是合情合理的故事。这也是《一千零一夜》为什么会吸引我们的秘密所在。清晰明确和简洁朴素的叙述——这几乎是它一成不变的讲述故事的风格，然而当它的故事呈现出来时却是出神入化和变幻莫测。

可以这么说，《一千零一夜》是故事的广场，它差不多云集了故事中的典范。它告诉了我们：在故事里什么才是最为重要的。就像国王处死艾彼·绥尔的挥手，这个挥手是如此的平常和随便，然而正是在这个会让人疏忽和视而不见的动作里，孕育了此后情节的异军突起。在此之前，国王的挥手与好运卷土重来的艾彼·绥尔之间似乎有着漫长的旅途，犹如生死之隔。可是当两者相连之后，阅读者才会意识到山鲁佐德的讲述仿佛是一段弥留之际的经历，生死之隔被取消了，两者间曾经十分遥远的距离顷刻成了没有距离的重叠。第351夜的故事也同样如此，当省长的梦和巴格达人的梦在埃及相遇之时，阅读者期待中的最后结局也开始生根发芽了。《一千零一夜》告诉我们的就是这些：什么才是故事？什么才是故事前行时铺展出去的道路？我们总是沉醉在叙述中那些最为辉煌的段落之中，那些出人意料和惊心动魄的段落，那些使人想入非非和心醉神迷的段落；山鲁佐德的故事指出了这些华彩的篇章，这些高潮的篇章和最终结束的篇章其实来自一个微小的和不动声色的细节，来自类似国王挥手这样的描述，就像是那些粗壮的参天大树其实来自细小的根须一样。

在我看来，这不仅仅是《一千零一夜》的叙述道路，也是其他故事成长时的座右铭，比如莎士比亚讲述的故事和蒙田经常引用的故事。毫无疑问，在夏洛克和安东尼奥签订契约时，莎士比亚就是要让这位狡诈的犹太商人忘记了一个事实的存在：如果割下安东尼奥身上一磅肉的话，同时会有安东尼奥的血。于是，夏洛克的这个疏忽造就了《威尼斯商人》里情节的跌宕和叙述的紧张；造就了想象的扩张和情感的动荡；造就了胜利和失败、同情和怜悯、正义和邪恶、生存和死亡；一句话，就是这个小小的细节造就了《威尼斯商人》的经久不衰。同样的道理，蒙田在《殊途同归》一文里，向我们讲述了日耳曼皇帝康拉德三世的故事，这位公元10世纪时期以强悍著名的皇帝，在他率部下包围了他的仇敌巴伐利亚公爵后，对巴伐利亚公爵提出的诱人条件和卑劣赔罪不屑一顾，他决心要置他的仇敌于死地。然而10世纪流行的胜利者的风度使康拉德三世丧失了这样的机会，他为了让同巴伐利亚公爵一起被围困的妇女保全体面，允许她们徒步出城，而且做出了一个微不足道和顺理成章的决定，允许这些妇女将能够带走的都带走。正是这个小小的让人几乎无法产生想象力的决定，使康拉德三世对巴伐利亚公爵的包围失去了意义。当这些被释放的妇女走出城来时，康拉德三世看到了一个辉煌和动人的场景，所有的妇女都肩背着她们的丈夫和孩子，他的仇敌巴伐利亚公爵也在其妻子的肩膀上。故事的结局是这些心灵高尚的妇女让康拉德三世感动得掉下了眼泪，使他对巴伐利亚公爵的刻骨仇恨顷刻间烟消云散。

　　斯蒂芬·茨威格一度迷恋于传奇作品的写作，这些介于历史和文学之间的叙述，带有明显的斯蒂芬·茨威格的个人倾向。我的意思是说，这位奥地利作家试图像一个历史学家那样去书写真实的历史事件，同时小说家的身份又使他发现了历史中的细小之处。对他来说，正是这些细小之处决定了那些重大的事件，决定了人的命运和历史的方向，他的任务就是强调这些细小之处，让它们在历史叙述中突现出来。用他自己的比喻就是有时候避雷针的尖端会聚集太空里所有的电，他相信一个影响深远的决定其实来自一个日期、一个小时，甚至是来自一分钟。为此在他的笔下，拜占庭的陷落，或者说是君士坦丁堡的陷落并不是因为奥斯曼土耳其人的强大攻势，而是因为那个名叫凯卡波尔塔的小门。奥斯曼土耳其人，这些安拉的奴仆，在他们的苏丹率领下包围和进攻这座希腊旧城，而罗马人在他们的皇帝指挥下，一次次将攻城的云梯推下墙头，眼看着拜占庭就要得救了，眼看着巨大的苦难就要战胜野蛮的进攻之时，一个悲剧性的意外发生了。这个意外就是凯卡波尔塔小门，它是和平时期大门紧闭时供行人出入所用，正是因为它不具有军事意义，罗马人忘记了它的存在。凯卡波尔塔小门敞开着，而且无人把守，土耳其人发现了它，然后攻入了城中。就这样，强盛了一千多年的东罗马帝国被凯卡波尔塔小门葬送了。出于同样的理由，斯蒂芬·茨威格认为滑铁卢之役是由格鲁希思考中的一秒钟所决定的。当拿破仑被威灵顿包围之后，格鲁希率领着另一支大军正沿着战前布置的道路前进，他们听到了炮声，炮声距离他们只有三个多小时的路程，格鲁希的副司令热拉尔激烈地要求向着炮火的方向前进，其他军官也都站到了热拉尔一边，然而习惯于服从的格鲁希拒绝了热拉尔的要求，因为他没有接到拿破仑的命令，他说只有皇帝本人有权变更命令。激动的热拉尔提出最后的请求，他想率领自己的师和骑兵奔赴战场，并且保证按时赶到约定的地点。格鲁希考虑了一秒钟，再次拒绝热拉尔的请求。就是这一秒钟决定了威灵顿的胜利，决定了拿破仑彻底的失败，也决定了格鲁希自己的命运。斯蒂芬·茨威格认为格鲁希的这一秒钟改变了整个欧洲的命运。

同样的道理，很多人在获得成功或者品尝了失败之后，再回首往事，常常会发现过去生活中的某一个平常的选择，甚至是毫无意义的举动，都会带来命运的动荡。在这一点上，人生的道路和历史的道路极其相似，然后就会诞生故事的道路。山鲁佐德的故事或者其他人的故事，为什么都会让一个不经意的细节去掌握故事中高潮的命运？我相信这是因为人生的体验和历史的体验决定着故事的体验。当我们体验着人生或者体验着历史之时，这样的体验是在分别进行之中；当我们获得故事的体验时，我想这三者已经重叠到了一起。这时候我们就会重新判断故事中各段落的价值，有时候一个不经意的细节和故事中情节的高潮，这两者间的关系很像是贺拉斯描述中的丽西尼的头发和堆满财宝的宫殿，贺拉斯说："阿拉伯金碧辉煌堆满财宝的宫殿，在你眼里怎抵丽西尼的一根头发？"

一九九九年十月二十五日

内心之死

我想在这里先谈谈欧内斯特·海明威和罗伯-格里耶的两部作品,这是在我个人极其有限阅读里的两次难忘的经历,我指的是《白象似的群山》和《嫉妒》。与阅读其他作品不一样,这两部作品带给我的乐趣是忘记它们的对话、场景和比喻,然后去记住从巴塞罗那开往马德里快车上的"声音",和百叶窗后面的"眼睛"。

我指的似乎是叙述的方式,或者说是风格。对很多作家来说,能够贯穿其一生写作的只能是语言的方式和叙述的风格,在不同的题材和不同的人物场景里反复出现,有时是散漫的,有时是暗示,也有的时候会突出和明朗起来。不管作家怎样写作,总会在某一天或者某一个时期,其叙述风格会在某一部作品里突然凝聚起来。《白象似的群山》和《嫉妒》对海明威和罗伯-格里耶正是如此。就像参加集会的人流从大街小巷汇聚到广场一样,《白象似的群山》和《嫉妒》展现了几乎是无限的文学之中的两个广场,或者说是某些文学风格里的中心。

我感兴趣的是这两部作品的一个共同之处,海明威和罗伯-格里耶的叙述其实都是对某个心理过程的揭示。

《白象似的群山》有资格成为对海明威"冰山理论"的一段赞

美之词。西班牙境内行驶的快车上,男人和姑娘交谈着,然后呢?仍然是交谈,这就是故事的全部。显然,这是一部由"声音"组装起来的作品,男人的声音和姑娘的声音,对话简短发音清晰,似乎是来自广播的专业的声音,当然他们不是在朗读,而是交谈——"天气热得很","我们喝杯啤酒吧"。从啤酒到西班牙的茴香酒,两个人喝着,同时说着。他们使用的是那种不怕被偷听的语言,一种公共领域的语言,也就是在行驶的列车上应该说的那种话。然而那些话语里所暗示的却是强烈的和不安的隐私,他们似乎正处于生活的某一个尴尬时期,他们的话语里隐藏着冲突、抱怨和烦恼,然后通过车窗外白象似的群山和手中的茴香酒借题发挥。

加西亚·马尔克斯曾经用钟表匠的语气谈论欧内斯特·海明威,他说:"他把螺丝钉完全暴露在外,就像装在货车上那样。"《白象似的群山》可以说是一览无余,这正是海明威最为迷人之处。很少有作家像海明威那样毫无保留地敞开自己的结构和语言,使它们像河流一样清晰可见。与此同时,海明威也削弱了读者分析作品的权利,他只让他们去感受、猜测和想象。《白象似的群山》是这方面的专家,在那些如同列车、啤酒和窗外的群山一样明确单纯的语言下,海明威展示的却是一个复杂的和百感交集的心理过程。在驶往马德里的快车上,男人和姑娘的交谈似乎有了一个理由——堕胎,然而围绕着这个理由延伸出去的话语又缺少了起码的明确性,就像他们不详的姓名一样,他们的交谈也无法被确定下来。

欧内斯特·海明威明白内心意味着什么,正如他著名的"冰山理论"所认为的那样，人们所能看到的和所能计算的体积，只是露出海面的冰山一角。隐藏在海水深处的才真正是冰山的全部，而这部分只能通过感受、猜测和想象才得以看到。于是海明威无法用意义来确定他们的交谈，就像无法确认男人和姑娘的姓名。没有了姓名的男人和姑娘同时又拥有了无数姓名的可能，没有被指定的交谈也同时表达了更多的可能中的心理经历。

与《白象似的群山》相比，罗伯-格里耶在《嫉妒》里所叙述的内心压力似乎更为漫长，不仅仅是篇幅的原因，海明威的叙述像晴空一样明朗，有着奏鸣曲般跳跃的节奏，而罗伯-格里耶则要暗淡得多，如同昼夜之交的黄昏，他的叙述像阳光下的阴影一样缓慢地移动着。

"嫉妒"一词在法语里同时又是"百叶窗"，显然，罗伯-格里耶在选择这个词语的时候，也选择了耐心。百叶窗为注视中的眼睛提供了焦距，对目光的限制就像在花盆里施肥，让其无法流失，于是内心的嫉妒在可以计算的等待里茁壮成长。

光线、墙壁、走廊、门窗、地砖、桌椅、A和她的邻居以轮回的方式出现和消失，然后继续出现和继续消失。场景和人物在叙述里的不断重复，如同书写在复写纸上，不仅仅是词序的类似，似乎连字迹都是一致，其细微的差异只是在浓淡之间隐约可见。

长时间的注视几乎令人窒息，"眼睛"似乎被永久地固定住了，如同一件被遗忘的衬衣挂在百叶窗的后面。这一双因为凝视已久已经布满了灰尘的"眼睛"，在叙述里找到了最好的藏身之处，获得了嫉妒和百叶窗的双重掩护。罗伯-格里耶只是在第三把椅子、第三只杯子、第三副餐具这类第三者的暗示里，才让自己的叙述做出披露的姿态，一个吝啬鬼的姿态。

即便如此，阅读者仍然很难觉察这位深不可测的嫉妒者，或者说是百叶窗造就出来的窥视者。就像他的妻子A和那位有可能勾引A的邻居一样很难觉察到他的存在。窥视者的内心是如此难以把握，他似乎处于切身利益和旁观者的交界之处，同时他又没有泄露一丝的倾向。罗伯-格里耶让自己的叙述变成了纯粹的物质般的记录，他让眼睛的注视淹没了嫉妒的情感，整个叙述无声无息，被精确的距离和时间中生长的光线笼罩了。显然，A和那位邻居身体的移动和简短的对话是叙述里最为活跃的部分，然而他们之间的暧昧始终含糊不清，他们的言行总是适可而止。事实上，罗伯-格里耶什么都没有写，他仅仅是获得了叙述而已，他和海明威一样了解叙述的过程其实就是一个独裁的过程，当A和她的邻居进入这个暧昧的叙述时，已经没有清白可言了，叙述强行规定了他们之间的暧昧关系。

在这里，罗伯-格里耶向我们展示了一个不可思议的内心，一个几乎被省略的人物的内心，他微弱的存在不是依靠自己的表达，而是得益于没有他出现的叙述的存在，他成了《嫉妒》叙述时唯一的理由，成了词语的来源，成了罗伯-格里耶写作时寻找方向的坐标。于是，那位不幸的丈夫只能自己去折磨自己了，而且谁也无法了解他自我折磨的方式。与此同时，罗伯-格里耶也让阅读者开始了自我折磨，让他们到自己的经历中去寻找回忆，寻找嫉妒和百叶窗，寻找另一个 A 和另一个邻居。

回忆、猜测和想象使众多的阅读者百感交集，他们的内心不由自主地去经历往事的痛苦、焦虑和愤怒，同时还有着恶作剧般的期待和不知所措的好奇心。他们重新经历的心理过程汇集到了一起，如同涓涓细流汇入江河，然后又汇入大海一样，汇集到了罗伯-格里耶的《嫉妒》之中。一切的描叙都显示了罗伯-格里耶对眼睛的忠诚，他让叙述关闭了内心和情感之门，仅仅是看到而已，此外什么都没有，仿佛是一架摄影机在工作，而且还没有"咝咝"的机器声。正因为如此，罗伯-格里耶的《嫉妒》才有可能成为嫉妒之海。

欧内斯特·海明威和罗伯-格里耶的写作其实回答了一个由来已久的难题——什么是心理描写？这个存在于教科书、文学辞典以及各类写作和评论中的专业术语，其实是一个错误的路标，只会将叙述者引向没有尽头的和不知所措的远方。让叙述者远离内心，而不是接近。

威廉·福克纳在其短篇小说《沃许》里，以同样的方式回答了这个问题。这个故事和福克纳的其他故事一样粗犷有力，充满了汗水与尘土的气息。两个白人——塞德潘和沃许，前者因为富裕成了主人，而贫穷的沃许，他虽然在黑人那里时常会得到来自肤色的优越感，可他仍然是一个奴隶，一个塞德潘家中的白奴。当这个和他一样年过六十的老爷使他只有十五岁的外孙女怀孕以后，沃许没有感到愤怒，甚至连不安都没有。于是故事开始了，沃许的外孙女弥丽躺在草垫上，身边是她刚刚出生的女儿，也就是塞德潘的女儿。塞德潘这一天起床很早，不是为了弥丽的生产，而是他家中名叫格利赛达的母马产下了马驹。塞德潘站在弥丽的草垫旁，看着弥丽和她身边的孩子，他说："真可惜，你不是匹母马。不然的话，我就能分给你一间挺像样的马棚了。"

塞德潘为格利赛达早晨产下的小公马得意洋洋，他说："公的。呱呱叫的小驹子。"然后他用鞭子指指自己的女儿："这个呢？""是个母的，我觉得。"

叙述从一开始就暗示了一个暴力的结束。福克纳让叙述在女人和母马的比较中前行，塞德潘似乎成了那匹母马的丈夫，格利赛达产下的小驹子让塞德潘表达出了某些父亲的骄傲。而沃许的外孙女弥丽对他来说只是一个奴隶，她身边的孩子虽然也是他的孩子，可在他眼中不过是另一个奴隶。福克纳的叙述为沃许提供了坚不可摧的理由，当沃许举起大镰刀砍死这个丧失了人性的塞德潘，就像屠宰一匹马一样能够为人所接受。

然后，叙述的困难开始了，或者说是有关心理描写的绝望开始了。如果沃许刚才只是喝了一杯威士忌，那么展示他的内心并不困难，任何简单的叙述都能够胜任，让他告诉自己："我刚才喝了一杯威士忌。"或者再加上"味道不错""我很久没喝了"之类的描叙。

描叙的欲望如果继续膨胀，那么就可以将内心放入无所事事的状态之中，像马塞尔·普鲁斯特在《追忆似水年华》里经常做的工作——"我心中有数,我当时把自己置于最为不利的境地,最终会从我的长辈们那里得到最为严厉的处罚,其严厉程度,外人实际上是估计不到的。他们或许以为……"普鲁斯特善于让他笔下的人物在清闲的时候打发时光,让人物的内心在对往事的追忆中越拉越长,最后做出对自己十分有利的总结。

如果沃许刚才举起的不是镰刀,而是酒杯,喝到了上好的威士忌的沃许·琼斯很可能会躺到树荫里,这个穷光蛋就会像斯万那样去寻找记忆和想象,寻找所有喝过的和没有喝过的威士忌,要是时间允许,他也会总结自己,说上一些警句和格言。然而现实让沃许选择了镰刀,而且砍死了塞德潘。一个刚刚杀了人的内心,如何去描写?威廉·福克纳这样写道:

> 他再进屋的时候,外孙女在草垫上动了一下,恼怒地叫了一声他的名字。"什么事呀?"她问。
> "什么什么事呀?亲爱的?"
> "外边那儿吵吵闹闹的。"
> "什么事也没有。"他轻轻地说……

沃许·琼斯显示了出奇的平静,他帮助外孙女喝了水,然后又对她的眼泪进行了安慰。不过他的动作是"笨拙"的,他站在那里的姿态是"硬挺挺"的,而且阴沉。他得到了一个想法,一个与砍死塞德潘毫无关系的想法:"女人……她们要孩子,可得了孩子,又要为这哭……哪个男人也明白不了。"然后他坐在了窗口。威廉·福克纳继续写道：

  整个上午，悠长、明亮、充满阳光，他都坐在窗口，在等着。时不时地，他站起来，踮起脚尖走到草垫那边去。他的外孙女现在睡着了，脸色阴沉、平静、疲倦，婴儿躺在她的臂弯里。之后，他回到椅子那儿再坐下，他等着，心里纳闷为什么他们耽误了这么久，后来他才想起这天是星期天。上午过了一半，他正坐着，一个半大不小的白人男孩拐过屋角，碰上了死尸，抽了口冷气地喊了一声，他抬头看见了窗口的沃许，霎时间好像被催眠了似的，之后便转身逃开了。于是，沃许起身，又踮着脚来到草垫床前。

沃许砍死塞德潘之后，威廉·福克纳的叙述似乎进入了某种休息中的状态，节奏逐渐缓慢下来，如同远处的流水声轻微和单纯地响着。叙述和沃许共同经历了前期的紧张之后，随着那把镰刀果断地砍下去，两者又共同进入了不可思议的安静之中。当沃许几乎耗尽了毕生的勇气和力量，终于完成了自己的工作，他似乎像他的外孙女一样疲倦了。于是他坐在了窗口，开始其漫长的等待，同时也开始了劳累之后的休息。此刻的叙述展示了一劳永逸似的放松，威廉·福克纳让叙述给予沃许的不是压迫，而是酬谢。沃许·琼斯理应得到这样的慰劳。

显而易见，福克纳在描写沃许内心承受的压力时，不是让叙述中沃许的心脏停止跳动，而是让沃许的眼睛睁开，让他去看；同时也让他的嘴巴张开，让他去说。可怜的沃许却只能说出一生中最为贫乏的语言，也只能看到最为单调的情形。他被叙述推向了极端，同时也被自己的内心推向了极端，于是他失去掌握自己命运的能力，而叙述也同样失去了描写他内心的语言。

就像海明威和罗伯-格里耶所从事的那样，威廉·福克纳对沃许心理的描写其实就是没有心理描写。不同的是，福克纳更愿意在某些叙述的片段而不是全部，来展示自己这方面出众的才华和高超的技巧，而且满足于此；海明威和罗伯-格里耶则是一直在发展这样的叙述，最后他们在《白象似的群山》和《嫉妒》里获得了统一的和完美的风格。

另外一个例子是陀思妥耶夫斯基的《罪与罚》，拉斯柯尔尼科夫与沃许·琼斯一样有着杀人的经历。不同的是，福克纳只是让沃许举起镰刀，陀思妥耶夫斯基让拉斯柯尔尼科夫举起的是一把更为吓人的斧头。福克纳省略了杀人的过程，他只是暗示地写道："他手里握着那把镰刀，那是三个月以前跟塞德潘借的，塞德潘再也用不着它了。"而陀思妥耶夫斯基则是让拉斯柯尔尼科夫"把斧头拿了出来，用双手高高举起，几乎不由自主地、不费吹灰之力地、几乎机械地用斧背向她的头上直砍下去"。

紧接着，陀思妥耶夫斯基令人吃惊地描叙起那位放高利贷老太婆的头部，"老太婆和往常一样没有扎头巾。她那带几根银丝的、稀疏的、浅色的头发照常用发油搽得油光光的，编成了一条鼠尾似的辫子，并用一把破牛角梳子盘成了一个发髻。这把梳子突出在后脑勺上"。

陀思妥耶夫斯基以中断的方式延长了暴力的过程，当斧头直砍下去时，他还让我们仔细观察了这个即将遭受致命一击的头部，从而使砍下的斧头增加了惊恐的力量。随后他让拉斯柯尔尼科夫再砍两下，"血如泉涌，像从打翻了的玻璃杯里倒出来一样，她仰面倒下了……两眼突出，仿佛要跳出来似的……"

陀思妥耶夫斯基噩梦般的叙述几乎都是由近景和特写组成，他不放过任何一个细节，而且以不可思议的笨拙去挤压它们，他能够拧干一条毛巾里所有的水分，似乎还能拧断毛巾。没有一个作家能够像陀思妥耶夫斯基那样，让叙述的高潮遍布在六百页以上的书中，几乎每一行的叙述都是倾尽全力，而且没有轻重之隔，也没有浓淡之分。

谋财害命的拉斯柯尔尼科夫显然没有沃许·琼斯的平静，或者说陀思妥耶夫斯基的叙述里没有平静，虽然他的叙述在粗犷方面与威廉·福克纳颇有近似之处，然而威廉·福克纳更愿意从容不迫地去讲述自己的故事，陀思妥耶夫斯基则像是在梦中似的无法控制自己，并且将梦变成了梦魇。

有一点他们是相同的，那就是当书中的人物被推向某些疯狂和近似于疯狂的境地时，他们都会立刻放弃心理描写的尝试。福克纳让沃许坐到了窗前，给予了沃许麻木和不知所措之后的平静；而陀思妥耶夫斯基则让拉斯柯尔尼科夫继续疯狂下去，当高利贷老太婆"两眼突出，仿佛要跳出来似的"以后，陀思妥耶夫斯基给了拉斯柯尔尼科夫分散在两个章节里的近二十页篇幅，来展示这个杀人犯所有的行为，一连串的热锅上的蚂蚁似的动作，而不是心理描写。

拉斯柯尔尼科夫在清醒和神志不清之间，在恐惧和勇气之间，一句话就是在梦和梦魇之间，开始了他杀人的真正目的——寻找高利贷老太婆的钱财。陀恩妥耶夫斯基这时候的叙述，比斧头砍向头颅更为疯狂，其快速跳跃的节奏令人难以呼吸。

他把斧头放在死人身边的地板上，立刻去摸她的口袋，极力不让自己沾上涌出来的鲜血——她上次就是从右边的口袋里掏出钥匙的。

显然，此刻的拉斯柯尔尼科夫是镇静的。镇静使他摸到了钥匙并且掏出了钥匙，可是紧接着他又立刻惊慌失措——

他刚拿钥匙去开五斗橱，一听见钥匙的哗啦一声，仿佛浑身起了一阵痉挛。他又想扔下一切东西逃跑。

陀思妥耶夫斯基让叙述在人物状态迅速转换中前行。惊弓之鸟般的拉斯柯尔尼科夫怎么都无法打开五斗橱，所有的钥匙在他手中都插不进锁孔。随即他又清醒似的将手上的鲜血擦在红锦缎上，并且认为鲜血擦在红锦缎上不显眼……

没有一个作家会像陀思妥耶夫斯基那样,如此折磨自己笔下的人物。拉斯柯尔尼科夫如同进入了地狱似的,他将应该是一生中逐渐拥有的所有感觉和判断,在顷刻之间全部反应出来。并且让它们混杂在一起,不断出现和不断消失,互相抵抗同时也互相拯救。

显然,陀思妥耶夫斯基并不满足拉斯柯尔尼科夫的自我折磨,他不时地让楼道里传来某些声响,一次次地去惊吓拉斯柯尔尼科夫,并且让老太婆同父异母的妹妹丽扎韦塔突然出现在屋子里,逼迫他第二次杀人。就是那个已经死去的高利贷老太婆,陀思妥耶夫斯基也让她阴魂不散——

> 他忽然觉得好像老太婆还活着,还会苏醒过来。他就撇下钥匙和五斗橱,跑回到尸体跟前,拿起斧头,又向着老太婆举起来……

拉斯柯尔尼科夫在掠夺钱财的欲望和自我惩罚的惊恐里度日如年,十多页漫长的叙述终于过去了,他总算回到了自己的屋子。此刻叙述也从第一章过渡到了第二章——

> 他这样躺了很久。有时他仿佛睡醒了,于是发觉夜早已来临,但他并不想起床。末了他发觉,天已经明亮起来。

叙述似乎进入了片刻的宁静，可是陀思妥耶夫斯基对拉斯柯尔尼科夫的折磨还在继续。首先让他发烧了，让他打着可怕的寒战，"连牙齿都格格打战，浑身哆嗦"，然后让他发现昨天回家时没有扣住门闩，睡觉也没有脱衣服，而且还戴着帽子。拉斯柯尔尼科夫重新进入了疯狂，"他向窗前扑去"——他把自己的衣服反复检查了三次，确定没有留下任何痕迹，他才放心地躺下来，一躺下就说起了梦话，可是不到五分钟，他立刻醒过来，"发狂似的向自己那件夏季外套扑过去"——他想起了一个重要的罪证还没有消除。随后他又获得了暂时的安宁，没多久他又疯狂地跳起来，他想到口袋里可能有血迹……

在第二章开始的整整两页叙述里，陀思妥耶夫斯基继续着前面十多页的动作，让拉斯柯尔尼科夫的身体继续动荡不安，让他的内心继续兵荒马乱，而且这才只是刚刚开始，接下去还有五百多页更为漫长的痛苦生涯，拉斯柯尔尼科夫受尽折磨，直到尾声的来临。

与陀思妥耶夫斯基相比，威廉·福克纳对沃许·琼斯杀人后的所有描叙就显得十分温和了。这样的比较甚至会使人忘记福克纳叙述上粗犷的风格，在陀思妥耶夫斯基面前，威廉·福克纳竟然像起了一位温文尔雅的绅士，不再是那个桀骜不驯的乡巴佬。

谁都无法在叙述的疯狂上与陀思妥耶夫斯基相提并论，不仅仅是威廉·福克纳。当拉斯柯尔尼科夫杀人后，陀思妥耶夫斯基有力量拿出二十页的篇幅来表达他当时惊心动魄的状态。陀思妥耶夫斯基的叙述是如此直截了当，毫不回避地去精心刻画有可能出现的所有个人行为和所有环境反应。其他作家在这种时候都会去借助技巧之力，寻求间接的方式表达出来。陀思妥耶夫斯基却放弃了对技巧的选择，他的叙述像是一头义无反顾的黑熊那样笨拙地勇往直前。

最后一个例子应该属于司汤达。这位比陀思妥耶夫斯基年长三十八岁的作家倒是一位绅士，而且是法语培养出来的绅士。可以这么说，在19世纪浩若烟海的文学里，与陀思妥耶夫斯基最为接近的作家可能是司汤达，尽管两人之间的风格相去甚远，就像宫殿和监狱一样，然而欧洲的历史经常将宫殿和监狱安置在同一幢建筑之中，陀思妥耶夫斯基和司汤达也被欧洲的文学安置到了一起，形成古怪的对称。

我指的是阅读带来的反应，陀思妥耶夫斯基和司汤达的叙述似乎总是被叙述中某个人物的内心所笼罩，而且笼罩了叙述中的全部篇幅。拉斯柯尔尼科夫笼罩了《罪与罚》，于连·索黑尔笼罩了《红与黑》。如果不是仔细地去考察他们叙述中所使用的零件，以及这些零件组合起来的方式，仅仅凭借阅读的印象，我们或许会以为《罪与罚》和《红与黑》都是巨幅的心理描写。确实，陀思妥耶夫斯基和司汤达都无与伦比地表达出了拉斯柯尔尼科夫和于连·索黑尔内心的全部历史，然而他们叙述的方式恰恰不是心理描写。

司汤达的叙述里没有疯狂，但是他拥有了长时间的激动。司汤达具有与陀思妥耶夫斯基类似的能力，当他把一个人物推到某个激动无比的位置时，他能够让人物稳稳坐住，将激动的状态不断延长，而且始终饱满。

第二天当他看见德·瑞那夫人的时候，他的目光奇怪得很，他望着她，仿佛她是个仇敌，他正要上前和她决斗交锋。

正是在这样的描叙里，于连·索黑尔和德·瑞那夫人令人不安的浪漫史拉开了帷幕。在此之前，于连·索黑尔已经向德·瑞那夫人连连发出了情书，于连·索黑尔的情书其实就是折磨，以一个仆人谦卑的姿态去折磨高贵的德·瑞那夫人，让她焦虑万分。当德·瑞那夫人瞒着自己的丈夫，鼓起勇气送给于连·索黑尔几个金路易，并且明确告诉他："用不着把这件事告诉我的丈夫。"面对德·瑞那夫人艰难地表现出来的友好，于连·索黑尔回答她的是傲慢和愤懑："夫人，我出身低微，可是我绝不卑鄙。"他以不同凡响的正直告诉夫人，他不应该向德·瑞那先生隐瞒任何薪金方面的事情。从而使夫人"面色惨白，周身发抖"，毫无疑问，这是于连·索黑尔所有情书中最为出色的一封。

因此当那个乡村一夜来临时，这个才华横溢的阴谋家发动了突然袭击。他选择了晚上十点钟，对时间深思熟虑的选择是他对自己勇气的考验，并且让另一位贵族夫人德薇在场，这是他对自己勇气的确认。他的手在桌下伸了过去，抓住了德·瑞那夫人的手。

司汤达有事可做了，他的叙述将两个人推向了极端，一个蓄谋已久，一个猝不及防。只有德薇夫人置身事外，这个在书中微不足道的人物，在此刻却成了叙述的关键。这时候，司汤达显示出了比陀思妥耶夫斯基更多的对技巧的关注，他对于德薇夫人的现场安排,使叙述之弦最大限度地绷紧了,让叙述在火山爆发般的激情和充满力量的掩盖所联结的脆弱里前进。如果没有德薇夫人的在场,那么于连·索黑尔和德·瑞那夫人紧握的手就不会如此不安了。司汤达如同描写一场战争似的描写男女之爱,德薇夫人又给这场战争涂上了惊恐的颜色。

在德·瑞那夫人努力缩回自己的手的抵抗结束之后,于连·索黑尔承受住了可能会失败的打击,他终于得到了那只"冷得像冰霜一样"的手。

> 他的心浸润在幸福里。并不是他爱着德·瑞那夫人,而是一个可怕的苦难结束了。

司汤达像所有伟大的作家那样,这时候关心的不是人物的心理,而是人物的全部。他让于连·索黑尔强迫自己说话,为了不让德薇夫人觉察,于连·索黑尔强迫自己声音洪亮有力;而德·瑞那夫人的声音,"恰恰相反,泄露出来情感的激动,忸怩不安",使德薇夫人以为她病了,提议回到屋子里去,并且再次提议。德·瑞那夫人只好起身,可是于连·索黑尔"把这只手握得更紧了",德·瑞那夫人只好重新坐下,声音"半死不活"地说园中新鲜的空气对她有益。

> 这一句话巩固了于连的幸福……他高谈阔论,忘记了装假

做作。

司汤达的叙述仍然继续着，于连·索黑尔开始害怕德薇夫人会离开，因为接下去他没有准备如何与德·瑞那夫人单独相处。"至于德·瑞那夫人，她的手搁在于连手里，她什么也没有想，她听天由命，就这样活下去。"

我想，我举例的任务应该结束了。老实说，我没有想到我的写作会出现这样的长度，几乎是我准备写下的两倍。我知道原因在什么地方，我在重温威廉·福克纳、陀思妥耶夫斯基和司汤达的某些篇章时，他们叙述上无与伦比的丰富紧紧抓住了我，让我时常忘记自己正在进行中的使命，因为我的使命仅仅是为了指出他们叙述里的某一方面，而他们给予我的远比我想要得到的多。他们就像于连·索黑尔有力的手，而我的写作则是德·瑞那夫人被控制的手，只能"听天由命"。这就是叙述的力量，无论是表达一个感受，还是说出一个思考，写作者都是在被选择，而不是选择。

在这里，我想表达的是一个在我心中盘踞了十二年之久的认识，那就是心理描写的不可靠。尤其是当人物面临突如其来的幸福和意想不到的困境时，对人物的任何心理分析都会局限人物真实的内心，因为内心在丰富的时候是无法表达的。当心理描写不能在内心最为丰富的时候出来滔滔不绝地发言，它在内心清闲时的言论其实已经不重要了。

这似乎是叙述史上最大的难题，我个人的写作曾经被它困扰了很久，是威廉·福克纳解放了我，当人物最需要内心表达的时候，我学会了如何让人物的心脏停止跳动，同时让他们的眼睛睁开，让他们的耳朵矗起，让他们的身体活跃起来，我知道了这时候人物的状态比什么都重要，因为只有它才真正具有了表达丰富内心的能力。

这是十二年前的事了，后来我又在欧内斯特·海明威和罗伯-格里耶那里看到了这样的风格如何完整起来。有一段时间，我曾经以为这是20世纪文学特有的品质。可是陀思妥耶夫斯基和司汤达，这两个与内心最为亲密的作家破坏了我这样的想法。现在我相信这应该是我们无限文学中共有的品质。

其实，早在五百多年前，蒙田就已经警告我们，他说："……探测内心深处，检查是哪些弹簧引起的反弹；但这是一件高深莫测的工作，我希望尝试的人愈少愈好。"

一九九八年八月二十六日

卡夫卡和 K

《城堡》中的土地测量员 K 在厚厚的积雪中走来，皑皑白雪又覆盖了他的脚印，是否暗示了这是一次没有回去的走来？因为 K 仿佛是走进了没有谜底的命运之谜。贺拉斯说："无论风暴将我带到什么岸边，我都将以主人的身份上岸。"卡夫卡接着说："无论我转向何方，总有黑浪迎面打来。"弥漫在西方文学传统里的失落和失败的情绪感染着漫长的岁月，多少年过去了，风暴又将 K 带到了这里，K 获得了上岸的权利，可是他无法获得主人的身份。

在有关卡夫卡作品的论说和诠释里，有一个声音格外响亮，那就是谁是卡夫卡的先驱？对卡夫卡的榜样的寻找凝聚了几代人的不懈努力，瓦尔特·本雅明寻找了一个俄国侯爵波将金的故事，博尔赫斯寻找了芝诺的否定运动的悖论。人们乐此不疲的理由是什么？似乎没有一个作家会像卡夫卡那样令人疑惑，我的意思是说：在卡夫卡这里人们无法获得其他作家所共有的品质，就是无法找到文学里清晰可见的继承关系。当《城堡》中的弗丽达意识到 K 其实像一个孩子一样坦率时，仍然很难相信他的话，因为——弗丽达的理由是"你的个性跟我们截然不同"。瓦尔特·本雅明和博尔赫斯也对卡夫卡说出了类似的话。

同时，这也是文学要对卡夫卡说的话。显然，卡夫卡没有诞生在文学生生不息的长河之中，他的出现不是因为后面的波浪在推动，他像一个岸边的行走者逆水而来。很多迹象都在表明，卡夫卡是从外面走进了我们的文学。于是他的身份就像是《城堡》里K的身份那样尴尬，他们都是唐突的外来者。K是不是一个土地测量员？《城堡》的读者会发出这样的疑问。同样的疑问也在卡夫卡生前出现，这个形象瘦削到使人感到尖锐的犹太人究竟是谁？他的作品是那样的陌生，他在表达希望和绝望、欢乐和痛苦、爱和恨的时候都是同样的令人感到陌生。这样的疑惑在卡夫卡死后仍然经久不息，波将金和芝诺的例子表明：人们已经开始到文学之外去寻找卡夫卡作品的来源。

这是明智的选择。只要读一读卡夫卡的日记，就不难发现生活中的卡夫卡，其实就是《城堡》中的K。他在1931年8月15日的日记中，用坚定的语气写道："我将不顾一切地与所有人隔绝，与所有人敌对，不同任何人讲话。"在六天以后的日记里，他这样写："现在我在我的家庭里，在那些最好的、最亲爱的人们中间，比一个陌生人还要陌生。近年来我和我的母亲平均每天说不上二十句话，和我的父亲除了有时彼此寒暄几句几乎就没有更多的话可说。和我已婚的妹妹和妹夫们除了跟他们生气我压根儿就不说话。"

人们也许以为写下这样日记的人正在经历着可怕的孤独，不过读完下面的两则日记后，可能会改变想法。他在1910年11月2上的日记中写道："今天早晨许久以来第一次尝到了想象一把刀在我心中转动的快乐。"另一则是两年以后,他再一次在日记中提到了刀子。"不停地想象着一把宽阔的熏肉切刀,它极迅速地以机械的均匀从一边切入我体内,切出很薄的片,它们在迅速的切削动作中几乎呈卷状一片片飞出去。"

　　第一则日记里对刀的描绘被后面"快乐"的动词抽象了,第二则日记不同,里面的词语将一串清晰的事实连接了起来,"宽阔的熏肉切刀","切入我体内",而且"切出很薄的片",卡夫卡的描叙是如此的细致和精确,最后"呈卷状一片片飞出去"时又充满了美感。这两则日记都是在想象中展示了暴力,而且这样的暴力都是针对自我。卡夫卡让句子完成了一个自我凌迟的过程,然后他又给予自我难以言传的快乐。这是否显示了卡夫卡在面对自我时没有动用自己的身份?或者说他就是在自我这里,仍然是一个外来者?我的答案是卡夫卡一生所经历的不是可怕的孤独,而是一个外来者的尴尬。这是更为深远的孤独,他不仅和这个世界和所有的人格格不入,同时他也和自己格格不入。他在1914年1月8日的日记中吐露了这样的尴尬,他写道:"我与犹太人有什么共同之处?我几乎与自己都没有共同之处。"他的日记暗示了与众不同的人生,或者说他始终以外来者的身份行走在自己的人生之路上,四十一年的岁月似乎是别人的岁月。

　　可以这么说,生活中的卡夫卡就像《城堡》里的K一样,他们都没有获得主人的身份,他们一生都在充当着外乡人的角色。共同的命运使这两个人获得了一致的绝望,当K感到世界上已经没有一处安静的地方能够让他和弗丽达生活下去时,他就对自己昙花一现的未婚妻说:"我希望有那么一座又深又窄的坟墓,在那里我们俩紧紧搂抱着,像用铁条缚在一起那样。"对K来说,世界上唯一可靠的安身之处是坟墓;而世界上真正的道路对卡夫卡来说是在一根绳索上,他在笔记里写道:"它不是绷紧在高处,而是贴近地面。它与其说是供人行走不如说是用来绊人的。"

人们的习惯是将日记的写作视为情感和思想的真实流露,在卡夫卡这里却很难区分出日记写作和小说写作的不同,他说:"读日记使我激动。"然后他加上着重号继续说:"一切在我看来皆属虚构。"在这一点上,卡夫卡和他的读者能够意见一致。卡夫卡的日记很像是一些互相失去了联络的小说片段,而他的小说《城堡》则像是K的漫长到无法结束的日记。

应该说,卡夫卡洁身自好的外来者身份恰恰帮助了他,使他能够真正切入到现存制度的每一个环节之中。在《城堡》和其他一些作品中,人们看到了一个巨大的官僚机器被居民的体验完整地建立了起来。我要说的并不是这个官僚机器展示了居民的体验,而是后者展示了前者。这是卡夫卡叙述的实质,他对水珠的关注是为了让全部的海水自动呈现出来。在这一点上,无论是卡夫卡同时代的作家,还是后来的作家,对他们自身所处的社会制度的了解,都很难达到卡夫卡的透彻和深入。就像是《城堡》所显示的那样,对其官僚机构和制度有着强烈感受的人不是那里的居民,而是一个外来者——K。《城堡》做出了这样的解释:那些在已有制度里出生并且成长起来的村民，制度的一切不合理性恰恰构成了它的合理。面对这至高无上的权威，村民以麻木的方式保持着他们世代相传的恐惧和世代相传的小心翼翼。而 K 的来到，使其制度的不合理性得到了呈现。外来者 K 就像是一把熏肉切刀，切入到城堡看起来严密其实漏洞百出的制度之中，而且切出了很薄的片，最后让它们一片片呈卷状飞了出去。

在卡夫卡的眼中，这一把熏肉切刀的锋刃似乎就是性，或者说在《城堡》里凡是涉及性的段落都会同时指出叙述中两个方向，一个是权威的深不可测，另一个是村民的麻木不仁。

关于权威的深不可测，我想在此引用瓦尔特·本雅明的话，本雅明说："这个权威即使对于那些官僚来说也在云里雾里，对于那些它们要对付的人们来说就更加模糊不清了。"当卡夫卡让他的代言人 K 在积雪和夜色中来到村子之后，在肮脏破旧的客栈里，K 拿起了电话——电话是村民也是 K 和城堡联系的象征，确切地说是接近那个权威的象征，而且所能接近的也只是权威的边缘。当 K 拿起电话以后，他听到了无数的声音，K 的疑惑一直到与村长的交谈之后才得以澄清，也就是说当一部电话被接通后，城堡以及周围村子所有的电话也同时被接通，因此谁也无法保证 K 在电话中得到的声音是否来自城堡。由此可见，城堡的权威是在一连串错误中建立起来的，而且不断发生的新的错误又在不断地巩固这样的权威。当 K 和村长冗长的谈话结束后，这一点得到了进一步的证实。尽管村长的家是整个官僚制度里最低等的办公室，然而它却是唯一允许 K 可以进入的。当村长的妻子和 K 的两个助手翻箱倒柜地寻找有关 K 的文件时，官僚制度里司空见惯的场景应运而生，阴暗的房间、杂乱的文件柜和散发着霉味的文件。因此，K 在这里得到的命运只不过是电话的重复。而对于来自城堡的权威，村长其实和 K 一样地模糊不清。在《城堡》的叙述里，不仅是那位端坐在权威顶峰的伯爵先生显得虚无缥缈，就是那个官位可能并不很高的克拉姆先生也仿佛是生活在传说中。K 锲而不舍的努力，最终所得到的只是与克拉姆的乡村秘书进行一次短暂的谈话。因此，村长唯一能够明确告诉 K 的，就是他们并不需要一个土地测量员。村长认为 K 的来到是一次误会，他说："像在伯爵大人这样庞大的政府机关里，可能偶然发生这一个部门制定这件事，另一部门制定那件事，而互相不了解对方的情况……因此就常常会出现一些细小的差错。"作为官僚机构中的一员，村长有责任维护官僚制度里出现的所有错误，他不能把 K 送走，因为"这是另外一个问题"，他所能做的无非是将错就错，给 K 安排了一个完全是多余的职位——学校的看门人。

关于村民的麻木不仁，我想说的就是卡夫卡作品中将那个巨大的官僚机器建立起来的居民的体验，这样的体验里充满了居民的敬畏、恐惧和他们悲惨的命运，叙述中性的段落又将这样的体验推向了高潮。弗丽达、客栈老板娘和阿玛丽亚的经历，在卡夫卡看来似乎是磨刀石的经历，她们的存在使权威之剑变得更加锋利和神秘。克拉姆和索尔蒂尼这些来自城堡的老爷，这些《城堡》中权力的象征，便是叙述里不断闪烁的刀光剑影。

人老珠黄的客栈老板娘对年轻时代的回忆，似乎集中了村民对城堡权威的共同体验。这个曾经被克拉姆征召过三次的女人，与克拉姆三次同床的经历构成了她一生的自我荣耀，也成了她的丈夫热爱她和惧怕她的唯一理由。这一对夫妇直到晚年，仍然会彻夜未眠地讨论着克拉姆为什么没有第四次征召她，这几乎就是他们家庭生活的唯一乐趣。弗丽达是另外一个形象，这是一个随心所欲的形象。她的随心所欲是因为曾经是克拉姆的情妇，这样的地位是村里的女人们梦寐以求的，可是她轻易地放弃了，这是她性格里随心所欲的结果，她极其短暂并且莫名其妙地爱上了K，然后她以同样的莫名其妙又爱上了K的助手杰里米亚。在卡夫卡眼中，弗丽达代表了另一类的体验，有关性和权力的神秘体验，也就是命运的体验，她性格的不确定似乎就是命运的不确定。这个曾经有着无穷的生气和毅力的弗丽达，和K短短地生活了几天后，她的美丽就消失了。卡夫卡的锋利之笔再次指向了权力："她形容憔悴是不是真的因为离开了克拉姆？她的不可思议的诱惑力是因为她亲近了克拉姆才有的，而吸引K的又正是这种诱惑力。"尽管弗丽达和K与客栈老板夫妇决然不同，可是他们最终殊途同归。卡夫卡让《城堡》给予了我们一个刻薄的事实：女人的美丽是因为亲近了权力，她们对男人真正的吸引是因为她们身上有着权力的幻影。弗丽达离开了克拉姆之后，她的命运也就无从选择，"现在她在他的怀抱里枯萎了"。

阿玛丽亚的形象就是命运中悲剧的形象。在客栈老板娘和弗丽达顺从了权力之后，卡夫卡指出了道路的另一端，也就是阿玛丽亚的方向。顺着卡夫卡的手指，人们会看到一个拒绝了权力的身影如何变得破碎不堪。

事实上在卡夫卡笔下，阿玛丽亚和村里其他姑娘没有不同，也就是说她在内心深处对来自城堡的权力其实有着难以言传的向往，当象征着城堡权威的索尔蒂尼一眼看中她以后，她的脸上同样出现了恋爱的神色。她的悲剧是因为内心里还残留着羞耻感和自尊，当索尔蒂尼派人送来那张征召她的纸条时，上面粗野和下流的词汇突然激怒了她。这是卡夫卡洞察人心的描述，一张小小的纸条改变了阿玛丽亚和她一家人的命运，阿玛丽亚撕碎纸条的唯一理由就是上面没有爱的词句，全是赤裸裸的关于交媾的污言秽语。然后，叙述中有关权力的体验在阿玛丽亚一家人无休止的悲惨中展开，比起客栈老板娘和弗丽达顺从的体验，阿玛丽亚反抗之后的体验使城堡的权威显得更加可怕，同时也显得更加虚幻。

也许索尔蒂尼并没有把这事放在心上，对于那些来自城堡的老爷，他们床上的女人层出不穷。问题是出在村民的体验里，一得知阿玛丽亚拒绝了城堡里的老爷，所有的村民都开始拒绝阿玛丽亚一家。于是命运变得狰狞可怕了，她的父亲曾经是村里显赫的人物，可是这位出色的制鞋匠再也找不到生意了，曾经是他手下伙计的勃伦斯威克，在他们一家的衰落里脱颖而出，反而成了他们的主子。两位年轻的姑娘奥尔珈和阿玛丽亚必须去承受所有人的歧视，她们的兄弟巴纳巴斯也在劫难逃。

在卡夫卡的叙述里，悲惨的遭遇一旦开始，就会一往无前。这一家人日日夜夜讨论着自己的命运，寻找着残存的希望。他们的讨论就像客栈老板夫妇的讨论那样无休无止，不同的是前者深陷在悲剧里，后者却是为了品尝回忆的荣耀。为了得到向索尔蒂尼道歉的机会，他们的父亲在冰雪里坐了一天又一天，守候着城堡里出来的老爷，直到他身体瘫痪为止；出于同样的理由，奥尔珈将自己的肉体供给那些城堡老爷的侍卫们肆意蹂躏。巴纳巴斯曾经带来过一线希望，他无意中利用了官僚制度里的漏洞，混进城堡成了一名模棱两可的信使。然而他们所做的一切丝毫没有阻止命运在悲剧里前进的步伐，他们的努力只是为了在绝望里虚构出一线希望。卡夫卡告诉我们：权威是无法接近的，即便是向它道歉也无济于事。索尔蒂尼对于阿玛丽亚一家来说，就像城堡对于K一样，他们的存在并不是他们曾经出现过，而是因为自身有着挥之不去的恐惧和不安。

卡夫卡的叙述如同深渊的召唤，使阿玛丽亚一家的悲剧显得深不见底，哪怕叙述结束后，她们的悲剧仍然无法结束。这正是卡夫卡为什么会令人不安和战栗的原因。阿玛丽亚和她家庭悲惨的形象，是通过奥尔珈向K的讲述呈现出来的，这个震撼人心的章节在《城堡》的叙述里仿佛是节外生枝，它使《城堡》一直平衡均匀的叙述破碎了，如同阿玛丽亚破碎的命运。人的命运和叙述同时破碎，卡夫卡由此建立了叙述的高潮。其他作家都是叙述逐渐圆润后出现高潮的段落，卡夫卡恰恰相反。在这破碎的章节里，卡夫卡将权威的深不可测和村民的麻木不仁凝聚到了一起，或者说将性的体验和权力的体验凝聚到了一起。

有一个事实值得关注，那就是卡夫卡和性的关系影响了《城堡》中K的性生活。在卡夫卡留下的日记、书信和笔记里，人们很难找到一个在性生活上矫健的身影；与此相对应的叙述作品也同样如此，偶尔涉及的性的段落也都是草草收场。这位三次订婚又在婚礼前取消了婚约的作家给人留下了软弱可欺的印象，而且他的三次订婚里有两次是和同一位姑娘。他和一位有夫之妇密伦娜的通信，使他有过短暂的狂热，这样的狂热使他几次提出了约会的非分之想，每一次都得到了密伦娜泼来的一盆凉水，这位夫人总是果断地回答：不行！因此，当有人怀疑卡夫卡一生中是否有过健康有力的性经历时，我感到这样的怀疑不会是空穴来风。退后一步说，即便卡夫卡的个人隐私无从证实，他在性方面的弱者的形象也很难改变。确切地说，卡夫卡性的经历很像他的人生经历，或者说很像K的经历；真正的性，或者说是卡夫卡向往中的性，对于他就像是城堡对于K一样，似乎永远是可望而不可即。

他在给密伦娜夫人的信中似乎暗示了他有这方面的要求，而在他其他的书信和日记里连这样的迹象都没有。他只是在笔记里写下了一句令人不知所措的话："它犹如与女人们进行的、在床上结束的斗争。"没有人知道这样的比喻针对什么，人们可以体验到的是这句话所涉及的性的范围里没有爱的成分，将性支撑起来的欲望是由斗争组建的。另一个例子是K的经历，这位城堡的不速之客在第一夜就尝到了性的果子。在那个阴暗的章节里，卡夫卡不作任何铺垫的叙述，使弗丽达成了K的不速之客。这一切发生的是如此的突然，当人们还在猜测着 K 是否能够获得与象征着权力的克拉姆见面的机会时，克拉姆的情人弗丽达娇小的身子已经在 K 的手里燃烧了。"他们在地上滚了没有多远，砰的一声滚到了克拉姆的房门前，他们就躺在这儿，在积着残酒的坑坑洼洼和扔在地板上的垃圾中间。"然后，卡夫卡写道："他们两个人像一个人似的呼吸着，两颗心像一颗心一样的跳动着。"这似乎是性交正在进行时的体验。接下去的段落似乎预示着高潮来临时的体验："K 只觉得自己迷失了路，或者进入了一个奇异的国度，比人类曾经到过的任何国度都远，这个国度是那么奇异，甚至连空气都跟他故乡的大不相同，在这儿，一个人可能因为受不了这种奇异而死去，可是这种奇异又是那么富于魅力，使你只能继续向前走，让自己越陷越深。"

与卡夫卡那一段笔记十分近似，上述段落里 K 对性的体验没有肉体的欲望；不同的是 K 和弗丽达的经历不是床上的斗争，卡夫卡给予了他们两人以同一个人的和谐，当然这是缺乏了性欲的和谐，奇怪的是这样的和谐里有着虚幻的美妙，或者说上述段落的描写展示了想象中的性过程，而不是事实上的性过程。卡夫卡纯洁的叙述充满了孩子般的对性的憧憬，仿佛是一个没有这样经历的人的种种猜测。当卡夫卡将其最后的体验比喻成一个奇异的国度，一个比人类曾经到过的任何国度都要远的国度时，卡夫卡内心深处由来已久的尴尬也就如日出般升起，他和 K 的外乡人的身份显露了出来。"连空气都跟他故乡的大不相同"，于是 K 和弗丽达的性高潮成了忧郁的漂泊之旅。

是否可以这么说，就是在自身的性的经历里，卡夫卡仍然没有获得主人的身份。如果这一点能够确认，就不难理解在《城堡》的叙述里，为什么性的出现总是和权力纠缠到一起。我的意思是说卡夫卡比任何人都更为深刻地了解到性在社会生活中可以无限延伸。就像是一个失去了双腿的人会获得更多的凝视的权利，卡夫卡和性之间的陌生造成了紧张的对峙，从而培养了他对其长时间注视的习惯，这样的注视已经超越了人们可以忍受的限度，并且超越了一个时代可以忍受的限度。在这样的注视里，他冷静和深入地看到了性和官僚机器中的权力如何合二为一，"两颗心像一颗心一样跳动着"。因此在《城堡》的叙述里，同时指出权力深不可测和村民麻木不仁的，就是性的路标。

最后我要说的是，究竟是一个什么样的内心造就了卡夫卡的写作？我的感受是他的日记比他的叙述作品更能说明这一点。他在1922年1月16日的日记中写道："两个时钟走得不一致。内心的那个时钟发疯似的，或者说着魔似的或者说无论如何以一种非人的方式猛跑着，外部的那个则慢吞吞地以平常的速度走着。除了两个不同世界的互相分裂之外，还能有什么呢？而这两个世界是以一种可怕的方式分裂着，或者至少在互相撕裂着。"卡夫卡的一生经历了什么？日记的回答是他在互相撕裂中经历了自己的一生。这有助于我们理解阿玛丽亚一家的命运为什么在破碎后还将不断地破碎下去，也使我们意识到这位与人们格格不入的作家为什么会如此陌生。

内心的不安和阅读的不知所措困扰着人们,在卡夫卡的作品中,没有人们已经习惯的文学出路,或者说其他的出路也没有,人们只能留下来,尽管这地方根本不是天堂,而且更像是地狱,人们仍然要留下来。就像那个永远无法进入城堡的 K 一样,悲哀和不断受到伤害的 K 仍然要说:"我不能离开这里。我来到这儿,是想在这儿待下来的。我得在这儿待着。"K 只能待在城堡的边缘,同样的命运也属于卡夫卡和《城堡》的读者,这些留下来的读者其实也只是待在可以看见城堡的村庄里,卡夫卡叙述的核心就像城堡拒绝 K 一样拒绝着他们。城堡象征性的存在成了卡夫卡叙述的不解之谜,正是这样的神秘之谜召唤着人们,这似乎是地狱的召唤,而且是永远无法走近的召唤。然后令人不安的事出现了,卡夫卡和 K 这两个没有主人身份的外来者,也使走进他们世界的读者成了外来者。K 对自己说:"究竟是什么东西引诱我到这个荒凉的地方来的呢,难道就只是为了想在这儿待下来吗?"被卡夫卡和 K 剥夺了主人身份的读者,也会这样自言自语。

一九九九年八月三十日

文学和文学史

这一天，纳粹党卫军在波兰的德罗戈贝奇对街上毫无准备的犹太人进行了扫射，一百五十人倒在了血泊之中。这只是德国纳粹在那个血腥年代里所有精心策划和随心所欲行动中的一个例子，无辜者的鲜血染红了欧洲无数的街道，波兰的德罗戈贝奇也不例外。死难者的姓名以孤独的方式被他们的亲友和他们曾经居住过的城市所铭记，只有一个人的姓名从他们中间脱颖而出，去了法国、德国和其他更多的地方，1992年他来到了中国，被印刷在当年第三期的《外国文艺》上，这个人就是布鲁诺·舒尔茨，这位中学图画教师死于1942年11月19日。

他可能是一位不错的画家，从而得到过一位喜欢他绘画的盖世太保军官的保护。同时他也写下了小说，死后留下了两本薄薄的短篇小说集和一个中篇小说，此外他还翻译了卡夫卡的《审判》。他的作品有时候与卡夫卡相像，他们的叙述如同黑暗中的烛光，都表达了千钧一发般的紧张之感。同时他们都是奥匈帝国的犹太人——卡夫卡来自布拉格，布鲁诺·舒尔茨来自波兰的德罗戈贝奇。犹太民族隐藏着某些难以言传的品质，只有他们自己可以去议论。另一位犹太作家艾萨克·辛格也承认布鲁诺·舒尔茨有时候像卡夫卡，同时辛格感到他有时候还像普鲁斯特,辛格最后指出,"而且时常成功地达到他们没有达到的深度。"

布鲁诺·舒尔茨可能仔细地阅读过卡夫卡的作品,并且将德语的《审判》翻译成波兰语。显然,他是卡夫卡最早出现的读者中的一位,这位比卡夫卡年轻九岁的作家一下子在镜中看到了自己,他可能意识到别人的心脏在自己的身体里跳动起来。心灵的连接会使一个人的作品激发起另一个人的写作,然而没有一个作家可以在另外一个作家那里得到什么,他只能从文学中去得到。即便有卡夫卡的存在,布鲁诺·舒尔茨仍然写下了本世纪最有魅力的作品之一,可是他的数量对他的成名极为不利。卡夫卡的作品震撼近一个世纪的阅读,可是他没有收到眼泪;布鲁诺·舒尔茨被人点点滴滴地阅读着,他却两者都有。这可能也是艾萨克·辛格认为他有时候像普鲁斯特的理由,他的作品里有着惊人的孩子般的温情。而且,他的温情如同一棵大树的树根一样被埋藏在泥土之中,以其隐秘的方式喂养着那些茁壮成长中的枝叶。

与卡夫卡坚硬有力的风格不同,布鲁诺·舒尔茨的叙述有着旧桌布般的柔软,或者说他的作品里舒展着某些来自诗歌的灵活品性,他善于捕捉那些可以不断延伸的甚至是捉摸不定的意象。在这方面,布鲁诺·舒尔茨似乎与 T. S. 艾略特更为接近,尤其是那些在城市里游走的篇章,布鲁诺·舒尔茨与这位比自己年长四岁的诗人一样,总是忍不住要抒发出疾病般的激情。

于是,他的比喻就会令人不安。"漆黑的大教堂,布满肋骨似的橡子、梁和桁架——黑黢黢的冬天的阵风的肺。""白天寒冷而叫人腻烦,硬邦邦的,像去年的面包。""月亮透过成千羽毛似的云,像天空中出现了银色的鳞片。""她们闪闪发亮的黑眼睛突然射出锯齿形的蟑螂的表情。""冬季最短促的、使人昏昏欲睡的白天的首尾,是毛茸茸的……"

"漆黑的大教堂"在叙述里是对夜空的暗示。空旷的景色和气候在布鲁诺·舒尔茨这里经历了物化的过程,而且体积迅速地缩小,成了实实在在的肋骨和面包,成了可以触摸的毛茸茸。对于布鲁诺·舒尔茨来说,似乎不存在远不可及的事物,一切都是近在眼前,他赋予它们直截了当的亲切之感——让寒冷的白天成为"去年的面包";让夜空成了"漆黑的大教堂"。虽然他的亲切更多的时候会让人战栗,他却仍然坚定地以这种令人不安的方式拉拢着阅读者,去唤醒他们身心皆有的不安感受,读下去就意味着进入了阴暗的梦境,而且以噩梦的秩序排成一队,最终抵达了梦魇。

布鲁诺·舒尔茨似乎建立了一个恐怖博物馆,使阅读者在走入这个变形的展览时异常地小心翼翼。然而,一旦进入到布鲁诺·舒尔茨的叙述深处,人们才会发现一个真正的布鲁诺·舒尔茨,发现他叙述的柔软和对人物的温情脉脉。这时候人们才会意识到布鲁诺·舒尔茨的恐怖只是出售门票时的警告,他那些令人不安的描写仅仅是叙述的序曲和前奏曲,或者在叙述的间隙以某些连接的方式出现。

他给予了我们一个"父亲",在不同的篇目里以不同的形象——人、蟑螂、螃蟹或者蝎子出现。显然，这是一个被不幸和悲哀、失败和绝望凝聚起来的"父亲"；不过，在布鲁诺·舒尔茨的想象里，"父亲"似乎悄悄拥有着隐秘的个人幸福："他封起了一个个炉子，研究永远无从捉摸的火的实质，感受着冬天火焰的盐味和金属味，还有烟气味，感受着那些舐着烟囱出口的闪亮的煤烟火蛇的阴凉的抚摸。"

这是《鸟》中的段落。此刻的父亲刚刚将自己与实际的事务隔开，他显示出了古怪的神情和试图远离人间的愿望，他时常蹲在一架扶梯的顶端，靠近漆着天空、树叶和鸟的天花板，这个鸟瞰的地位使他获得了前所未有的快乐。他的妻子对他的古怪行为束手无策，他的孩子都还小，所以他们能欣赏父亲的举止，只有家里的女佣阿德拉可以摆布他，阿德拉只要向他做出挠痒痒的动作，他就会惊慌失措地穿过所有的房间，砰砰地关上一扇扇房门，躺到最远房间的床上，"在一阵阵痉挛的大笑中打滚，想象着那种他没法顶住的挠痒"。

然后，这位父亲表现出了对动物的强烈兴趣，他从汉堡、荷兰和非洲的动物研究所进口种种鸟蛋，用比利时进口的母鸡孵这些蛋，奇妙的小玩意儿一个个出现了，使他的房间里充满了颜色，它们的形象稀奇古怪，很难看出属于什么品种，而且都长着巨大的嘴，它们的眼睛里一律长着与生俱有的白内障。这些瞎眼的小鸟迅速地长大，使房间里充满了叽叽喳喳的欢快声，喂食的时候它们在地板上形成一张五光十色、高低不平的地毯。其中有一只秃鹫活像是父亲的一位哥哥，它时常张着被白内障遮盖的眼睛，庄严和孤独地坐在父亲的对面，如同父亲去掉了水分后干缩的木乃伊，奇妙的是，它使用父亲的便壶。

父亲的事业兴旺发达，他安排起鸟的婚配，使那些稀奇古怪的新品种越来越稀奇古怪，也越来越多。这时候，阿德拉来了，只有她可以终止父亲的事业。阿德拉成了父亲和人世间唯一的联结，成了父亲内心里唯一的恐惧。怒气冲冲的阿德拉挥舞着扫帚，清洗了父亲的王国，把所有的鸟从窗口驱赶了出去。"过了一会儿，我父亲下楼来——一个绝望的人，一个失去了王位和王国的流亡的国王。"

布鲁诺·舒尔茨为自己的叙述找到了一个纯洁的借口——孩子的视角，而且是这位父亲的儿子，因此叙述者具有了旁人和成年人所不具备的理解和同情心，孩子的天真隐藏在叙述之中，使布鲁诺·舒尔茨内心的怜悯弥漫开来，温暖着前进中的叙述。在《蟑螂》里，讲述故事的孩子似乎长大了很多，叙述的语调涂上了回忆的色彩，变得朴实和平易近人。那时候父亲已经神秘地消失了，他的鸟的王国出租给了一个女电话接线员，昔日的辉煌破落成了一个标本——那只秃鹫的标本，站在起居室的一个架子上。它的眼睛已经脱落，木屑从眼袋里撒出来，羽毛差不多被蛀虫吃干净了，然而它仍然有着庄严和孤独的僧侣神态。故事的讲述者认为秃鹫的标本就是自己的父亲，他的母亲则更愿意相信自己的丈夫是在那次蟑螂入侵时消失的。他们共同回忆起当时的情形，蟑螂黑压压地充满了那个夜晚,像蜘蛛似的在他们房间里奔跑,父亲发出了连续不断的恐怖的叫声,"他拿着一支标枪,从一张椅子跳到另一张椅子上",而且刺中了一只蟑螂。此后,父亲的行为变了,他忧郁地看到自己身上出现了一个个黑点,好像蟑螂的鳞片。他曾经用体内残存的力量来抵抗自己对蟑螂的着迷,可是他失败了,没有多久他就变得无可救药,"他和蟑螂的相似一天比一天显著——他正在变成一只蟑螂"。接下去他经常失踪几个星期,去过蟑螂的生活,谁也不知道他生活在地板的哪条裂缝里,以后他再也没有回来。阿德拉每天早晨都扫出一些死去的蟑螂,厌恶地烧掉,他有可能是其中的一只。故事的讲述者开始有些憎恨自己的母亲,他感到母亲从来没有爱过父亲。"父亲既然从来没有在任何女人的心中扎下根,他就不可能同任何现实打成一片。"所以父亲不得不永远漂浮着,他失去了生活和现实,"他甚至没法获得一个诚实的平民的死亡",他连死亡都失去了。

布鲁诺·舒尔茨给予了我们不留余地的悲剧,虽然他叙述的灵活性能够让父亲不断地回来,可是他每一次回来都比前面的死去更加悲惨。在《父亲的最后一次逃走》里,父亲作为一只螃蟹或者是蝎子回来了,是他的妻子在楼梯上发现了他,虽然他已经变形,她还是一眼认出了他,然后是他的儿子确认了他。他重新回到了家中,以螃蟹或者蝎子的习惯生活着,虽然他已经认不出过去作为人时的食物,可是在吃饭的候他仍然会恢复过去的身份,来到餐室,一动不动地停留在桌子下面,"尽管他的参加全是象征性的"。这时候他的家已经今非昔比，阿德拉走了，女佣换成了根雅，一个用旧信和发票调白汁沙司的糟糕的女佣，而且孩子的叔叔查尔斯也住到了他的家中。这位查尔斯叔叔总是忍不住去踩他，他被查尔斯踢过以后，就会"用加倍的速度像闪电似的、锯齿形地跑起来，好像要忘掉他不体面地摔了一跤这个回忆似的"。

接下去，布鲁诺·舒尔茨让母亲以对待一只螃蟹的正确态度对待了这位父亲，把它煮熟了，"显得又大又肿"，被放在盆子里端了上来。这是一个难以置信的举动，虽然叙述在前面已经表达出了某些忍受的不安，除了查尔斯叔叔以外，家庭的其他成员似乎都不愿意更多地去观看它，然而它是父亲的事实并没有在他们心中改变，可是有一天母亲突然把它煮熟了。其实，布鲁诺·舒尔茨完全可以让查尔斯叔叔去煮熟那只螃蟹，毫无疑问他会这么干，当螃蟹被端上来后，只有他一个人举起了叉子。布鲁诺·舒尔茨选择了母亲，这是一个困难的选择，同时又是一个优秀作家应有的选择。查尔斯叔叔煮熟螃蟹的理由因为顺理成章就会显得十分单调，仅仅是延续叙述已有的合理性；母亲就完全不一样，她的举动因为不可思议会使叙述出现难以预测的丰富品质。优秀的作家都精通此道，他们总是不断地破坏已经合法化的叙述，然后在其废墟上重建新的叙述逻辑。

在这里，布鲁诺·舒尔茨让叙述以跳跃的方式渡过了难关，他用事后的语调进行了解释性的叙述，让故事的讲述者去质问母亲，而"母亲哭了，绞着双手，找不到一句回答的话"，然后讲述者自己去寻找答案——"命运一旦决意把它的无法理解的怪念头强加在我们身上,就千方百计地施出花招。一时的糊涂、一瞬间的疏忽或者鲁莽……"其实,这也是很多作家乐意使用的技巧,让某一个似乎是不应该出现的事实,在没有任何前提时突然出现,再用叙述去修补它的合理性。显然,指出事实再进行解释比逐渐去建立事实具有更多的灵活性和技巧。

查尔斯叔叔放下了他手中的叉子,于是谁也没有去碰那只螃蟹,母亲吩咐把盆子端到起居室,又在螃蟹上盖了一块紫天鹅绒。布鲁诺·舒尔茨再次显示了他在叙述进入到细部时的非凡洞察力,几个星期以后,父亲逃跑了,"我们发现盆子空了。一条腿横在盆子边上……"布鲁诺·舒尔茨感人至深地描写了父亲逃跑时腿不断地脱落在路上,最后他这样写道:"他靠着剩下的精力,拖着他自己到某个地方去,去开始一种没有家的流浪生活;从此以后,我们没有再见到他。"

布鲁诺·舒尔茨与卡夫卡一样,使自己的写作在几乎没有限度的自由里生存,在不断扩张的想象里建构起自己的房屋、街道、河流和人物,让自己的叙述永远大于现实。他们笔下的景色经常超越视线所及,达到他们内心的长度;而人物的命运像记忆一样悠久,生和死都无法去测量。他们的作品就像他们失去了空间的民族,只能在时间的长河里随波逐流。于是我们读到了丰厚的历史,可是找不到明确的地点。

就是在写作的动机上,布鲁诺·舒尔茨和卡夫卡也有相似之处，他们都不是为出版社和杂志写作。布鲁诺·舒尔茨的作品最早都是发表在信件上，一封封寄给德博拉·福格尔的信件，这位诗人和哲学博士兴奋地阅读着他的信，并且给予了慷慨的赞美和真诚的鼓励，布鲁诺·舒尔茨终于找到了读者。虽然他后来正式出版了自己的作品，然而当时的文学时尚和批评家的要求让他感到极其古怪，他发现真正的读者其实只有一位。布鲁诺·舒尔茨的德博拉·福格尔在某种意义上就是卡夫卡的马克斯·布洛德，他们在卡夫卡和布鲁诺·舒尔茨那里都成了读者的象征。随着岁月的流逝，象征变成了事实。德博拉·福格尔和马克斯·布洛德在岁月里不断生长，他们以各自的方式变化着，德博拉·福格尔从一棵树木变成了树林，马克斯·布洛德则成了森林。

尽管布鲁诺·舒尔茨与卡夫卡一样写下了本世纪最出色的作品，然而他无法成为本世纪最重要的作家，他的德博拉·福格尔也无法成为森林。这并不是因为布鲁诺·舒尔茨曾经得到过卡夫卡的启示，即便是后来者的身份，也不应该削弱他应有的地位，因为任何一位作家的前面都站立着其他的作家。博尔赫斯认为纳撒尼尔·霍桑是卡夫卡的先驱者，而且卡夫卡的先驱者远不止纳撒尼尔·霍桑一人；博尔赫斯同时认为在文学里欠债是互相的，卡夫卡不同凡响的写作会让人们重新发现纳撒尼尔·霍桑《故事新编》的价值。同样的道理，布鲁诺·舒尔茨的写作也维护了卡夫卡精神的价值和文学的权威，可是谁的写作维护了布鲁诺·舒尔茨？

布鲁诺·舒尔茨的文学命运很像那张羊皮纸地图里的鳄鱼街。

在他那篇题为《鳄鱼街》的故事里，那张挂在墙上的巨大的地图里，地名以不同的方式标示出来，大部分的地名都是用显赫的带装饰的印刷体印在那里；有几条街道只是用黑线简单地标出，字体也没有装饰；而羊皮纸地图的中心地带却是一片空白，这空白之处就是鳄鱼街。它似乎是一个道德沉沦和善恶不分的地区，城市其他地区的居民引以为耻，地图表达了这一普遍性的看法，取消了它的合法存在。虽然鳄鱼街的居民们自豪地感到他们已经拥有了真正大都会的伤风败俗，可是其他伤风败俗的大都会却拒绝承认它们。

悬挂在《鳄鱼街》里的羊皮纸地图，在某种意义上象征了我们的文学史。纳撒尼尔·霍桑的名字，弗兰茨·卡夫卡的名字被装饰了起来，显赫地铭刻在一大堆耀眼的名字中间；另一个和他们几乎同样出色的作家布鲁诺·舒尔茨的名字，却只能以简单的字体出现，而且时常会被橡皮擦掉。这样的作家其实很多，他们都或多或少地写下了无愧于自己，同时也无愧于文学的作品。然而，文学史总是乐意去表达作家的历史，而不是文学真正的历史，于是更多的优秀作家只能去鳄鱼街居住，文学史的地图给予他们的时常是一块空白，少数幸运者所能得到的也只是没有装饰的简单的字体。

日本的樋口一叶似乎是另一位布鲁诺·舒尔茨，这位下等官僚的女儿尽管在日本的文学史里获得了一席之地，就像布鲁诺·舒尔茨在波兰或者犹太民族文学史中的位置，可是她名字的左右时常会出现几位平庸之辈，这类作家仅仅是依靠纸张的数量去博得文学史的青睐。樋口一叶毫无疑问可以进入19世纪最伟大的女作家之列，她的《青梅竹马》是我读到的最优美的爱情篇章,她深入人心的叙述有着阳光的温暖和夜晚的凉爽。这位十七岁就挑起家庭重担的女子,二十四岁时以和卡夫卡同样的方式——肺病,离开了人世。她留给我们的只有二十几个短篇小说,死亡掠夺了樋一叶更多的天赋,也掠夺了人们更多的敬意。而她死后置身其间的文学史,似乎也像死亡一样蛮横无理。

布鲁诺·舒尔茨的不幸,其实也是文学的不幸。几乎所有的文学史都把作家放在了首要的位置,而把文学放在了第二位。只有很少的人意识到文学比作家更重要,保罗·瓦莱里是其中的一个,他认为文学的历史不应当只是作家的历史,不应当写成作家或作品的历史,而应当是精神的历史,他说:"这一历史完全可以不提一个作家而写得尽善尽美。"可是,保罗·瓦莱里只是一位诗人,他不是一位文学史的编写者。

欧内斯特·海明威曾经认为史蒂芬·克莱恩是20世纪美国最重要的作家之一,因为他写下了两篇精彩无比的短篇小说,其中一篇就是《海上扁舟》。史蒂芬·克莱恩的其他作品,海明威似乎不屑一顾。然而对海明威来说,两个异常出色的短篇小说已经足够了。在这里,海明威发出了与保罗·瓦莱里相似的声音,或者说他们共同指出了另外一部文学史存在的事实,他们指出了阅读的历史。

事实上,一部文学作品能够流传,经常是取决于某些似乎并不重要甚至是微不足道然而却是不可磨灭的印象。对阅读者来说,重要的是他们记住了什么，而不是他们读到过什么。他们记住的很可能只是几句巧妙的对话，或者是一个丰富有力的场景，甚至一个精妙绝伦的比喻都能够使一部作品成为难忘。因此，文学的历史和阅读的历史其实是同床异梦，虽然前者创造了后者，然而后者却把握了前者的命运。除非编年史的专家，其他的阅读者不会在意作者的生平、数量和地位，不同时期对不同文学作品的选择，使阅读者拥有了自己的文学经历，也就是保罗·瓦莱里所说的精神的历史。因此，每一位阅读者都以自己的阅读史编写了属于自己的文学史。

一九九八年九月七日

回忆和回忆录

根据西班牙《先锋报》1998年3月23日报道，加西亚·马尔克斯正在写作回忆录《为讲故事的生活》[1]，计划写六卷，每卷四百页左右。

他说："我发现，我全部人生都被概括进了我的小说。而我在回忆中要做的不是解说我的一生，而是解说我的小说，这是解说我的一生的真正途径。"

在《世界文学》2000年第6期上，刊登了《归根之旅——加西亚·马尔克斯传》的选译，作者也是一个哥伦比亚人，名叫达·萨尔迪瓦尔。在这部传记作品中，作者选择了最为常见的传记方式，试图用作家的经历来诠释作家的作品。

比如当作者写到加西亚·马尔克斯的父亲向他的母亲求婚，并只给她二十四小时的考虑时间时，这样写：然而在这个期限内路易莎不能向他做出任何回答，因为恰在这时候她的姥姥弗朗西斯卡·西莫多塞阿·梅希娅朝扁桃树走来。她即是《霍乱时期的爱情》中的埃斯科拉斯蒂卡·达莎大婶的原型。或者在写到少年马尔克斯带

---

[1] *Vivir Para Contarla*，中文版于2016年出版，译为《活着为了讲述》。

着二百比索，独自一人前往波哥大求学时；全家人到《没有人给他写信的上校》和《一桩事先张扬的凶杀案》中的那个简陋的码头送别他……还有：比利时人埃米利奥不但部分地变成了《枯枝败叶》里那个神秘的吃素的法国医生，而且多年以后死而复苏，赫雷米亚斯·德圣阿莫尔的名字作为安的列斯群岛来的难民、战争残疾人和儿童摄影师出现在《霍乱时期的爱情》中。类似的段落在这本传记里比比皆是。

传记作家们有一个天真的想法，以为通过自己辛勤的工作，就可以还原或者部分还原撰写人物的真实经历。像这位达·萨尔迪瓦尔先生，资料上说他穷其二十年的努力，才完成这一本《归根之旅》。这样的作家往往被资料和采访中的回忆所控制，并且为这些资料和回忆的真实性所苦恼，事实上这是没有必要的。

还原的作用在化学中也许切实可行，在历史和传记中，这其实是一个被知识分子虚构出来的事实。我的解释是，即使资料和图片一丝不苟地再现了当时的场景，即使书面或者口述的回忆为我们真实地描绘了当时的细节，问题是当时的情感如何再现？这些回忆材料的使用者如何放弃他们今天的立场？如何去获得回忆材料本身所处的时代的经验？一句话就是如何去放弃自己的思想和情感，从而去获得传记人物在其人生的某一时刻的细微情感。事实上这是不可能的，任何一个人试图去揭示某个过去时代时，总是带着他所处时代的深深的烙印，就是其本人的回忆也同样如此。

另一方面，生平和业绩所勾勒出来的人生仅仅是这些人物生活中的一部分，还有更多的不为人所知的部分，当然这并不是很需要。在我看来，最重要的是传记中的人物还拥有着漫长的和十分隐秘的人生，尤其是对加西亚·马尔克斯这样的人，他的欲望和他的幻想比他明确的人生更能表达他的生活历程，用他自己的话说是"一生都被概括进了小说"，这是传记作家们很难理解的事实，他的虚构部分比他的生活部分可能更重要，而且有着难以言传的甜蜜。

虽然加西亚·马尔克斯在其自传中也像达·萨尔迪瓦尔那样处理了自己的小说和自己的人生，他说："我在回忆中要做的不是解说我的一生，而是解说我的小说，这是解说我的一生的真正途径。"然而他所做的工作是丰富和浩瀚的工作，达·萨尔迪瓦尔所做的只是简单的工作。换句话说，加西亚·马尔克斯要做的恰恰与达·萨尔迪瓦尔相反，当达·萨尔迪瓦尔试图在《归根之旅》中使加西亚·马尔克斯的一生变得清晰起来时，加西亚·马尔克斯的《为讲故事的生活》是为了使自己的一生变得模糊起来。

二〇〇一年二月十日

威廉·福克纳

我手里有两册《喧哗与骚动》，一册是1984年出版，定价1.55元，印数87500册；另一册是1995年出版的，定价18.40元，印数10000册。这十一年里，我们经历了很多变化，就像《喧哗与骚动》的定价和印数一样，很多事物都已经面目全非。当然也有不变的，比如这两册《喧哗与骚动》都是上海译文出版社出版，都是同一位出色的学者和翻译家李文俊的译文。这没有变化的事实似乎暗示了我们，一个过去的时代其实并没有过去，它和我们的今天重叠起来了，它的存在并不是为了让我们这些拥有着过去的人在回忆往事时增加一些甜蜜，或者勾起一些心酸，而是继续影响我们，就像它在过去岁月里所做的那样，影响着我们的理解和判断。也是同样的道理，威廉·福克纳是永存的。

这是一位奇妙的作家，他是为数不多的能够教会别人写作的作家，他的叙述里充满了技巧，同时又隐藏不见，尤其是他的一些中短篇小说，外表马虎，似乎叙述者对自己的工作随心所欲，就像他叼着烟斗的著名照片，一脸的满不在乎。然而在骨子里，却是一位威廉·福克纳，他在给兰登书屋的罗伯特·哈斯的信中这样写道："……需要精心地写，得反复修改才能写好……"这就是威廉·福克纳，他精心地写作，反复修改地写作，而他写出来的作品却像是从来就没有过修改，仿佛他一气呵成地写完了十八部长篇小说，还有一堆中短篇小说，接下去他就游手好闲地在奥克斯福，或者在孟菲斯走来走去，而且还经常打着赤脚。

就像我们见过的那些手艺高超的木工，他们干活时的神态都是一样的漫不经心，他们从不把自己的认真显示出来，只有那些学徒才会将自己的兢兢业业流露在冒汗的额头和紧张的手上。威廉·福克纳就是这样，叙述上的训练有素已经不再是写作的技巧，而是出神入化地成了他的血管、肌肉和目光，他的感受、想象和激情，他有足够的警觉和智慧来维持着叙述上的秩序，他是一个从来没有在叙述时犯下低级错误的作家，他不会被那些突然来到的漂亮句式，还有艳丽的词语所迷惑，他用不着眨眼睛就会明白这些句式和词语都是披着羊皮的狼，它们的来到只会使他的叙述变得似是而非和滑稽可笑。他深知自己正在进行中的叙述需要什么，需要的是准确和力量，就像战斗中子弹要去的地方是心脏，而不是插在帽子上摇晃的羽毛饰物。

这就是威廉·福克纳的作品，像生活一样质朴，如同山上的石头和水边的草坡，还有尘土飞扬的道路和密西西比河泛滥的洪水，傍晚的餐桌和酒贩子的威士忌……他的作品如同张开着还在流汗的毛孔，或者像是沾着烟丝的嘴唇，他的作品里什么都有，美好的和丑陋的，以及既不美好也不丑陋的，就是没有香水，没有那些多余的化妆和打扮，就像他打着赤脚游手好闲的样子，就像他的《我弥留之际》里那一段精彩的结尾——"'这是卡什、朱厄尔、瓦达曼，还有杜威·德尔。'爹说，一副小人得志、趾高气扬的样子，假牙什么一应俱全，虽说他还不敢正眼看我们。'来见过本德仑太太吧，'他说。"——他就是这样一位作家，写下的精彩篇章让我们着迷，让我们感叹，同时也让我们发现这些精彩的篇章并不比生活高明，因为它们就是生活。他是这个世界上为数不多的始终和生活平起平坐的作家，也是为数不多的能够证明文学不可能高于生活的作家。

一九九七年八月十五日

胡安·鲁尔福

加西亚·马尔克斯在他那篇令人感动的文章《回忆胡安·鲁尔福》里这样写道："对于胡安·鲁尔福作品的深入了解，终于使我找到了为继续写我的书而需要寻找的道路……他的作品不过三百页，但是它几乎和我们所知道的索福克勒斯的作品一样浩瀚，我相信也会一样经久不衰。"

这段话至少说明了两个问题，首先是一位作家对于另一位作家意味着什么？显然，这是文学里最为奇妙的经历之一。1961年7月2日，加西亚·马尔克斯提醒我们，这是欧内斯特·海明威开枪自毙的那一天，而他自己漂泊的生涯仍在继续着，这一天他来到了墨西哥，来到了胡安·鲁尔福所居住的城市。在此之前，他在巴黎苦苦熬过了三个年头，又在纽约游荡了八个月，然后他的生命把他带入了三十二岁，妻子梅塞德斯陪伴着他，孩子还小，他在墨西哥找到了工作。加西亚·马尔克斯认为自己十分了解拉丁美洲的文学，自然也十分了解墨西哥的文学，可是他不知道胡安·鲁尔福；他在墨西哥的同事和朋友都非常熟悉胡安·鲁尔福的作品，可是没有人告诉他。当时的加西亚·马尔克斯已经出版了《枯枝败叶》，而另外的三本书《没有人给他写信的上校》《恶时辰》和《格兰德大妈的葬礼》也快要出版,他的天才已经初露端倪,可是只有作者知道自己正在经历着什么,他正在经历着倒霉的时光,因为他的写作进入了死胡同,他找不到可以钻出去的裂缝。就在这个时候,他的朋友阿尔瓦罗·穆蒂斯提着一捆书来到了,并且从里面抽出了最薄的那一本递给他,《佩德罗·巴拉莫》,在那个不眠之夜,加西亚·马尔克斯和胡安·鲁尔福相遇了。

这可能是文学里最为动人的相遇了。当然,还有让-保罗·萨特在巴黎的公园的椅子上读到了卡夫卡;博尔赫斯读到了奥斯卡·王尔德;阿尔贝·加缪读到了威廉·福克纳;波德莱尔读到了爱伦·坡;尤金·奥尼尔读到了斯特林堡;毛姆读到了陀思妥耶夫斯基……卡夫卡名字的古怪拼写曾经使让-保罗·萨特发出一阵讥笑,可是当他读完卡夫卡的作品以后,他就只能去讥笑自己了。

文学就是这样获得了继承。一个法国人和一个奥地利人,或者是一个英国人和一个俄国人,尽管他们生活在不同的时间和不同的空间,使用不同的语言和喜爱不同的服装,爱上了不同的女人和不同的男人,而且属于各自不同的命运。这些理由的存在,让他们即使有机会坐到了一起,也会视而不见。可是有一个理由,只有一个理由可以使他们跨越时间和空间,跨越死亡和偏见,在对方的脸上看到了自己的形象,在对方的胸口听到了自己的心跳,有时候,文学可以使两个决然不同的人成为一个人。因此,当一个哥伦比亚人和一个墨西哥人突然相遇时,就是上帝也无法阻拦他们了。加西亚·马尔克斯找到了可以钻出死胡同的裂缝,《佩德罗·巴拉莫》

成了一道亮光，可能是十分微弱的亮光，然而使一个人绝处逢生已经绰绰有余。

一个作家的写作影响了另一个作家的写作，这已经成了文学中写作的继续，让古已有之的情感和源远流长的思想得到继续，这里不存在谁在获利的问题，也不存在谁被覆盖的问题，文学中的影响就像植物沐浴着的阳光一样，植物需要阳光的照耀并不是希望自己能够成为阳光，而是始终要以植物的方式去茁壮成长。另一方面，植物的成长也表明了阳光不可或缺的重要性。一个作家的写作也同样如此，其他作家的影响恰恰是为了使自己不断地去发现自己，使自己写作的独立性更加完整，同时也使文学得到了延伸，使人们的阅读有机会了解了今天作家的写作，同时也会更多地去了解过去作家的写作。文学就像是道路一样，两端都是方向，人们的阅读之旅在经过胡安·鲁尔福之后，来到了加西亚·马尔克斯的车站；反过来，经过了加西亚·马尔克斯，同样也能抵达胡安·鲁尔福。两个各自独立的作家就像他们各自独立的地区，某一条精神之路使他们有了联结，他们已经相得益彰了。

在《回忆胡安·鲁尔福》里，加西亚·马尔克斯指出了这位作家的作品不过三百页，可是他像索福克勒斯的作品一样浩瀚。马尔克斯不惜越过莎士比亚，寻找一个数量更为惊人的作家来完成自己的比喻。在这里，加西亚·马尔克斯指出了一个文学中存在已久的事实，那就是作品的浩瀚和作品的数量不是一回事。

就像 E. M. 福斯特这样指出了 T. S. 艾略特，威廉·福克纳指出了舍伍德·安德森，艾萨克·辛格指出了布鲁诺·舒尔茨，厄普代克指出了博尔赫斯……人们议论纷纷，在那些数量极其有限的作家的作品中如何获得了广阔无边的阅读。柯尔律治认为存在着四类阅读的方式：第一类是"海绵"式的阅读，轻而易举地将读到的吸入体内，同样也可以轻而易举地排出；第二类是"沙漏计时器"，他们一本接一本地阅读只是为了在计时器里漏一遍；第三类是"过滤器"类，广泛地阅读只是为了在记忆里留下一鳞半爪；第四类才是柯尔律治希望看到的阅读，他们的阅读不仅是为了自己获益，而且也为了别人有可能来运用他们的知识，然而这样的读者在柯尔律治眼中是"犹如绚丽的钻石一般既贵重又稀有的人"。显然，加西亚·马尔克斯是一颗柯尔律治理想中的"绚丽的钻石"。

柯尔律治把难题留给了阅读，然后他指责了多数人对待词语的轻率态度，他的指责使他显得模棱两可，一方面表达了他对流行的阅读方式的不满，另一方面他也没有放过那些不负责任的写作。其实根源就在这里，正是那些轻率地对待词语的写作者，而且这样的恶习在每一个时代都是蔚然成风，当胡安·鲁尔福以自己杰出的写作从而获得永生时，另一类作家伤害文学的写作，也就是写作的恶习也同样可以超越死亡而世代相传。这就是加西亚·马尔克斯为什么要区分作品的浩瀚和作品的数量的理由，也是柯尔律治寻找第四类阅读的热情所在。

加西亚·马尔克斯在文章里继续写道："当有人对卡洛斯·维洛说我能够整段整段地背诵《佩德罗·巴拉莫》时，我依然沉醉在胡安·鲁尔福的作品中。其实，情况还远不止于此；我能够背诵全书，且能倒背，不出大错。并且我还能说出每个故事在我读的那本书的哪一页上，没有一个人物的任何特点我不熟悉。"

还有什么样的阅读能够像马尔克斯这样持久、赤诚、深入和广泛？就是对待自己的作品，马尔克斯也很难做到不出大错地倒背。在柯尔律治欲言又止之处，加西亚·马尔克斯更为现实地指出了阅读存在着无边无际的广泛性。对马尔克斯而言，完整的或者片段的，最终又是不断地对《佩德罗·巴拉莫》的阅读过程，在某种意义上已经是一次次写作的过程，"没有一个人物的任何特点我不熟悉"，加西亚·马尔克斯的阅读成了另一支笔，不断复写着，也不断续写着《佩德罗·巴拉莫》。不过他没有写在纸上，而是写进了自己的思想和情感之河。然后他换了一支笔，以完全独立的方式写下了《百年孤独》，这一次他写在了纸上。

事实上，胡安·鲁尔福在《佩德罗·巴拉莫》和《烈火中的平原》的写作中，已经显示了写作永不结束的事实，这似乎是一切优秀作品中存在的事实。就像贝瑞逊赞扬海明威《老人与海》"无处不洋溢着象征"一样，胡安·鲁尔福的《佩德罗·巴拉莫》也具有了同样的品质。作品完成之后写作的未完成，这几乎成了《佩德罗·巴拉莫》最重要的品质。在这部只有一百多页的作品里，似乎在每一个小节的后面都可以将叙述继续下去，使它成为一部一千页的书，成为一部无尽的书。可是谁也无法继续《佩德罗·巴拉莫》的叙述，就是胡安·鲁尔福自己也同样无法继续。虽然这是一部永远有待于完成的书,可它又是一部永远不能完成的书。不过,它始终是一部敞开的书。

胡安·鲁尔福没有边界的写作,也取消了加西亚·马尔克斯阅读的边界。这就是马尔克斯为什么可以将《佩德罗·巴拉莫》背诵下来,就像胡安·鲁尔福的写作没有完成一样,马尔克斯的阅读在每一次结束之后也同样没有完成,如同他自己的写作。现在,我们可以理解加西亚·马尔克斯为什么在胡安·鲁尔福的作品里读到了索福克勒斯般的浩瀚,是因为他在一部薄薄的书中获得了无边无际的阅读。同时也可以理解马尔克斯的另一个感受:与那些受到人们广泛谈论的经典作家不一样,胡安·鲁尔福的命运是——受到了人们广泛的阅读。

一九九八年十二月六日

前南斯拉夫的伟大作家

2001年，漓江出版社出版了伊沃·安德里奇的《桥·小姐》，收入在诺贝尔奖获奖作家丛书里，很长一段时间里我以为这部伟大作品的书名就是《桥》。当时在书店里第一次看到这本书的时候我还以为是以前看过的那部电影的原著，克尔瓦瓦茨导演的电影《桥》和《瓦尔特保卫萨拉热窝》曾经在中国红极一时，我去电影院看了几遍。

去年，上海文艺出版社重新出版了伊沃·安德里奇的作品，波斯尼亚三部曲——《德里纳河上的桥》《特拉夫尼克纪事》和《萨拉热窝女人》。我重读有了正确书名的《德里纳河上的桥》，另外两部是第一次阅读。

伊沃·安德里奇用平铺直叙的方式通向了波澜壮阔的叙述，他是这方面的大师。很多作家在叙述的时候都会在重要的部分多写，不重要的部分少写，伊沃·安德里奇不是这样，他在描写事物、人物和景物时的笔墨相对均匀，对于他来说，没有什么是重要的，也没有什么是不重要的，只有值得去写和不值得去写，他写下的都是值得的。我们不会在他的书中读到刻意的渲染和费力的铺张，他的叙述对所有的描写对象一视同仁，没有亲疏远近之分，又是那么的安静自然，犹如河水流淌风吹树响。用这样的方式写下不朽之作的作家不多，伊沃·安德里奇是其中的一个，如果再去寻找，托马斯·曼可能也是其中的一个。因为笔墨相对均匀的叙述是坦诚的，是很难用技巧来掩饰缺陷的，这样的叙述可以说是最大限度挑战了作者的洞察力。《德里纳河上的桥》是这方面的典范，这部小说的时间有四百多年，涉及了几十个不同历史时期的人物，这样的题材让很多作家望而生畏，可是在伊沃·安德里奇这里却是轻松自如。他叙述的时候，什么地方选择什么样的故事和人物真是恰到好处，令人赞叹，他写下了一个个生动的场景和人物，这些场景这些人物如同一叶见秋，既表现了各自活生生的命运，又命名了岁月的动荡和历史的变迁。他没有参考编年史这种过于兢兢业业而显得笨拙的方式，虽然这四百多年里出现了众多重大历史事件，但是他的写作不是举重比赛，倒是有点像跳高和跳远，然而最终呈现出来的却是文学史上难得的沉重之作。

伊沃·安德里奇对他笔下的人物、事物和景物一视同仁，这是他的叙述立场。如果不去关注他的塞族身份，单纯去看《德里纳河上的桥》，我无法判断作者是穆斯林，天主教，还是东正教？我相信他在写作的时候首先将自己虚构成了一名叙述者，然后再用这名叙述者去虚构作品，二度虚构之后出来的作品已经没有了作者的宗教信仰和民族身份。

不仅是叙述立场，在叙述情感上他也维护了写作时的一视同仁。《德里纳河上的桥》是这样，《特拉夫尼克纪事》也是这样，即使在《萨拉热窝女人》里，伊沃·安德里奇毫不留情地写出了拉伊卡的自私和冷漠，同时也毫不掩饰地写下了对拉伊卡的同情和怜悯。这就是我所理解的伊沃·安德里奇，一位在写作时努力摒弃偏见的作家。

1975年，伊沃·安德里奇去世了。我不知道他生前是否预感《德里纳河上的桥》的故事还会延续，从1992年4月到1995年12月，他出生、成长和生活过的地方战火纷飞，然后南斯拉夫没有了，世界各地介绍他时出现了这样的句子：前南斯拉夫的伟大作家。

我的朋友彼得·汉德克，这位一直保持独立人格和独立思想的德语作家，在关乎南斯拉夫和塞尔维亚时，为了他看到和知道的事实，单枪匹马和整个西方媒体对着干。他1995年底来到塞尔维亚，写下了冬天旅行故事。1996年夏天，又来到塞尔维亚，他的旅行故事因此得到补充，他还来到波黑，来到维舍格勒，站到了这座"德里纳河上的桥"的桥上。他学会了一些波斯尼亚语骂人的脏话，其中有一句"你家房子上CNN新闻了"，意思是起火了和爆炸了。可见，CNN在报道波黑战争时出现过太多起火和爆炸的画面。

我有一位朋友的孩子，小时候就去了美国，他现在美国念大学了。一起发生在美国的事件，他先看了左倾的NBC新闻，又看了右倾的FOX新闻，然后他疑惑了，NBC和FOX说的是同一件事吗？

我们这个世界充满了偏见，而且偏见都穿上了真理的外衣，我的意思是真理对他们来说只是一件随时可以换掉的外衣，他们的衣柜里挂满了各式各样的堂而皇之的外衣。如果你要去反驳偏见，你不会赢，因为你的话还没有说完，偏见已经换了外衣。有一个方法可以考虑，就是用彼得·汉德克学会的波斯尼亚语脏话"你家房子上CNN新闻了"去回击他们，这是很高级的脏话，用中国的话说，这叫骂人不带脏字。

二〇一八年一月二十七日

辑三

高潮

肖斯塔科维奇和霍桑

肖斯塔科维奇在1941年完成了作品编号60的《第七交响曲》。这一年,希特勒的德国以三十二个步兵师、四个摩托化师、四个坦克师和一个骑兵旅,还有六千门大炮、四千五百门迫击炮和一千多架飞机猛烈进攻列宁格勒。希特勒决心在这一年秋天结束之前,将这座城市从地球上抹掉。也是这一年,肖斯塔科维奇在列宁格勒战火的背景下度过了三十五岁生日,他的一位朋友拿来了一瓶藏在地下的伏特加酒,另外的朋友带来了黑面包皮,而他自己只能拿出一些土豆。饥饿和死亡、悲伤和恐惧形成了巨大的阴影,笼罩着他的生日和生日以后的岁月。于是,他在"生活艰难,无限悲伤,无数眼泪"中,写下了第三乐章阴暗的柔板,那是"对大自然的回忆和陶醉"的柔板,凄凉的弦乐在柔板里随时升起,使回忆和陶醉时断时续,战争和苦难的现实以噩梦的方式折磨着他的内心和他的呼吸,使他优美的抒情里时常出现恐怖的节奏和奇怪的音符。

事实上,这是肖斯塔科维奇由来已久的不安,远在战争开始之前，他的噩梦已经开始了。这位来自彼得格勒音乐学院的年轻的天才，十九岁时就应有尽有了。他的毕业作品《第一交响曲》深得尼古拉·马尔科的喜爱，就是这位俄罗斯的指挥家在列宁格勒将其首演，然后立刻出现在托斯卡尼尼、斯托科夫斯基和瓦尔特等人的节目单上。音乐是世界的语言，不会因为漫长的翻译而推迟肖斯塔科维奇世界声誉的迅速来到，可是他的年龄仍然刻板和缓慢地进展着，他太年轻了，不知道世界性的声誉对于一个作曲家意味着什么，他仍然以自己年龄应有的方式生活着，生机勃勃和调皮捣蛋。直到1936年，斯大林听到了他的歌剧《姆钦斯克县的麦克白夫人》后，公开发表了一篇严厉指责的评论。斯大林的声音意味着什么，意味着整个国家都会胆战心惊，当这样的声音从那两片小胡子下面发出时，三十岁的肖斯塔科维奇还在睡梦里干着甜蜜的勾当，次日清晨当他醒来以后，已经不是用一身冷汗可以解释他的处境了。然后，肖斯塔科维奇立刻成熟了。他的命运就像盾牌一样，似乎专门是为了对付打击而来。他在对待荣誉的时候似乎没心没肺，可是对待厄运他从不松懈。在此后四十五年的岁月里，肖斯塔科维奇老谋深算，面对一次一次汹涌而来的批判，他都能够身心投入地加入到对自己的批判中去，他在批判自己的时候毫不留情，如同火上加油，他似乎比别人更乐意置自己于死地，令那些批判者无话可说，只能再给他一条悔过自新的生路。然而在心里，肖斯塔科维奇从来就没有悔过自新的时刻，一旦化险为夷他就重蹈覆辙，似乎是好了伤疤立刻就忘了疼痛，其实他根本就没有伤疤，他只是将颜料涂在自己身上，让虚构的累累伤痕惟妙惟肖，他在这方面的高超技巧比起他作曲的才华毫不逊色，从而使他躲过了一次又一次的劫难，完成了命运赋予他的一百四十七首音乐作品。

尽管从表面上看，比起布尔加科夫，比起帕斯捷尔纳克，比起同时代的其他艺术家凄惨的命运，肖斯塔科维奇似乎过着幸福的生活，起码他衣食不愁，而且住着宽敞的房子，他可以将一个室内乐团请到家中客厅来练习自己的作品，可是在心里，肖斯塔科维奇同样也在经历着艰难的一生。当穆拉文斯基认为肖斯塔科维奇试图在作品里表达出欢欣的声音时，肖斯塔科维奇说："哪里有什么欢欣可言？"肖斯塔科维奇在生命结束的前一年，在他完成的他第十五首，也是最后一首弦乐四重奏里，人们听到了什么？第一乐章漫长的和令人窒息的旋律意味着什么？将一个只有几秒的简单乐句拉长到十二分钟，已经超过作曲家技巧的长度，达到了人生的长度。

肖斯塔科维奇的经历是一位音乐家应该具有的经历，他的忠诚和才华都给予了音乐，而对他所处的时代和所处的政治，他并不在乎，所以他人云亦云，苟且偷生。不过人的良知始终陪伴着他，而且一次次地带着他来到那些被迫害致死的朋友墓前，他沉默地伫立着，他的伤心也在沉默，他不知道接下去的坟墓是否属于他，他对自己能否继续蒙混过关越来越没有把握，幸运的是他最终还是蒙混过去了，直到真正的死亡来临。与别人不同，这位戴着深度近视眼镜的作曲家将自己的坎坷之路留在了内心深处，而将宽厚的笑容给予了现实，将沉思的形象给予了摄影照片。

因此当希特勒德国的疯狂进攻开始后，已经噩梦缠身的肖斯塔科维奇又得到了新的噩梦，而且这一次的噩梦像白昼一样的明亮和实实在在，饥饿、寒冷和每时每刻都在出现的死亡如同杂乱的脚步，在他身旁周而复始地走来走去。后来，他在《见证》里这样说：战争的来到使苏联人意外地获得了一种悲伤的权利。这句话一箭双雕，在表达了一个民族痛苦的后面，肖斯塔科维奇暗示了某一种自由的来到，或者说"意外地获得了一种权利"。显然，专制已经剥夺了人们悲伤的权利，人们活着只能笑逐颜开，即使是哭泣也必须是笑出了眼泪。对此，身为作曲家的肖斯塔科维奇有着更为隐晦的不安，然而战争改变了一切，在饥饿和寒冷的摧残里，在死亡威胁的脚步声里，肖斯塔科维奇意外地得到了悲伤的借口，他终于可以安全地在自己的作品中表达悲伤，表达来自战争的悲伤，同时也是和平的悲伤；表达个人的悲伤，也是人们共有的悲伤；表达人们由来已久的悲伤，也是人们将要世代相传的悲伤。而且，无人可以指责他。

这可能是肖斯塔科维奇写作《第七交响曲》的根本理由，写作的灵感似乎来自《圣经·诗篇》里悲喜之间的不断转换，这样的转换有时是在瞬间完成，有时则是漫长和遥远的旅程。肖斯塔科维奇在战前已经开始了这样的构想，并且写完了第一乐章，接着战争开始了，肖斯塔科维奇继续自己的写作，并且在血腥和残酷的列宁格勒战役中完成了这一首《第七交响曲》。然后，他发现一个时代找上门来了，1942年3月5日，《第七交响曲》在后方城市古比雪夫首演后，立刻成了这个正在遭受耻辱的民族的抗击之声，另外一个标题"列宁格勒交响曲"也立刻覆盖了原有的标题"第七交响曲"。

这几乎是一切叙述作品的命运，它们需要获得某一个时代的青睐，才能使自己得到成功的位置，然后一劳永逸地坐下去。尽管它们被创造出来的理由可以与任何时代无关，有时候仅仅是书呆子们一时的冲动，或者由一个转瞬即逝的事件引发出来，然而叙述作品自身开放的品质又可以使任何一个时代与之相关，就像叙述作品需要某个时代的帮助才能获得成功，一个时代也同样需要在叙述作品中找到使其合法化的位置。肖斯塔科维奇知道自己写下了什么，他写下的仅仅是个人的感情和个人的关怀，写下了某些来自《圣经·诗篇》的灵感，写下了压抑的内心和田园般的回忆，写下了激昂悲壮、苦难和忍受，当然也写下了战争……于是，1942年的苏联人民认为自己听到浴血抗战的声音，《第七交响曲》成了反法西斯之歌。而完成于战前的第一乐章中的插部，那个巨大的令人不安的插部成了侵略者脚步的诠释。尽管肖斯塔科维奇知道这个插部来源于更为久远的不安，不过现实的诠释也同样有力。肖斯塔科维奇顺水推舟，认为自己确实写下了抗战的《列宁格勒交响曲》，以此献给"我们的反法西斯战斗，献给我们未来的胜利，献给我出生的城市"。他明智的态度是因为他精通音乐作品的价值所在，那就是能够迎合不同时代的诠释，随着时代的改变而不断变奏下去。在古比雪夫的首演之后，《第七交响曲》来到了命运的凯旋门，乐曲的总谱被拍摄成微型胶卷，由军用飞机穿越层层炮火运往了美国。同年的 7 月 19 日，托斯卡尼尼在纽约指挥了《第七交响曲》，作为世界人民反法西斯的大合唱，广播电台向全世界做了实况转播。很多年过去后，那些仍然活着的"二战"老兵，仍然会为它的第一乐章激动不已。肖斯塔科维奇死于 1975 年，生于 1906 年。

时光倒转一个世纪，在一个世纪的痛苦和欢乐之前，是另一个世纪的记忆和沉默。1804 年，一位名叫纳撒尼尔·霍桑的移民的后代，通过萨勒姆镇来到了人间。位于美国东部新英格兰地区的萨勒姆是一座港口城市，于是纳撒尼尔·霍桑的父亲作为一位船长也就十分自然，他的一位祖辈约翰·霍桑曾经是名噪一时的法官，在 17 世纪末将十九位妇女送上了绞刑架。显然，纳撒尼尔·霍桑出生时家族已经衰落，老纳撒尼尔已经没有了约翰法官掌握别人命运的威严，他只能开始并且继续自己的漂泊生涯，将自己的命运交给了大海和风暴。1808 年，也就是小纳撒尼尔出生的第四年，老纳撒尼尔因患黄热病死于东印度群岛的苏里南。这是那个时代里屡见不鲜的悲剧，当出海数月的帆船归来时，在岸边望穿秋水的女人和孩子们，时常会在天真的喜悦之后，去承受失去亲人的震惊以及此后漫长的悲伤。后来成为一位作家的纳撒尼尔·霍桑，在那个悲伤变了质的家庭里度过了三十多年沉闷和孤独的岁月。

这是一个在生活里迷失了方向的家庭，茫然若失的情绪犹如每天的日出一样照耀着他们，家庭中的每一个成员都不由自主地助长着自己的孤僻性格，岁月的流逝使他们在可怜的自我里越陷越深，到头来母子和兄妹之间视同陌路。博尔赫斯在《纳撒尼尔·霍桑一文中这样告诉我们:"霍桑船长死后,他的遗孀,纳撒尼尔的母亲,在二楼自己的卧室里闭门不出。两姐妹,路易莎和伊丽莎白的卧室也在二楼;最后一个房间是纳撒尼尔的。那几个人不在一起吃饭,相互之间几乎不说话;他们的饭搁在一个托盘上,放在走廊里。纳撒尼尔整天在屋里写鬼故事,傍晚时分才出来散散步。"

身材瘦长、眉目清秀的霍桑显然没有过肖斯塔科维奇那样生机勃勃的年轻时光,他在童年的时候就已经开始了未老先衰的生活,直到三十八岁遇到他的妻子索菲亚,此后的霍桑总算是品尝了一些生活的真正乐趣。在此之前,他的主要乐趣就是给他在波多因大学时的同学朗费罗写信,他在信中告诉朗费罗:"我足不出户,主观上一点不想这么做,也从未料到自己会出现这种情况。我成了囚徒,自己关在牢房里,现在找不到钥匙,尽管门开着,我几乎怕出去。"这两位19世纪美国浪漫主义文学的杰出代表出自同一个校园,不过他们过着截然不同的生活,朗费罗比霍桑聪明得多,他知道如何去接受著名诗人所能带来的种种好处。阴郁和孤僻的霍桑对此一无所知,他热爱写作,却又无力以此为生,只能以更多的时间和精力去应付税关职员的工作,然后将压抑和厌世的情绪通过书信传达给朗费罗,试图将他的朋友也拉下水。朗费罗从不上当,他只在书信中给予霍桑某些安慰,而不会为他不安和失眠。真正给予霍桑无私的关心和爱护的只有索菲亚,她像霍桑一样热爱着他的写作,同时她精通如何用最少的钱将一个家庭的生活维持下去,当霍桑丢掉了税关的职务沮丧地回到家中时,索菲亚却喜悦无比地欢迎他，她的高兴是那么的真诚，她对丈夫说："现在你可以写你的书了。"

纳撒尼尔·霍桑作品中所弥漫出来的古怪和阴沉的气氛，用博尔赫斯的话说是"鬼故事"，显然来源于他古怪和阴沉的家庭。按照人们惯常的逻辑，人的记忆似乎是从五岁时才真正开始，如果霍桑的记忆不例外的话，自四岁的时候失去父亲，霍桑的记忆也就失去了童年，我所指的是大多数人所经历过的那种童年，也就是肖斯塔科维奇和朗费罗他们所经历过的童年，那种属于田野和街道、属于争吵和斗殴、属于无知和无忧的童年。这样的童年是贫穷、疾病和死亡都无法改变的。霍桑的童年犹如笼中之鸟，在阴暗的屋子里成长，和一个丧失了一切愿望的母亲，还有两个极力模仿着母亲并且最终比母亲还要阴沉的姐妹生活在一起。

这就是纳撒尼尔·霍桑的童年，墙壁阻断了他与欢乐之间的呼应和对视，他能够听到外面其他孩子的喧哗，可是他只能待在死一般沉寂的屋子里。门开着，他不是不能出去，而是——用他自己的话说是"我几乎怕出去"。在这样的环境里成长起来的霍桑，自然会理解威克菲尔德的离奇想法，在他写下的近两千页的故事和小品里，威克菲尔德式的人物会在页码的翻动中不断涌现，古怪、有趣和令人沉思。博尔赫斯在阅读了霍桑的三部长篇和一百多部短篇小说之外，还阅读了他保存完好的笔记，霍桑写作心得的笔记显示了他还有很多与众不同的有趣想法，博尔赫斯在《纳撒尼尔·霍桑》一文中向我们展示一些霍桑没有在叙述中完成的想法——"有个人从十五岁到三十五岁让一条蛇待在他的肚子里，由他饲养，蛇使他遭到了可怕的折磨。""一个人清醒时对另一个人印象很好，对他完全放心，但梦见那个朋友却像死敌一样对待他，使他不安。最后发现梦中所见才是那人的真实面目。""一个富人立下遗嘱，把他的房子赠送给一对贫穷的夫妇。这对夫妇搬了进去，发现房子里有一个阴森的仆人，而遗嘱规定不准将他解雇。仆人使他们的日子过不下去；最后才知道仆人就是把房子送给他们的那人。"……

索菲亚进入了霍桑的生活之后，就像是一位技艺高超的工匠那样修补起了霍桑破烂的生活，如同给磨破的裤子缝上了补丁，给漏雨的屋顶更换了瓦片，索菲亚给予了霍桑正常的生活，于是霍桑的写作也逐渐显露出一些正常的情绪，那时候他开始写作《红字》了。与威克菲尔德式的故事一样，《红字》继续着霍桑因为过多的沉思后变得越来越压抑的情绪。这样的情绪源远流长，从老纳撒尼尔死后就开始了，这是索菲亚所无法改变的。事实上，索菲亚并没有改变霍桑什么，她只是唤醒了霍桑内心深处另外一部分的情感。这样的情感在霍桑的心里已经沉睡了三十多年，现在醒来了，然后人们在《红字》里读到了一段段优美宁静的篇章，读到了在《圣经》之前就已经存在的同情和怜悯，读到了忠诚和眼泪……这是《威克菲尔德》这样的故事所没有的。

1850年，也就是穷困潦倒的爱伦·坡去世后不久，《红字》出版了。《红字》的出版使纳撒尼尔·霍桑彻底摆脱了与爱伦·坡类似的命运，使他声名远扬，次年就有了德译本，第三年有了法译本。霍桑家族自从约翰法官死后,终于再一次迎来了显赫的名望,而且这一次将会长存下去。此后的霍桑度过了一生里最为平静的十四年,虽然那时候的写作还无法致富,然而生活已经不成问题,霍桑与妻子索菲亚还有子女过起了心安理得的生活。当他接近六十岁的时候,四岁时遭受过的命运再一次找上门来,这一次是让他的女儿夭折。与肖斯塔科维奇不断遭受外部打击的盾牌似的一生不同,霍桑一生如同箭靶一样,把每一支利箭都留在了自己的心脏上。他默默地承受着,牙齿打碎了往肚里咽,就是他的妻子索菲亚也无法了解他内心的痛苦究竟有多少,这也是索菲亚为什么从来都无法认清他的原因所在。对索菲亚来说,霍桑身上总是笼罩着一层"永恒的微光"。女儿死后不到一年,1864年的某一天,不堪重负的霍桑以平静的方式结束了自己的一生,他在睡梦里去世了。霍桑的死,就像是《红字》的叙述那样宁静和优美。

纳撒尼尔·霍桑和肖斯塔科维奇,一位是1804年至1864年之间出现过的美国人,另一位是1906年至1975年之间出现过的俄国人;一位写下了文学的作品,另一位写下了音乐的作品。他们置身于两个截然不同的时代,完成了两个截然不同的命运,他们之间的距离比他们相隔的一个世纪还要遥远。然而,他们对内心的坚持却是一样的固执和一样的密不透风,心灵的相似会使两个截然不同的人有时候成了一个人,纳撒尼尔·霍桑和肖斯塔科维奇,他们的某些神秘的一致性,使他们获得了类似的方式,在岁月一样漫长的叙述里去经历共同的高潮。

《第七交响曲》和《红字》

肖斯塔科维奇《第七交响曲》中第一乐章的叙述，确切地说是第一乐章中著名的侵略插部与《红字》的叙述迎合到了一起，仿佛是两面互相凝视中的镜子，使一部音乐作品和一部文学作品都在对方的叙述里看到了自己的形象。肖斯塔科维奇让那个插部进展到了十分钟以上的长度，同时让里面没有音乐，或者说由没有音乐的管弦乐成分组成，一个单一曲调在鼓声里不断出现和不断消失，如同霍桑《红字》中单一的情绪主题的不断变奏。就像肖斯塔科维奇有时候会在叙述中放弃音乐一样，纳撒尼尔·霍桑同样也会放弃长篇小说中必要的故事的起伏，在这部似乎是一个短篇小说结构的长篇小说里，霍桑甚至放弃了叙述中惯用的对比，肖斯塔科维奇也在这个侵略插部中放弃了对比。接下来他们只能赤裸裸地去迎接一切叙述作品中最为有力的挑战，用渐强的方式将叙述进行下去。这两个人都做到了，他们从容不迫和举重若轻地使叙述在软弱中越来越强大。毫无疑问，这种渐强的方式是最为天真的方式，就像孩子的眼睛那样单纯，同时它又是最为有力的叙述，它所显示的不只是叙述者的技巧是否炉火纯青，当最后的高潮在叙述的渐强里逐步接近并且终于来到时，它就会显示出人生的重量和命运的空旷。

这样的方式使叙述之弦随时都会断裂似的绷紧了，在接近高潮的时候仿佛又在推开高潮，如此周而复始，不断培育着将要来到的高潮，使其越来越庞大和越来越沉重，因此当它最终来到时，就会像是末日的来临一样令人不知所措了。

肖斯塔科维奇给予了我们这样的经历，在那个几乎使人窒息的侵略插部里，他让鼓声反复敲响了一百七十五次，让主题在十一次的变奏里艰难前行。没有音乐的管弦乐和小鼓重复着来到和离去，并且让来到和离去的间隔越来越短暂，逐渐成了瞬间的转换，最终肖斯塔科维奇取消了离去，使每一次的离去同时成了来到。巨大的令人不安的音响犹如天空那样笼罩着我们，而且这样的声音还在源源不断地来到，天空似乎以压迫的方式正在迅速地缩小。高潮的来临常常意味着叙述的穷途末路，如何在高潮之上结束它，并且使它的叙述更高地扬起，而不是垂落下来，这样的考验显然是叙述作品的关键。

肖斯塔科维奇的叙述是让主部主题突然出现，这是一个尖锐的抒情段落，在那巨大可怕的音响之上生长起来。顷刻之间奇迹来到了，人们看到"轻"比"沉重"更加有力，仿佛是在黑云压城城欲摧之际，一道纤细的阳光瓦解了灾难那样。当那段抒情的弦乐尖锐地升起，轻轻地飘向空旷之中时，人们也就获得了高潮之上的高潮。肖斯塔科维奇证明了小段的抒情有能力覆盖任何巨大的旋律和任何激昂的节奏。下面要讨论的是霍桑的证明，在跌宕恢宏的篇章后面，短暂和安详的叙述将会出现什么，纳撒尼尔·霍桑证明了文学的叙述也同样如此。

几乎没有人不认为纳撒尼尔·霍桑在《红字》里创造了一段罗

曼史，事实上也正是因为《红字》的出版，使纳撒尼尔摇身一变成了浪漫主义作家，也让他找到了与爱伦·坡分道扬镳的机会，在此之前这两个人都在阴暗的屋子里编写着灵魂崩溃的故事。当然，《红字》不是一部甜蜜的和充满了幻想的罗曼史，而是忍受和忠诚的历史。用 D. H. 劳伦斯的话说，这是"一个实实在在的人间故事，却内含着地狱般的意义"。

海丝特·白兰和年轻的牧师丁梅斯代尔，他们的故事就像是亚当和夏娃的故事，在勾引和上钩之后，或者说是在瞬间的相爱之后，就有了人类起源的神话，同时也有了罪恶的神话。出于同样的理由，《红字》的故事里有了珠儿，一个精灵般的女孩，她成了两个人短暂的幸福和长时期痛苦的根源。故事开始时已经是木已成舟，在清教盛行的新英格兰地区，海丝特·白兰没有丈夫存在的怀孕，使她进入了监狱，她在狱中生下了珠儿。这一天早晨——霍桑的叙述开始了——监狱外的市场上挤满了人，等待着海丝特·白兰——这个教区的败类和荡妇如何从监狱里走出来，人们议论纷纷，海丝特·白兰从此将在胸口戴上一个红色的 A 字，这是英文里"通奸"的第一个字母，她将在耻辱和罪恶中度过一生。然后，"身材修长，容姿完整优美到堂皇程度"的海丝特，怀抱着只有三个月的珠儿光彩照人地走出了监狱，全然不是"会在灾难的云雾里黯然失色的人"，而胸口的红字是"精美的红布制成的，四周有金线织成的细工刺绣和奇巧花样"。手握警棍的狱吏将海丝特带到了市场西侧的绞刑台，他要海丝特站在上面展览她的红字，直到午后一点钟为止。人们辱骂她，逼她说出谁是孩子的父亲，甚至让孩子真正的父亲——受人爱戴的丁梅斯代尔牧师上前劝说她说出真话来，她仍然回答："我不愿意说。"然后她面色变成死灰，因为她看着自己深爱的人，她说："我的孩子必要寻求一个天上的父亲；她永远也不会认识一个世上的父亲！"

这只是忍受的开始，在此后两百多页叙述的岁月里，海丝特经历着越来越残忍的自我折磨，而海丝特耻辱的同谋丁梅斯代尔，这位深怀宗教热情又极善辞令的年轻牧师也同样如此。在两个人的中间，纳撒尼尔·霍桑将罗格·齐灵渥斯插了进去，这位精通炼金术和医术的老人是海丝特真正的丈夫，他在失踪之后又突然回来了。霍桑的叙述使罗格·齐灵渥斯精通的似乎是心术，而不是炼金术。罗格·齐灵渥斯十分轻松地制服了海丝特，让海丝特发誓绝不泄露出他的真实身份。然后罗格·齐灵渥斯不断地去刺探丁梅斯代尔越来越脆弱的内心，折磨他，使他奄奄一息。从海丝特怀抱珠儿第一次走上绞刑台以后，霍桑的叙述开始了奇妙的内心历程，他让海丝特忍受的折磨和丁梅斯代尔忍受的折磨逐渐接近，最后重叠到了一起。霍桑的叙述和肖斯塔科维奇那个侵略插部的叙述，或者和拉威尔的《波莱罗》不谋而合，它们都是一个很长的、没有对比的、逐渐增强的叙述。这是纳撒尼尔才华横溢的美好时光，他的叙述就像沉思中的形象，宁静和温柔，然而在这形象内部的动脉里，鲜血正在不断地冲击着心脏。如同肖斯塔科维奇的侵略插部和拉威尔的《波莱罗》都只有一个高潮，霍桑长达二百多页的《红字》也只有一个高潮，这似乎是所有渐强方式完成的叙述作品的命运，逐步增强的叙述就像是向上的山坡，一寸一寸的连接使它抵达顶峰。

《红字》的顶峰是在第二十三章，这一章的标题是"红字的显露"。事实上，叙述的高潮在第二十一章"新英格兰的节日"就开始了。在这里，纳撒尼尔·霍桑开始显示他驾驭大场面时从容不迫的才能。这一天，新来的州长将要上任，盛大的仪式成了新英格兰地区的节日，霍桑让海丝特带着珠儿来到了市场，然后他的笔开始了不断的延伸，将市场上欢乐的气氛和杂乱的人群交叉起来，人们的服装显示了他们来自不同的地方，使市场的欢乐显得色彩斑驳。在此背景下，霍桑让海丝特的内心洋溢着隐秘的欢乐，她看到了自己胸前的红字，她的神情里流露出了高傲，她在心里对所有的人说："你们最后再看一次这个红字和佩戴红字的人吧！"因为她悄悄地在明天起航的路上预订了铺位，给自己和珠儿，也给年轻的牧师丁梅斯代尔。这位内心纯洁的人已经被阴暗的罗格·齐灵渥斯折磨得"又憔悴又孱弱"，海丝特感到他的生命似乎所剩无几了，于是她违背了自己的诺言，告诉他和他同住一个屋檐下的老医生是什么人。然后，害怕和绝望的牧师在海丝特爱的力量感召下，终于有了逃离这个殖民地和彻底摆脱罗格·齐灵渥斯的勇气，他们想到了"海上广大的途径"，他们就是这样而来，明天他们也将这样离去，回到他们的故乡英格兰，或者去法国和德国，还有"令人愉快的意大利"，去开始他们真正的生活。

在市场上人群盲目的欢乐里，海丝特的欢乐才是真正的欢乐，纳撒尼尔·霍桑的叙述让其脱颖而出，犹如一个胜利的钢琴主题凌驾于众多的协奏之上。可是一个不和谐的音符出现了，海丝特看到那位衣服上佩戴着各色丝带的船长正和罗格·齐灵渥斯亲密地交谈，交谈结束之后船长走到了海丝特面前，告诉她罗格·齐灵渥斯也在船上预订了铺位。"海丝特虽然心里非常惊慌，却露出一种镇静的态度"，随后她看到她的丈夫站在远处向她微笑，这位阴险的医生"越过了那广大嘈杂的广场，透过人群的谈笑、各种思想、心情和兴致——把一种秘密的、可怕的用意传送过来。"

这时候，霍桑的叙述进入了第二十二章——"游行"。协奏曲轰然奏响，淹没了属于海丝特的钢琴主题。市场上欢声四起，在邻近的街道上，走来了军乐队和知事们与市民们的队伍，丁梅斯代尔牧师走在护卫队的后面，走在最为显赫的人中间，这一天他神采飞扬，"从来没有见过他步伐态度像现在随着队伍行进时那么有精神"，他们走向会议厅，年轻的牧师将要宣读一篇选举说教。海丝特看着他从自己前面走过。

霍桑的叙述出现了不安，不安的主题缠绕着海丝特，另一个阴暗的人物西宾斯夫人，这个丑陋的老妇人开始了对海丝特精神的压迫，她虽然不是罗格·齐灵渥斯的同谋，可是她一样给予了海丝特惊慌的折磨。在西宾斯夫人尖锐的大笑里，不安的叙述消散了。

欢乐又开始了，显赫的人已经走进了教堂，市民们也挤满了大堂，神圣的丁梅斯代尔牧师演讲的声音响了起来，"一种不可抵抗的情感"使海丝特靠近过去，可是到处站满了人，她只能在绞刑台旁得到自己的位置。牧师的声音"像音乐一般，传达出热情和激动，传达出激昂或温柔的情绪"，海丝特"那么热烈地倾听着"，"她捉到了那低低的音调，宛若向下沉落准备静息的风声一样；接着，当那声调逐渐增加甜蜜和力量上升起来的时候，她也随着上升，一直到那音量用一种严肃宏伟的氛围将她全身包裹住。"

霍桑将叙述的欢乐变成了叙述的神圣，一切都寂静了下来，只有丁梅斯代尔的声音雄辩地回响着，使所有的倾听者都感到"灵魂像浮在汹涌的海浪上一般升腾着"。这位遭受了七年的内心折磨，正在奄奄一息的年轻牧师，此刻仿佛将毕生的精力凝聚了起来，他开始经历起回光返照的短暂时光。而在他对面不远处的绞刑台旁，在这寂静的时刻，在牧师神圣的说教笼罩下的市场上，海丝特再次听到那个不谐和的音符，使叙述的神圣被迫中断。那位一无所知的船长，再一次成为罗格·齐灵渥斯阴谋的传达者，而且他是通过另一位无知者珠儿完成了传达。海丝特"心里发生一种可怕的苦恼"，七年的痛苦、折磨和煎熬所换来的唯一希望，那个属于明天"海上广大的途径"的希望，正在可怕地消失，罗格·齐灵渥斯的罪恶将会永久占有他们。此刻沉浸在自己神圣声音中的丁梅斯代尔，对此一无所知。

然后，叙述中高潮的章节《红字的显露》来到了。丁梅斯代尔的声音终于停止了，叙述恢复了欢乐的协奏，"街道和市场上，四面八方都有人在赞美牧师。他的听众，每一个人都要把自己认为强过于旁人的见解尽情吐露之后，才得安静。他们一致保证，从来没有过一个演讲的人像他今天这样，有过如此明智、如此崇高、如此神圣的精神。"接下去，在音乐的鸣响和护卫队整齐的步伐里，丁梅斯代尔和州长、知事，还有一切有地位有名望的人，从教堂里走了出来，走向市政厅盛大的晚宴。霍桑此刻的叙述成了华彩的段落，他似乎忘记了叙述中原有的节拍，开始了尽情的渲染，让"狂风的呼啸，霹雳的雷鸣，海洋的怒吼"这些奢侈的比喻接踵而来，随后又让"新英格兰的土地上"这样的句式排比着出现，于是欢乐的气氛在市场上茁壮成长和生生不息。

随即一个不安的乐句轻轻出现了，人们看到牧师的脸上有"一种死灰颜色，几乎不像是一个活人的面孔"，牧师跟跄地走着，随时都会倒地似的。尽管如此，这位"智力和情感退潮后"的牧师，仍然颤抖着断然推开老牧师威尔逊的搀扶，他脸上流露出的神色使新任的州长深感不安，使他不敢上前去扶持。这个"肉体衰弱"的不安乐句缓慢地前行着，来到了绞刑台前，海丝特和珠儿的出现使它立刻激昂了起来。丁梅斯代尔向她们伸出了双臂，轻声叫出她们的名字，他的脸上出现了"温柔和奇异的胜利表情"，他刚才推开老牧师威尔逊的颤抖的手，此刻向海丝特发出了救援的呼叫。海丝特"像被不可避免的命运推动着"走向了年轻的牧师，"伸出胳膊来搀扶他，走近刑台，踏上阶梯"。

就在这高高的刑台上，霍桑的叙述走到了高潮。在死一般的寂静里，属于丁梅斯代尔的乐句尖锐地刺向了空中。他说："感谢领我到此地来的上帝！"然后他悄悄对海丝特说，"这不是更好吗。"

纳撒尼尔·霍桑的叙述让丁梅斯代尔做出了勇敢的选择，不是通过"海上广大的途径"逃走，而是站到了七年前海丝特怀抱珠儿最初忍受耻辱的刑台之上，七年来他在自己的内心里遭受着同样的耻辱，现在他要释放它们，于是火山爆发了。他让市场上目瞪口呆的人们明白，七年前他们在这里逼迫海丝特说出的那个人就是他。此刻，丁梅斯代尔的乐句已经没有了不安，它变得异常地强大和尖锐，将属于市场上人群的协奏彻底驱赶，以王者的姿态孤独地回旋着。丁梅斯代尔用他生命里最后的声音告诉人们：海丝特胸前的红字只是他自己胸口红字的一个影子。接着，"他痉挛地用着力，扯开了他胸前的牧师的饰带。"让人们看清楚了，在他胸口的皮肉上烙着一个红色的 A 字。随后他倒了下去。叙述的高潮来到了顶峰，一切事物都被推到了极端，一切情感也都开始走投无路。

这时候，纳撒尼尔·霍桑显示出了和肖斯塔科维奇同样的体验，如同"侵略插部"中小段的抒情覆盖了巨大的旋律，建立了高潮之上的高潮那样，霍桑在此后的叙述突然显得极其安详。他让海丝特俯下面孔，靠近丁梅斯代尔的脸，在年轻的牧师告别人世之际，完成了他们最后的语言。海丝特和丁梅斯代尔最后的对话是如此感人，里面没有痛苦，没有悲伤，也没有怨恨，只有短暂的琴声如诉般的安详。因为就在刚才的高潮段落叙述里，《红字》中所有的痛苦、悲伤和怨恨都得到了凝聚，已经成了强大的压迫，压迫着霍桑全部的叙述。可是纳撒尼尔让叙述继续前进，因为还有着难以言传的温柔没有表达，这样的温柔紧接着刚才的激昂，同时也覆盖了刚才的激昂。在这安详和温柔的小小段落里，霍桑让前面二百多页逐渐聚集起来的情感，那些使叙述已经不堪重负的巨大情感，在瞬间获得了释放。这就是纳撒尼尔·霍桑，也是肖斯塔科维奇为什么要用一个短暂的抒情段落来结束强大的高潮段落，因为他们需要获得拯救，需要在越来越沉重或者越来越激烈的叙述里得到解脱。同时，这高潮之上的高潮，也是对整个叙述的酬谢，就像死对生的酬谢。

一九九九年一月二十六日

灵感

什么是灵感？亚里士多德在《修辞学》里曾经引用了伯里克利的比喻，这位希腊政治家在谈到那些为祖国而在战争中死去的年轻人时，这样说："就像从我们的一年中夺走了春天。"是什么原因让伯里克利将被夺走的春天和死去的年轻人重叠到一起？古典主义的答案很单纯，他们认为这是神的意旨。这个推脱责任的答案似乎是有关灵感的最好解释，因为它无法被证明，同时也很难被驳倒。

柏拉图所作《伊安篇》可能是上述答案的来源，即便不能说是最早的，也可以说它是最完整的来源。能说会道的苏格拉底在家中接待了远道而来的吟诵诗人伊安，然后就有了关于灵感的传说。受人宠爱的伊安是荷马史诗最好的吟诵者，他带着两个固执的想法来见苏格拉底，他认为自己能够完美地吟诵荷马的作品，而不能很好地吟诵赫西尔德和阿岂罗库斯的作品，其原因首先是荷马的作品远远高于另两位诗人的作品，其次就是他自己吟诵的技艺。苏格拉底和伊安的对话是一次逻辑学上著名的战役，前者不断设置陷阱，后者不断掉入陷阱。最后苏格拉底让伊安相信了他之所以能够完美地吟诵荷马的作品，不是出于技艺，也不是荷马高于其他诗人，而是因为灵感的作用，也就是有一种神力在驱使着他。可怜的伊安说：

"我现在好像明白了大诗人们都是灵感的神的代言人。"苏格拉底进一步说:"而你们吟诵诗人又是诗人的代言人。"于是,伊安没有了自己的想法,他带着苏格拉底的想法回家了。

理查·施特劳斯的父亲经常对他说:"莫扎特活到三十六岁为止所创作的作品,即使在今天请最好的抄写员来抄,也难以在同样的时间里把这些作品抄完。"是什么原因让那位乐师的儿子在短短一生中写出了如此大量的作品?理查·施特劳斯心想:"他一定被天使手中的飞笔提示和促成的——正像费兹纳的歌剧《帕列斯特里那》第一幕最后一景中所描绘的那样。"在其他作曲家草稿本中所看到的修改的习惯,在莫扎特那里是找不到的。于是,理查·施特劳斯只能去求助古典主义的现成答案,他说:"莫扎特所写的作品几乎全部来自灵感。"

莫扎特是令人羡慕的,当灵感来到他心中时似乎已经是完美的作品,而不是点点滴滴的启示,仿佛他手中握有天使之笔,只要墨水还在流淌,灵感就会仍然飞翔。理查·施特劳斯一直惊讶于古典主义作曲家源源不断的创作灵感,在海顿、贝多芬和舒伯特身上,同样显示出了惊人的写作速度和数量。"他们的旋律是如此的众多,旋律本身是这样的新颖,这样的富有独创性,同时又各具特点而不同。"而且,在他们那里"要判断初次出现灵感和它的继续部分以及它发展成为完整的、扩展的歌唱性乐句之间的关系是困难的。"也就是说,理查·施特劳斯无法从他们的作品中分析出灵感与写作的持续部分是如何连接的。一句话,理查·施特劳斯没有自己的答案，他就像一个不会言说的孩子那样只能打着手势。

对歌德来说，"我在内心得到的感受，比我主动的想象力所提供的，在千百个方面都要更富于美感，更为有力，更加美好，更为绚丽。"内心的感受从何而来？歌德暗示了那是神给予他的力量。不仅仅是歌德，几乎所有的艺术家在面对灵感时，都不约而同地将自己下降到奴仆的位置，他们的谦卑令人感到他们的成就似乎来自某种幸运，灵感对他们宠爱的幸运。而一个艺术家的修养、技巧和洞察力，对他们意味着——用歌德话说："只不过使我内心的观察和感受艺术性地成熟起来，并给它复制出生动的作品。"然后，歌德说出了那句著名的话，"我把我的一切努力和成就都看作是象征性的。"是灵感或者是神的意旨的象征。

当灵感来到理查·施特劳斯身上时，是这样的："我感到一个动机或 2 到 4 小节的旋律乐句是突然进入我的脑海的，我把它记在纸上，并立即把它发展成 8 小节、16 小节或 32 小节的乐句。它当然不是一成不变，而是经过或长或短的'陈放'之后，通过逐步的修改，成为经得起自己对它的最严厉审核的最终形式。"而且"作品进展的速度主要取决于想象力何时能对我作进一步的启示"。对理查·施特劳斯来说，灵感来到时的精神活动不仅仅和天生的才能有关，也和自我要求和自我成长有关。

这里显示了灵感来到时两种不同的命运。在莫扎特和索福克勒斯那里，灵感仿佛是夜空的星辰一样繁多，并且以源源不断的方式降临，就像那些不知疲倦的潮汐，永无休止地拍打着礁石之岸和沙滩之岸。而在理查·施特劳斯这些后来的艺术家那里，灵感似乎是沙漠里偶然出现的绿洲，来到之后还要经历一个"陈放"的岁月，而且在这或长或短的"陈放"结束以后，灵感是否已经成熟还需要想象力进一步的启示。

理查·施特劳斯问自己："究竟什么是灵感?"他的回答是："一次音乐的灵感被视为一个动机，一支旋律；我突然受到'激发'，不受理性指使地把它表达出来。"理查·施特劳斯在对灵感进行"陈放"和在等待想象力进一步启示时，其实已经隐含了来自理性的判断和感悟。事实上，在柏辽兹和理查·施特劳斯这巧热衷于标题音乐的作曲家那里，理性或明或暗地成了他们叙述时对方向的选择。只有在古典主义的艺术家那里，尤其是在莫扎特那里，理性才是难以捉摸的。这就是为什么人们总喜欢认为莫扎特是天使的理由，因为他和灵感之间的亲密关系是独一无二的。尽管在接受灵感来到的方式上有着不同的经历，理查·施特劳斯在面对灵感本身时和古典主义没有分歧，他否定了理性的指使，而强调了突然受到的"激发"。

柴可夫斯基在给梅克夫人的信中，指责了有些人认为音乐创作是一项冷漠和理性的工作，他告诉梅克夫人"您别相信他们的话"，他说，"只有从艺术家受灵感所激发的精神深处流露出来的音乐才能感动、震动和触动人。"柴可夫斯基同样强调了灵感来到时的唯一方式——激发。在信中，柴可夫斯基仔细地描述了灵感来到时的美妙情景，他说："忘掉了一切，像疯狂似的，内心在战栗，匆忙地写下草稿,一个乐思紧追着另一个乐思。"

这时候的柴可夫斯基"我满心的无比愉快是难以用语言向您形容的",可是接下去倒霉的事发生了,"有时在这种神奇的过程中,突然出现了外来的冲击,使人从这种梦游的意境中觉醒。有人按门铃,仆人进来了,钟响了,想起应该办什么事了。"柴可夫斯基认为这样的中断是令人难受的,因为中断使灵感离去了,当艺术家的工作在中断后继续时,就需要重新寻找灵感,这时候往往是无法唤回飞走的灵感。为什么在那些最伟大的作曲家的作品中常常可以看到缺乏有机的联系之处?为什么他们写下了出现漏洞、整体中的局部勉强黏合在一起的作品?柴可夫斯基的看法是:在灵感离去之后这些作曲家凭借着技巧还在工作,"一种十分冷漠的、理性的、技术的工作过程来提供支持了"。柴可夫斯基让梅克夫人相信,对艺术家来说,灵感必须在他们的精神状态中不断持续,否则艺术家一天也活不下去。如果没有灵感,那么"弦将绷断,乐器将成为碎片"。

柴可夫斯基将灵感来到后的状态比喻为梦游,理查·施特劳斯认为很多灵感是在梦中产生的,为此他引用了《名歌手》中沙赫斯的话——"人的最真实的幻想是在梦中对我们揭示的。"他问自己:"我的想象是否在夜晚独自地、不自觉地、不受'回忆'束缚地活动着?"与此同时,理查·施特劳斯相信生理的因素有时候也起到了某些决定性的作用,他说:"我在晚间如遇到创作上的难题,并且百思不得其解时,我就关上我的钢琴和草稿本,上床入睡。当我醒来时，难题解决了，进展顺利。"

理查·施特劳斯将灵感视为"新的、动人的、激发兴趣的、深入灵魂深处的、前所未有的东西"，因此必须要有一副好身体才能承受它们源源不断地降临。他的朋友马勒在谈到自己创作《第二交响曲》的体会时，补充了一个重要的环节，那就是某些具有了特定气氛的场景帮助促成了艺术家和灵感的美妙约会。当时的马勒雄心勃勃，他一直盘算着将合唱用在《第二交响曲》的最后一个乐章，可是他又顾虑重重，他担心别人会认为他是在对贝多芬的表面模仿，"所以我一次又一次地裹足不前"，这时他的朋友布罗去世了，他出席了布罗的追悼会。当他坐在肃然和沉静的追悼会中时，他发现自己的心情正好是那部已经深思熟虑的作品所要表达的精神。这仅仅是开始，命运里隐藏的巧合正在将马勒推向激情之岸，如同箭在弦上一样，然后最重要的时刻出现了——合唱队从风琴楼厢中唱出克洛普斯托克的圣咏曲《复活》，马勒仿佛受到闪电一击似的，灵感来到了。"顿时，我心中的一切显得清晰、明确！创造者等待的就是这种闪现，这就是'神圣的构思'。"

马勒在给他的朋友安东·西德尔的信中，解释了灵感对于艺术家的重要性。在他看来，要让艺术家说清自己的性格是什么，自己的目标是什么是十分困难的。"他像个梦游者似的向他的目标蹒跚地走去——他不知道他走的是哪条路（也许是一条绕过使人目眩的深渊的路），但是他向远处的光亮走去，不论它是不朽的星光，还是诱人的鬼火。"马勒说出了一个重要的事实，那就是艺术家永远都无法知道自己走的是哪条路,如果他们有勇气一直往前走的话,他们必将是灵感的信徒。就像远处的光亮一样,指引着他们前行的灵感是星光还是鬼火其实不重要,重要的是这灵感之光会使艺术家"心中的一切显得清晰、明确"。与此同时,灵感也带来了自信,使那些在别人的阴影里顾虑重重和裹足不前的人看到了自己的阳光。这样的阳光帮助马勒驱散了贝多芬的阴影,然后,他的叙述之路开始明亮和宽广了。

与理查·施特劳斯一样,马勒认为对一个构思进行"陈放"是必要的。他告诉安东·西德尔,正是在构思已经深思熟虑之后,布罗追悼会上突然出现的灵感才会如此迅猛地冲击他。"如果我那时心中尚未出现这部作品的话,我怎么会有那种感受?所以这部作品一定是一直伴随着我。只有当我有这种感受时我才创作;我创作时,我才有这样的感受。"

在加西亚·马尔克斯这里,"陈放"就是"丢弃"。他在和门多萨的对话《番石榴飘香》中这样说:"如果一个题材经不起多年的丢弃,我是决不会有兴趣的。"他声称《百年孤独》想了十五年,《家长的没落》想了十六年,而那部只有一百页的《一桩事先张扬的凶杀案》想了三十年。马尔克斯认为自己之所以能够瓜熟蒂落地将这些作品写出来,唯一的理由就是那些想法经受住了岁月的考验。

对待一个叙述构想就像是对待婚姻一样需要深思熟虑。在这方面,马尔克斯和马勒不谋而合。海明威和他们有所不同,虽然海明威也同意对一个题材进行"陈放"是必要的，他反对仓促动笔，可是他认为不能搁置太久。过久的搁置会丧失叙述者的激情，最终会使美妙的构思沦落为遗忘之物。然而，马尔克斯和马勒似乎从不为此操心，就像他们从不担心自己的妻子是否会与人私奔，他们相信自己的构想会和自己的妻子一样忠实可靠。在对一个构想进行长期的陈放或者丢弃之时，马尔克斯和马勒并没有袖手旁观，他们一直在等待，确切地说是在寻找理查·施特劳斯所说的"激发"，也就是灵感突出的出现。如同马勒在布罗追悼会上的遭遇，在对《百年孤独》的构想丢弃了十五年以后，有一天，当马尔克斯带着妻子和儿子开车去阿卡普尔科旅行时，他脑中突然出现了一段叙述——"多年之后，面对枪决行刑队，雷奥良诺·布恩地亚上校将会想起，他父亲带他去见识冰块的那个遥远的下午。"

于是，旅行在中途结束了，《百年孤独》的写作开始了。这情景有点像奥克塔维奥·帕斯所说的，灵感来到时"词语不待我们呼唤就自我呈现出来"。帕斯将这样的时刻称为"灵光一闪"，然后他从另一个角度解释了什么是灵感，他说："灵感就是文学经验本身"。与歌德不同的是，帕斯强调了艺术家自身的修养、技巧和洞察力的重要性，同时他也为"陈放"或者"丢弃"的必要性提供了支持。在帕斯看来，正是这些因素首先构成了河床，然后灵感之水才得以永不间断地流淌和荡漾；而且"文学经验本身"也创造了艺术家的个性，帕斯认为艺术家与众不同的独特品质来源于灵感，正是因为"经验"的不同，所获得的灵感也不相同。他说："什么叫灵感？我不知道。但我知道，正是那种东西使鲁文·达里奥的一行十一音节诗有别于贡戈拉，也有别于克维多。"

加西亚·马尔克斯对灵感的解释走向了写作的现实，或者说他走向了苏格拉底的反面，他对门多萨说："灵感这个词已经给浪漫主义作家搞得声名狼藉了。我认为，灵感既不是一种才能，也不是一种天赋，而是作家坚韧不拔的精神和精湛的技巧为他们所努力要表达的主题做出的一种和解。"马尔克斯想说的似乎是歌德那句著名的格言——天才即勤奋，但是他并不认为自己的成就是象征性的，他将灵感解释为令他着迷的工作。"当一个人想写点东西的时候，那么这个人和他要表达的主题之间就会产生一种互相制约的紧张关系，因为写作的人要设法探究主题，而主题则力图设置种种障碍。有时候，一切障碍会一扫而光，一切矛盾会迎刃而解，会发生过去梦想不到的事情。这时候，你才会感到，写作是人生最美好的事情。"然后，写作者才会明白什么是灵感。他补充道，"这就是我所认为的灵感。"

我手头的资料表示了两个不同的事实，古典主义对灵感的解释使艺术创作显得单纯和宁静，而理查·施特劳斯之后的解释使创作活动变得令人望而生畏。然而无论哪一种解释都不是唯一的声音，当古典主义认为灵感就是神的意旨时，思想的权威蒙田表示"必须审慎看待神的意旨"，因为"谁人能知上帝的意图，谁人能想象天主的意旨"。蒙田以他一贯的幽默说："太阳愿意投射给我们多少阳光，我们就接受多少。谁要是为了让自己身上多受阳光而抬起眼睛,他的自以为是就要受到惩罚。"同样的道理,那些敢于解释灵感的后来者,在他们的解释结束之后,也会出现和帕斯相类似的担忧,帕斯在完成他的解释工作后声明:"像所有的人一样,我的答案也是暂时性的。"

从苏格拉底到马尔克斯,有关灵感解释的历史,似乎只是为了表明创作越来越艰难的历史。而究竟什么是灵感,回答的声音永远在变奏着。如果有人告诉我,"人们所以要解释灵感,并不是他们知道灵感,而是他们不知道",我不会奇怪。

一九九九年七月十八日

色彩

"我记得有一次和里姆斯基-科萨柯夫、斯克里亚宾坐在'和平咖啡馆'的一张小桌子旁讨论问题。"拉赫玛尼诺夫在《回忆录》里记录了这样一件往事——这位来自莫斯科乐派的成员与来自圣彼得堡派"五人团"的里姆斯基-科萨柯夫有着亲密的关系,尽管他们各自所处的乐派几乎永远是对立的,然而人世间的友谊和音乐上的才华时常会取消对立双方的疆界,使他们坐到了一起。虽然在拉赫玛尼诺夫情绪开朗的回忆录里无论确知他们是否经常相聚,我想聚会的次数也不会太少。这一次他们坐到一起时,斯克里亚宾也参加了进来。

话题就是从斯克里亚宾开始的,这位后来的俄罗斯"印象派"刚刚有了一个新发现,正试图在乐音和太阳光谱之间建立某些关系,并且已经在自己构思的一部大型交响乐里设计这一层关系了。斯克里亚宾声称自己今后的作品应该拥有鲜明的色彩,让光与色和音乐的变化配合起来,而且还要在总谱上用一种特殊的系统标上光与色的价值。

习惯了在阴郁和神秘的气氛里创造音符的拉赫玛尼诺夫,对斯克里亚宾的想法是否可行深表怀疑,令他吃惊的是里姆斯基-科萨柯夫居然同意这样的说法，这两个人都认为音乐调性和色彩有联系，拉赫玛尼诺夫和他们展开了激烈的争论。就像其他场合的争论，只要有三个人参与的争论，分歧就不会停留在两方。里姆斯基-科萨柯夫和斯克里亚宾在原则上取得一致后，又在音与色的对等接触点上分道扬镳。里姆斯基-科萨柯夫认为降E大调是蓝色的，斯克里亚宾则一口咬定是紫红色的。他们之间的分歧让拉赫玛尼诺夫十分高兴，这等于是在证明拉赫玛尼诺夫是正确的。可是好景不长，这两个人随即在其他调性上看法一致了，他们都认为D大调是金棕色的。里姆斯基-科萨柯夫突然转过身去，大声告诉拉赫玛尼诺夫："我要用你自己的作品来证明我们是正确的。例如，你的《吝啬的骑士》中的一段：老男爵打开他的珠宝箱，金银珠宝在火光的照耀下闪闪发光，对不对？"

拉赫玛尼诺夫不得不承认，那一段音乐确实是写在D大调里的。里姆斯基-科萨柯夫为拉赫玛尼诺夫寻找的理由是："你的直觉使你下意识地遵循了这些规律。"拉赫玛尼诺夫想起来里姆斯基-科萨柯夫的歌剧《萨特阔》里的一个场景：群众在萨特阔的指挥下从伊尔曼湖中拖起一大网金色的鱼时，立即爆发了欢乐的喊叫声，"金子！金子！"这个喊叫声同样也是写在D大调里。拉赫玛尼诺夫最后写道："我不能让他们不带着胜利者的姿态离开咖啡馆，他们相信已经彻底地把我驳倒了。"

从《回忆录》来看，拉赫玛尼诺夫是一个愉快的人，可是他的音乐是阴郁的。这是很多艺术家共有的特征，人的风格与作品的风格常常对立起来。显然，艺术家不愿意对自己口袋里已经拥有的东西津津乐道，对艺术的追求其实也是对人生的追求，当然这一次是对完全陌生的人生的追求，因为艺术家需要虚构的事物来填充现实世界里过多的空白。毕加索的解释是艺术家有着天生的预感，当他们心情愉快的时候，他们就会预感到悲伤的来临，于是提前在作品中表达出来；反过来，当他们悲伤的时候，他们的作品便会预告苦尽甜来的欢乐。拉赫玛尼诺夫两者兼而有之，《回忆录》显示，拉赫玛尼诺夫愉快的人生之路是稳定和可靠的，因此他作品中阴郁的情绪也获得了同样的稳定，成了贯穿他一生创作的基调。我们十分轻易地从他作品中感受到俄罗斯草原辽阔的气息，不过他的辽阔草原始终是灰蒙蒙的。他知道自己作品中缺少鲜明的色彩，或者说是缺少色彩的变化。为此，他尊重里姆斯基-科萨柯夫，他说："我将永远不会忘记里姆斯基-科萨柯夫对我的作品所给予的批评。"

他指的是《春天》康塔塔。里姆斯基-科萨柯夫认为他的音乐写得很好，可是乐队里没有出现"春天"的气息。拉赫玛尼诺夫感到这是一针见血的批评，很多年以后，他仍然想把《春天》康塔塔的配器全部修改。他这样赞扬他的朋友："在里姆斯基-科萨柯夫的作品里，人们对他的音乐想要表达的'气象的'情景从无丝毫怀疑。如果是一场暴风雪，雪花似乎从木管和小提琴的音孔中飞舞地飘落而出；阳光高照时，所有的乐器都发出炫目的光辉；描写流水时，浪花潺潺地在乐队中四处溅泼，而这种效果不是用廉价的竖琴刮奏制造出来的；描写天空闪烁着星光的冬夜时，音响清凉，透明如镜。"

拉赫玛尼诺夫对自己深感不满,他说:"我过去写作时,完全不理解——我不知道怎么说才好……乐队音响和——气象学之间的关系。"在他看来,里姆斯基-科萨柯夫的作品世界里有一个预报准确的气象站,而在他自己的作品世界里,连一个经常出错的气象站都没有。这是令他深感不安的原因所在。问题是拉赫玛尼诺夫作品中灰蒙蒙的气候是持久不变的,那里不需要任何来自气象方面的预报。就像没有人认为有必要在自己的梦境中设立一个气象站,拉赫玛尼诺夫作品的世界其实就是梦的世界,在欢乐和痛苦的情感的背景上,拉赫玛尼诺夫的色彩都是相同的,如同在梦中无论是悲是喜,色彩总是阴郁的那样。拉赫玛尼诺夫作品里长时间不变的灰蒙蒙,确实给人以色彩单一的印象,不过同时也让人们注意到了他那稳定的灰蒙蒙的颜色其实无限深远,就像辽阔的草原和更加辽阔的天空一样向前延伸的。这也是为什么人们会在拉赫玛尼诺夫的音乐中始终感受到神秘的气氛在弥漫。

另一个例子来自他们的俄罗斯同胞瓦西里·康定斯基。对康定斯基而言,几乎每一种色彩都能够在音乐中找到相对应的乐器,他认为:"蓝色是典型的天堂色彩,它所唤起的最基本的感觉是宁静。当它几乎成为黑色时,它会发出一种仿佛是非人类所有的悲哀。当它趋向白色时,它对人的感染力就会变弱。"因此他断言,淡蓝色是长笛,深蓝色是大提琴,更深的蓝色是雷鸣般的双管巴松,最深的蓝色是管风琴。当蓝色和黄色均匀调和成为绿色时,康定斯基继承了印象派的成果，他感到绿色有着特有的镇定和平静，可是当它一旦在黄色或者蓝色里占优势时，就会带来相应的活力，从而改变内在的感染力，所以他把小提琴给了绿色，他说："纯粹的绿色是小提琴以平静而偏中的调子来表现的。"而红色有着无法约束的生气，虽然它没有黄色放肆的感染效果，然而它是成熟的和充满强度的。康定斯基感到淡暖红色和适中的黄色有着类似的效果，都给人以有力、热情、果断和凯旋的感觉，"在音乐里，它是喇叭的声音。"朱红是感觉锋利的红色，它是靠蓝色来冷却的，但是不能用黑色去加深，因为黑色会压制光芒。康定斯基说："朱红听起来就像大喇叭的声音，或雷鸣般的鼓声。"紫色是一个被冷化了的红色，所以它是悲哀和痛苦的，"在音乐里，它是英国号或木制乐器（如巴松）的深沉调子。"

康定斯基喜欢引用德拉克洛瓦的话，德拉克洛瓦说："每个人都知道，黄色、橙色和红色给人欢快和充裕的感觉。"歌德曾经提到一个法国人的例子，这个法国人由于夫人将室内家具的颜色从蓝色改变成深红色，他对夫人谈话的声调也改变了。还有一个例子来自马塞尔·普鲁斯特，当他下榻在旅途的某一个客栈时，由于房间是海洋的颜色，就使他在远离海洋时仍然感到空气里充满了盐味。

康定斯基相信色彩有一种直接影响心灵的力量，他说："色彩的和谐必须依赖于与人的心灵相应的振动，这是内心需要的指导原则之一。"康定斯基所说的"内心需要"，不仅仅是指内心世界的冲动和渴望，也包含了实际表达的意义。与此同时，康定斯基认为音乐对于心灵也有着同样直接的作用。为此，他借用了莎士比亚《威尼斯商人》中的诗句，断然认为那些灵魂没有音乐的人，那些听了甜蜜和谐的音乐而不动情的人，都是些为非作歹和使奸弄诈的人。在康定斯基看来，心灵就像是一个容器，绘画和音乐在这里相遇后出现了类似化学反应的活动，当它们互相包容之后就会出现新的和谐。或者说对心灵而言，色彩和音响其实没有区别，它们都是内心情感延伸时需要的道路，而且是同一条道路。在这方面，斯克里亚宾和康定斯基显然是一致的，不同的是前者从绘画出发，后者是从音乐出发。

斯克里亚宾比里姆斯基-科萨柯夫走得更远，他不是通过配器，或者说是通过管弦乐法方面的造诣来表明音乐中的色彩，他的努力是为了在精神上更进一步平衡声与色的关系。在1911年莫斯科出版的《音乐》杂志第九期上，斯克里亚宾发表了有关这方面的图表，他认为这是为他的理论提供令人信服的证据。在此之前，另一位俄罗斯人A. 萨夏尔金·文科瓦斯基女士也发表了她的研究成果，也是一份图表，她的研究表明："通过大自然的色彩来描述声音，通过大自然的声音来描述色彩，使色彩能耳听，声音能目见。"俄罗斯人的好奇心使他们在此领域乐此不疲，康定斯基是一个例子，斯克里亚宾是另一个例子，这是两个对等起来的例子。康定斯基认为音乐与绘画之间存在着一种深刻的关系，为此他借助了歌德的力量，歌德曾经说过绘画必须将这种关系视为它的根本。康定斯基这样做了，所以他感到自己的作品表明了"绘画在今天所处的位置"。如果说斯克里亚宾想让他的乐队演奏绘画，那么瓦西里·康定斯基一直就是在画音乐。

长期在巴黎蒙特马特的一家酒吧里弹钢琴的萨蒂，认为自己堵住了就要淹没法国音乐思想和作品的瓦格纳洪流，他曾经对德彪西说："法国人一定不要卷入瓦格纳的音乐冒险活动中去，那不是我们民族的抱负。"虽然在别人看来，他对同时代的德彪西和拉威尔的影响被夸大了，"被萨蒂自己夸大了"，不过他确实是印象派音乐的前驱。他认为他的道路，也是印象派音乐的道路开始于印象派绘。萨蒂说："我们为什么不能用已由莫奈、塞尚、土鲁斯·劳特累克和其他画家所创造出的，并为人们熟知的方法。我们为什么不能把这些方法移用在音乐上？没有比这更容易的了。"

萨蒂自己这么做了，拉威尔和德彪西也这么做了，做得最复杂的是拉威尔，做得最有名的可能是德彪西。法国人优雅的品质使他们在处理和声时比俄罗斯人细腻，于是德彪西音响中的色彩也比斯克里亚宾更加丰富与柔美，就像大西洋黄昏的景色，天空色彩的层次如同海上一层层的波涛。勋伯格在《用十二音作曲》中这样写道："他（德彪西）的和声没有结构意义，往往只用作色彩目的，来表达情绪和画面。情绪和画面虽然是非音乐的，但也成为结构要索，并入到音乐功能中去。"将莫奈和塞尚的方法移用到音乐上，其手段就是勋伯格所说的，将非音乐的画面作为结构要素并入到音乐功能之中。

有一个问题是，萨蒂他们是否真的堵住了瓦格纳洪流？虽然他们都是浪漫主义的反对者和印象主义的拥护者，然而他们都是聪明人，他们都感受到了瓦格纳音乐的力量，这也是他们深感不安的原因所在。萨蒂说："我完全不反对瓦格纳，但我们应该有我们自己的音乐——如果可能的话，不要任何'酸菜'。"萨蒂所说的酸菜，是一种德国人喜欢吃的菜。由此可见，印象主义者的抵抗运动首先是出于民族自尊，然后才是为了音乐。事实上瓦格纳的影响力是无敌的，这一点谁都知道，萨蒂、拉威尔和德彪西他们也是心里明白的。这就是艺术的有趣之处，强大的影响力不一定来自学习和模仿，有时候恰恰产生在激烈的反对和抵抗之中。因此，勋伯格作为局外人，他的话也就更加可信，他说："理查·瓦格纳的和声，在和声逻辑和结构力量方面促进了变化。变化的后果之一就是所谓和声的印象主义用法，特别是德彪西在这方面的实践。"

热衷于创作优美的杂耍剧场的民谣的萨蒂，如何能够真正理解宽广激昂的瓦格纳？对萨蒂而言，瓦格纳差不多是音乐里的梅菲斯特，是疯狂和恐怖的象征，当他的音乐越过边境来到巴黎的时候，也就是洪水猛兽来了。凡·高能够真正理解瓦格纳，他在写给姐姐耶米娜的信中说道："加强所有的色彩能够再次获得宁静与和谐。"显然，这是萨蒂这样的人所无法想象的，对他们来说，宁静与和谐往往意味着低调子的优美，当所有的色彩加强到近似于疯狂的对比时，他们的眼睛就会被色盲困扰，看不见和谐，更看不见宁静。然而，这却是瓦格纳和凡·高他们的乐园。凡·高为此向他的姐姐解释道："大自然中存在着类似瓦格纳的音乐的东西。"他继续说，

"尽管这种音乐是用庞大的交响乐器来演奏的，但它依然使人感到亲切。"在凡·高看来，瓦格纳音乐中的色彩比阳光更加热烈和丰富，同时它们又是真正的宁静与和谐，而且是印象主义音乐难以达到的宁静与和谐。在这里，凡·高表达了与康定斯基类似的想法，那就是"色彩的和谐必须依赖于与人的心灵相应的振动"。于是可以这么说，当色彩来到艺术作品中时，无论是音乐还是绘画，都会成为内心的表达，而不是色彩自身的还原，也就是说它们所表达的是河床的颜色，不是河水的颜色，不过河床的颜色直接影响了河水的颜色。

康定斯基认为每一个颜色都可以是既暖又冷的，但是哪一个颜色的冷暖对立都比不上红色这样强烈。而且，不管其能量和强度有多大，红色"只把自身烧红，达到一种雄壮的成熟程度，并不向外放射许多活力"。康定斯基说，它是"一种冷酷地燃烧着的激情，存在于自身中的一种结实的力量"。在此之前，歌德已经在纯红中看到了一种高度的庄严和肃穆，而且他认为红色把所有其他的颜色都统一在自身之中。

尤瑟纳尔在她有关东方的一组故事里，有一篇充满了法国情调的中国故事《王佛脱险记》。王佛是一位奇妙的画师，他和弟子林浪游在汉代的道路，他们行囊轻便，尤瑟纳尔的解释是"因为王佛爱的是物体的形象而不是物体本身"。林出身豪门，娇生惯养的生活使他成了一个胆小的人，他的父母为他找到了一个"娇弱似芦苇、稚嫩如乳汁、甜得像口水、咸得似眼泪"的妻子，然后谨慎知趣的父母双双弃世了。林与妻子恩爱地生活在朱红色的庭院里，直到有一天林和王佛在一家小酒店相遇后，林感到王佛"送给了他一颗全新的灵魂和一种全新的感觉"，林将王佛带到家中，从此迷恋于画中的景色，而对人间的景色逐渐视而不见。他的妻子"自从林爱王佛为她作的像胜过爱她本人以来，她的形容就日渐枯槁"，于是她自缢身亡，尤瑟纳尔此刻的描述十分精美："一天早晨，人们发现她吊死在正开着粉红色花朵的梅树枝上，用来自缢的带子的结尾和她的长发交织在一起在空中飘荡，她显得比平常更为苗条。"林为了替他的老师购买从西域运来的一罐又一罐紫色颜料，耗尽了家产，然后师徒两人开始了漂泊流浪的生涯。林沿门乞食来供奉师傅，他"背着一个装满了画稿的口袋，弓腰曲背，毕恭毕敬，好像他背上负着的就是整个苍穹，因为在他看来，这只袋里装满了白雪皑皑的山峰、春水滔滔的江河和月光皎皎的夏夜"。后来，他们被天子的士兵抓到了宫殿之上，尤瑟纳尔的故事继续着不可思议的旅程，这位汉王朝的天子从小被幽闭在庭院之中，在挂满王佛画作的屋子里长大，然后他发现人世间的景色远远不如王佛画中的景色，他愤怒地对王佛说："汉王国并不是所有王国中最美的国家，孤也并非至高无上的皇帝。最值得统治的帝国只有一个，那就是你王老头通过成千的曲线和上万的颜色所进入的王国。只有你悠然自得地统治着那些覆盖着皑皑白雪终年不化的高山和那些遍地盛开着永不凋谢的水仙花的田野。"为此，天子说："寡人决定让人烧瞎你的眼睛，既然你王佛的眼睛是让你进入你的王国的两扇神奇的大门。寡人还决定让人砍掉你的双手,既然你王佛的两只手是领你到达你那王国的心脏的,有着十条岔路的两条大道。"王佛的弟子林一听完皇帝的判决,就从腰间拔出一把缺了口的刀子扑向皇帝,于是林命运的结局是被士兵砍下了脑袋。接下去,皇帝命令王佛将他过去的一幅半成品画完,当两个太监把王佛勾有大海和蓝天形象、尚未画完的画稿拿出来后,王佛微笑了,"因为这小小的画稿使他想起了自己的青春",里面清新的意境是他后来再也无法企及的。王佛在那未画完的大海上抹上了大片大片代表海水的蓝颜色,又在海面补上一些小小的波纹,加深了大海的宁静感。这时候奇怪的事出现了,宫廷玉石的地面潮湿了起来,然后海水涌上来了,"朝臣们在深齐肩头的大水中慑于礼仪不敢动弹……最后大水终于涨到了皇帝的心口。"一叶扁舟在王佛的笔下逐渐变大,接着远处传来了有节奏的荡桨声,来到近前,王佛看到弟子林站在船上,林将师傅扶上了船,对师傅说:"大海真美,海风和煦,海鸟正在筑巢。师傅,我们动身吧,到大海彼岸的那个地方去!"于是王佛掌舵,林俯身划桨。桨声响彻大殿,小船渐渐远去。殿堂上的潮水也退走了,大臣们的朝服全都干了,只有皇帝大衣的流苏上还留着几朵浪花。王佛完成的那幅画靠着帷幔放在那里,一只小船占去了整个近景,逐渐远去后,消失在画中的大海深处。

尤瑟纳尔在这篇令人想入非非的故事里,有关血,也就是红色的描述说得上是出神入化。当弟子林不想让自己被杀时流出的血弄脏王佛的袍子,纵身一跳后,一个卫兵举起了大刀,林的脑袋从他的脖子上掉了下来,这时尤瑟纳尔写道:"就好像一朵断了枝的鲜花。"王佛虽然悲痛欲绝,尤瑟纳尔却让他情不自禁地欣赏起留在玉石地面上的"美丽的猩红的血迹来了"。尤瑟纳尔的描述如同康定斯基对红色所下的断言,"一种冷酷燃烧着的激情"。此刻,有关血的描述并没有结束。当王佛站在大殿之上,完成他年轻时的杰作时,林站在了王佛逐渐画出来的船上,林在王佛的画中起死回生是尤瑟纳尔的神来之笔,最重要的是尤瑟纳尔在林的脖子和脑袋分离后重新组合时增加的道具,她这样写:"他的脖子上却围着一条奇怪的红色围巾。"这令人赞叹的一笔使林的复活惊心动魄,也使林的生前和死后复生之间出现了差异,于是叙述更加有力和合理。同时,这也是尤瑟纳尔叙述中红色的变奏,而且是进入高潮段落之后的变奏。如同美丽的音符正在飘逝,当王佛和林的小船在画中的海面上远去,当人们已经不能辨认这师徒两人的面目时,人们却仍然可以看清林脖子上的红色围巾,变奏最后一次出现时成了优美无比的抒情。这一次,尤瑟纳尔让那象征着血迹的红色围巾与王佛的胡须飘拂到了一起。

或许是赞同歌德所说的"红色把所有其他的颜色都统一在自身之中",红色成为很多作家叙述时乐意表达的色彩。我们来看看马拉美是如何恭维女士的,他在给女友梅丽的一首诗中写道:"冷艳玫瑰生机盎然/千枝一色芳姿翩翩。"千枝一色的女性的形象是多么灿烂,而马拉美又给予了她冷艳的基调,使她成为"冷酷燃烧着的激情"。他的另一首诗更为彻底,当然他献给了另一位女士,他写道:"每朵花梦想着雅丽丝夫人/会嗅到它们花盅的幽芳。"没有比这样的恭维更能打动女性的芳心了,这是"千枝一色"都无法相比的。将女性比喻成鲜花已经是殷勤之词,而让每一朵鲜花都去梦想着某一位女性,这样的叙述还不令人陶醉?马拉美似乎证实了一个道理,一个男人一旦精通了色彩,那么无论是写作还是调情,都将会所向披靡。

一九九九年五月十二日

字与音

博尔赫斯在但丁的诗句里听到了声音，他举例《地狱篇》第五唱中的最后一句——"倒下了，就像死去的躯体倒下。"博尔赫斯说："为什么令人难忘？就因为它有'倒下'的回响。"他感到但丁写出了自己的想象。出于类似的原因，博尔赫斯认为自己发现了但丁的力度和但丁的精美。关于精美他补充道："我们总是只关注佛罗伦萨诗人的阴冷与严谨，却忘了作品所赋予的美感、愉悦和温柔。"

"就像死去的躯体倒下"，在但丁这个比喻中，倒下的声音是从叙述中传达出来的。如果换成这样的句式——"倒下了，扑通一声。"显然，这里的声音是从词语里发出的。上述例子表明了博尔赫斯所关注的是叙述的特征，而不是词语的含义。为此他敏感地意识到诗人阴冷和严谨的风格与叙述里不断波动的美感、愉悦和温柔其实是相对称的。

如果想在阅读中获得更多的声响，那么荷马史诗比《神曲》更容易使我们满足。当"人丁之多就像春天的树叶和鲜花"的阿开亚人铺开他们的军队时，又像"不同部族的苍蝇，成群结队地飞旋在羊圈周围"。在《伊利亚特》里，仅仅为了表明统率船队的首领和海船的数目，荷马就动用了三百多行诗句。犹如一场席卷而来的风暴，荷马史诗铺天盖地般的风格几乎容纳了世上所能发出的所有声响，然而在众声喧哗的场景后面，叙述却是在宁静地展开。当这些渴望流血牺牲的希腊人的祖先来到道路上时，荷马的诗句如同巴赫的旋律一样优美、清晰和通俗。

兵勇们急速行进，穿越平原，脚下掀卷起一股股浓密的泥尘，密得就像南风刮来弥罩峰峦的浓雾——

与但丁著名的诗句几乎一致，这里面发出的声响不是来自词语，而是来自叙述。荷马的叙述让我们在想象中听到这些阿开亚兵勇的脚步。这些像沙子铺满了海滩一样铺满了道路的兵勇，我可以保证他们的脚会将大地踩得轰然作响，因为卷起的泥尘像浓雾似的遮住了峰峦。关于浓雾，荷马还不失时机地加上了幽默的一笔："它不是牧人的朋友，但对小偷，却比黑夜还要宝贵。"

在《歌德谈话录》里，也出现过类似的例子。歌德在回忆他的前辈诗人克洛普斯托克时，对爱克曼说："我想起他的一首颂体诗描写德国女诗神和英国女诗神赛跑。两位姑娘赛跑时，甩开双腿，踢得尘土飞扬。"在歌德眼中，克洛普斯托克是属于那种"出现时是走在时代前面的，他们仿佛不得不拖着时代走，但是现在时代把他们抛到后面去了。"我无缘读到克洛普斯托克那首描写女诗神赛跑的诗。从歌德的评价来看，这可能是一首滑稽可笑的诗作。歌德认为克洛普斯托克的错误是"眼睛并没有盯住活的事物"。

同样的情景在荷马和克洛普斯托克那里会出现不同的命运，我想这样的不同并不是出自词语，而是荷马的叙述和克洛普斯托克的叙述截然不同。因为词语是人们共有的体验和想象，而叙述才是个人的体验和想象。莱辛说："假如上帝把真理交给我，我会谢绝这份礼物，我宁愿自己费力去把它寻找到。"我的理解是上帝乐意给予莱辛的真理不过是词语，而莱辛自己费力找到的真理才是他能够产生力量的叙述。

在了解到诗人如何通过叙述表达出语言的声音后，我想谈一谈音乐家又是如何通过语言来表达他们对声音的感受。我没有迟疑就选择了李斯特，一方面是因为他的文字作品精美和丰富，另一方面是因为他的博学多识。在《以色列人》一文中，李斯特描述了他和几个朋友去参加维也纳犹太教堂的礼拜仪式，他们聆听了由苏尔泽领唱的歌咏班的演唱，事后李斯特写道：

> 那天晚上，教堂里点燃了上千支蜡烛，宛若寥廓天空中的点点繁星。在烛光下，压抑、沉重的歌声组成的奇特合唱在四周回响。他们每个人的胸膛就像一座地牢，从它的深处，一个不可思议的生灵奋力挣脱出来，在悲伤苦痛中去赞美圣约之神，在坚定的信仰中向他呼唤。总有一天，圣约之神会把他们从这无期的监禁中，把他们从这个令人厌恶的地方，把他们从这个奇特的地方，把他们从这新的巴比伦——最龌龊的地方解

救出来；从而把他们在无可比拟的荣誉中重新结合在自己的国土上，令其他民族在它面前吓得发抖。

由语言完成的这一段叙述应该视为音乐叙述的延伸，而不是单纯的解释。李斯特精确的描写和令人吃惊的比喻显示了他精通语言叙述的才华，而他真正的身份，一个音乐家的身份又为他把握了声音的出发和方向。从"他们每个人的胸膛就像一座地牢"开始，一直伸展到"在无可比拟的荣誉中重新结合在自己的国土上"，李斯特将苏尔泽他们的演唱视为一个民族历史的叙述，过去和正在经历中的沉重和苦难，还有未来有可能获得的荣誉。李斯特听出了那些由音符和旋律组成的丰富情感和压抑激情，还有五彩缤纷的梦幻。"揭示出一团燃烧着的火焰正放射着光辉，而他们通常将这团炽热的火焰用灰烬小心谨慎地遮掩着，使我们看来它似乎是冷冰冰的。"可以这么说，犹太人的音乐艺术给予李斯特的仅仅是方向，而他的语言叙述正是为了给这样的方向铺出一条清晰可见的道路。

也许是因为像李斯特这样的音乐家有着奇异的驾驭语言的能力，使我有过这样的想法：从莫扎特以来的很多歌剧作曲家为什么要不断剥夺诗人的权利？有一段时间我怀疑他们可能是出于权力的欲望，当然现在不这样想了。我曾经有过的怀疑是从他们的书信和文字作品里产生的，他们留下的语言作品中有一点十分明显，那就是他们很关注谁是歌剧的主宰。诗人曾经是，而且歌唱演员也一度主宰过歌剧。为此，才有了莫扎特那个著名的论断，他说诗应该是音乐顺从的女儿。他引证这样的事实：好的音乐可以使人们忘掉最坏的歌词，而相反的例证一个都找不到。

《莫扎特传》的作者奥·扬恩解释了莫扎特的话，他认为与其他艺术相比，音乐能够更直接和更强烈地侵袭和完全占领人们的感官，这时候诗句中由语言产生的印象只能为之让路，而且音乐是通过听觉来到，是以一种看来不能解释的途径直接影响人们的幻想和情感，这种感动的力量在顷刻间超过了诗的语言的感动。奥地利诗人格里尔帕策进一步说："如果音乐在歌剧中的作用，只是把诗人已表达的东西再表达一遍，那我就不需要音乐……旋律啊！你不需要词句概念的解释，你直接来自天上，通过人的心灵，又回到了天上。"

有趣的是奥·扬恩和格里尔帕策都不是作曲家，他们的世界是语言艺术的世界，可是他们和那些歌剧作曲家一个鼻孔出气。下面我要引用两位音乐家的话，第一位是德国小提琴家和作曲家摩·霍普特曼，他在给奥·扬恩的信中批评了格鲁克。众所周知，格抒克树立了与莫扎特截然不同的歌剧风格，当有人责备莫扎特不尊重歌词时，格鲁克就会受到赞扬。因此，在摩·霍普特曼眼中，格鲁克一直有着要求忠实的意图，但不是音乐的忠实，只是词句的忠实；对词句的忠实常常会带来对音乐的不忠实。摩·霍普特曼在信上说："词句可以简要地说完，而音乐却是绕梁不绝。音乐永远是元音，词句只是辅音，重点只能永远放在元音上，放在正音，而不是放在辅音上。"另一位是英国作曲家亨利·普赛尔，普赛尔是都铎王朝时期将英国音乐推到显赫地位的最后一位作曲家,他死后英国的音乐差不多沉寂了二百年。普赛尔留下了一段漂亮的排比句,在这一段句子里,他首先让诗踩在了散文的肩膀上,然后再让音乐踩到了诗的肩上。他说:"像诗是词汇的和声一样,音乐是音符的和声;像诗是散文和演说的升华一样,音乐是诗的升华。"

促使我有了现在的想法的是门德尔松,有一天我读到了他写给马克·安德烈·索凯的信,他在信上说:"人们常常抱怨说,音乐太含混模糊,耳边听着音乐脑子却不清楚该想些什么;反之,语言是人人都能理解的。但对于我,情况却恰恰相反,不仅就一段完整的谈话而言,即使是片言只语也是这样。语言,在我看来,是含混的、模糊的、容易误解的;而真正的音乐却能将千百种美好的事物灌注心田,胜过语言。那些我所喜爱的音乐向我表述的思想,不是因为太含糊而不能诉诸语言,相反,是因为太明确而不能化为语言。并且,我发现,试图以文字表述这些思想,会有正确的地方,但同时在所有的文字中,它们又不可能加以正确的表达……"

门德尔松向我们展示了一个音乐家的思维是如何起飞和降落的,他明确告诉我们:在语言的跑道上他既不能起飞,也无法降落。为此,他进一步说:"如果你问我,我落笔的时候,脑海里在想些什么。我会说,就是歌曲本身。如果我脑海里偶然出现了某些词句,可以作为这些歌曲中某一首的歌词,我也决不想告诉任何人。因为同样的词语对于不同的人来说意义是不同的。只有歌曲才能说出同样的东西,才能在这个人或另一个人心中唤起同样的情感，而这一情感，对于不同的人，是不能用同样的语言文字来表述的。"

虽然那些歌剧作曲家权力欲望的嫌疑仍然存在——我指的就是他们对诗人作用的贬低，但是这已经不重要了。以我多年来和语言文字打交道的经验，我可以证实门德尔松的"同样的词语对不同的人来说意义是不同的"这句话，这是因为同样的词语在不同的人那里所构成的叙述也不同。同时我也认为同样的情感对不同的人，"是不能用同样的语言文字来表述的"。至于如何对待音乐明确的特性，我告诉自己应该相信门德尔松的话。人们之所以相信权威是因为他们觉得自己是外行，我也不会例外。

我真正要说的是，门德尔松的信件清楚地表达了一个音乐家落笔的时候在寻找什么，他要寻找的是完全属于个人的体验和想象，而不是人们共有的体验和想象。即便是使音乐隶属到诗歌麾下的格鲁克，他说歌剧只不过是提高了的朗诵，可是当他沉浸到音乐创作的实践中时，他的音乐天性也是时常突破诗句的限制。事实上，门德尔松的寻找，也是荷马和但丁落笔的时候要寻的。也就是说，他们要寻找的不是音符，也不是词语，而是由音符或者词语组成的叙述，然后就像普赛尔所说的和声那样，让不同高度的乐音同时发声，或者让不同意义的词语同时出场。门德尔松之所以会感到语言是含混、模糊和容易误解的，那是因为构成他叙述的不是词语，而是音符。因此，对门德尔松的围困在荷马和但丁这里恰恰成了解放。

字与音，或者说诗与音乐，虽然像汉斯立克所说的好比一个立宪政体"永远有两个对等势力在竞争着"；然而它们也像西塞罗赞美中的猎人和拳斗士，有着完全不同的然而却是十分相似的强大。西塞罗说："猎人能在雪地里过夜，能忍受山上的烈日。拳斗士被铁皮手套击中时，连哼都不哼一声。"

一九九九年九月五日

消失的意义

　　台北出版的《摄影家》杂志，第十七期以全部的篇幅介绍了一个叫方大曾的陌生的名字。里面选登的五十八幅作品和不多的介绍文字吸引了我，使我迅速地熟悉了这个名字。我想，一方面是因为这个名字里隐藏着一位摄影家令人吃惊的才华，另一方面这个名字也隐藏了一个英俊健康的年轻人短暂和神秘的一生。马塞尔·普鲁斯特说："我们把不可知给了名字。"我的理解是一个人名或者是一个地名都在暗示着广阔和丰富的经历，他们就像《一千零一夜》中四十大盗的宝库之门，一旦能够走入这个名字所代表的经历，那么就如打开了宝库之门一样，所要的一切就会近在眼前。

　　1912年出生的方大曾，在北平市立第一中学毕业后，1930年考入北平中法大学经济系。他的妹妹方澄敏后来写道："他喜欢旅行、写稿和照相。"九·一八"以后从事抗战救亡活动。绥远抗战时他到前线采访，活跃于长城内外。1937年卢沟桥事变后为《中外新闻学社》及《全民通讯社》摄影记者及《大公报》战地特派员到前方采访。1930年代的热血青年都有着或多或少的左翼倾向，方大曾也同样如此，他的革命道路"从不满现实、阅读进步书刊到参加党的外围组织的一些秘密活动"。他的父亲当时供职于外交部，不错的家境和父母开明的态度使他保持了摄影的爱好，这在那个时代是十分奢侈的爱好。他与一台折叠式相机相依为命，走过了很多硝烟弥漫的战场，也走过了很多城市或者乡村的生活场景，走过了蒙古草原和青藏高原。这使他拥有了很多同龄青年所没有的人生经历。抗战爆发后，他的行走路线就被长城内外一个接着一个的战场确定了下来，这期间他发表了很多摄影作品，同时他也写下了很多有关战争的通讯。当时他已经是一个专门报道爱国救亡事迹的著名记者了。然而随着他很快地失踪，再加上登他作品的报刊又很快地消失，他的才华和他的经历都成了如烟的往事。在半个世纪以后出版的《中国摄影史》里，有关他的篇幅只有一百多字。不过这一百多字的篇幅，成了今天对那个遥远时代的藕断丝连的记忆。方大曾为世人所知的最后的行走路线，是1937年7月在保定。7月28日，他和两位同行出发到卢沟桥前线，30日他们返回保定，当天下午保定遭受敌机轰炸，孙连仲部队开赴前线，接替二十九军防线，他的同行当天晚上离开保定搭车向南方，方大曾独自一人留了下来。他留在保定是为了活着，为了继续摄影和写稿，可是得到的却是消失的命运。

在方澄敏长达半个多世纪的记忆里，方大曾的形象几乎是纯洁无瑕，他二十五岁时的突然消失，使他天真、热情和正直的个性没有去经受岁月更多更残忍的考验。而经历了将近一个世纪动荡的方澄敏，年届八十再度回忆自己的哥哥时不由百感交集。这里面蕴含着持久不变的一个妹妹的崇敬和自豪，以及一种少女般的对一个英俊和才华横溢的青年男子的憧憬，还有一个老人对一个单纯的年轻人的挚爱之情，方澄敏的记忆将这三者融为一体。

方大曾在失踪前的两年时间里，拍摄了大量的作品，过多的野外工作使他没有时间待在暗房里，于是暗房的工作就落到了妹妹方澄敏的手上。正是因为方澄敏介入了方大曾的工作，于是在方大曾消失之后，他的大量作品完好无损地活了下来。方澄敏如同珍藏着对哥哥的记忆一样，珍藏着方大曾失踪前留下的全部底片。在经历了抗日战争、国内战争、全国解放、"大跃进"和"文化大革命"的种种动荡和磨难之后，方澄敏从一位端庄美丽的少女变成了一位白发苍苍的老人，而方大曾的作品在妹妹的保护下仍然年轻和生机勃勃。与时代健忘的记忆截然不同的是，方澄敏有关哥哥的个人记忆经久不衰，它不会因为方大曾的消失和刊登过他作品的报刊的消失而衰落。方大曾在方澄敏的心中深深地扎下了根，而且像树根一样随着时间的推移会越扎越深。对方澄敏来说，这已经不再是一个哥哥的形象，差不多是一个凝聚了所有男性魅力的形象。

《摄影家》杂志所刊登的方大曾的五十八幅作品，只是方澄敏保存的约一千张120底片中的有限选择。就像露出海面的一角可以使人领略海水中隐藏的冰山那样，这五十八幅才华横溢的作品栩栩如生地展示了一个遥远时代的风格。激战前宁静的前线，一个士兵背着上了刺刀的长枪站在掩体里；运送补给品的民夫散漫地走在高山之下；车站前移防的士兵，脸上匆忙的神色显示了他们没有时间去思考自己的命运；寒冷的冬天里，一个死者的断臂如同折断后枯干的树枝，另一个活着的人正在剥去他身上的棉衣；戴着防毒面罩的化学战；行走的军人和站在墙边的百姓；战争中的走私；示威的人群；樵夫；农夫；船夫；码头工人；日本妓女；军乐队；坐在长城上的孩子；海水中嬉笑的孩子；井底的矿工；烈日下赤身裸体的纤夫；城市里的搬运工；集市；赶集的人和马车；一个父亲和他的五个儿子；一个母亲和她没有穿裤子的女儿；纺织女子；蒙古女子；王爷女儿的婚礼；兴高采烈的西藏小喇嘛。从画面上看，方大曾的这些作品几乎都是以抓拍的方式来完成，可是来自镜框的感觉又使人觉得这些作品的构图是精心设计的。将快门按下时的瞬间感觉和构图时的胸有成竹合二为一，这就是方大曾留给我们的不朽经历。

方大曾的作品像是1930年代留下的一份遗嘱，一份留给以后所有时代的遗嘱。这些精美的画面给今天的我们带来了旧式的火车，已消失了的码头和工厂，布满缆绳的帆船，荒凉的土地，时代的战场和兵器，还有旧时代的生活和风尚。然而那些在一瞬间被固定到画面中的身影、面容和眼神，却有着持之以恒的生机勃勃。他们神色中的欢乐、麻木、安详和激动，他们身影中的艰辛、疲惫、匆忙和悠然自得，都像他们的面容一样为我们所熟悉，都像今天人们的神色和身影。这些1930年代的形象和今天的形象有着奇妙的一致，仿佛他们已经从半个多世纪前的120底片里脱颖而出，从他们陈旧的服装和陈旧的城市里脱颖而出，成了今天的人们。这些在那个已经消失的时代里留下自己瞬间形象的人，在今天可能大多已经辞世而去，就像那些已经消失了的街道和房屋，那些消失了的车站和码头。当一切消失之后，方大曾的作品告诉我们，有一点始终不会消失，这就是人的神色和身影，它们正在世代相传。

直到现在，方澄敏仍然不能完全接受哥哥已经死去的事实，她内心深处始终隐藏着一个幻想：有一天她的哥哥就像当年突然消失那样，会突然地出现在她的面前。《摄影家》杂志所编辑的方大曾专辑里，第一幅照片就是白发苍苍的方澄敏手里拿着一幅方大曾的自拍像——年轻的方大曾坐在马上，既像是出发也像是归来。照片中的方澄敏站在门口，她期待着方大曾归来的眼神，与其说是一个妹妹的眼神，不如说是一个祖母的眼神了。两幅画面重叠到一起，使遥远的过去和活生生的现在有了可靠的连接，或者说使消失的过去逐渐地成了今天的存在。这似乎是人们的记忆存在的理由，过去时代的人和事为什么总是阴魂不散？我想这是因为他们一直影响着后来者的思维和生活。这样的经历不只是存在于方大曾和方澄敏兄妹之间。我的意思是说，无论是遭受了命运背叛的人，还是深得命运青睐的人，他们都会时刻感受着那些消失了的过去所带来的冲击。

汤姆·福特是另一个例子，这是一位来自美国得克萨斯州的时装设计师，他是一个迅速成功者的典型，他在短短的几年时间里使一个已经衰落了的服装品牌——古奇，重获辉煌。汤姆·福特显然是另外一种形象，与方大曾将自己的才华和1930年代一起消失的命运决然不同，汤姆·福特代表了1990年代的时尚、财富、荣耀和任性，他属于那类向自己所处时代支取了一切的幸运儿，他年纪轻轻就应有尽有，于是对他来说幸福反而微不足道，他认为只要躺在家中的床上，让爱犬陪着看看电视就是真正的幸福。而历经磨难来到了生命尾声的方澄敏，真正的幸福就是能够看到哥哥的作品获得出版的机会。只有这样，方澄敏才会感受到半个多世纪前消失的方大曾归来了。

汤姆·福特也用同样的方式去获得过去的归来，虽然他的情感和方澄敏的情感犹如天壤之别，不过他确实也这样做了。他在接受《ELLE》杂志记者访问时，说美国妇女很性感，可是很少有令人心动的姿色，他认为原因是她们的穿着总是过于规矩和正式。汤姆·福特接着说："而在巴黎、罗马或马德里，只需看一个面容一般的妇女在颈部系一条简简单单的丝巾，就能从中看出她的祖先曾穿着花边袖口和曳地长裙。"

让一个在今天大街上行走的妇女，以脖子上的一条简单的丝巾描绘出她们已经消失了的祖先，以及那个充满了花边袖口和曳地长裙的时代。汤姆·福特表达了他职业的才华，他将自己对服装的理解，轻松地融入到了对人的理解和对历史的理解之中。与此同时，他令人信服地指出了记忆出发时的方式，如何从某一点走向不可预测的广阔，就像一叶知秋那样。汤姆·福特的方式也是马塞尔·普鲁斯特的方式。《追忆似水年华》里德·盖尔芒特夫人的名字就像是一片可以预测秋天的树叶。这个名字给普鲁斯特带来了七八个迥然不同的形象，这些形象又勾起了无边的往事。于是，一位女士的经历和一个家族的经历,在这个名字里层层叠叠和色彩斑斓地生长出来。那个著名的有关小玛德兰点心的篇章也是同样如此,对一块点心的品尝,会勾起很多散漫的记忆。普鲁斯特在他那部漫长的小说里留下了很多有趣的段落,这些段落足以说明他是如何从此刻抵达以往的经历,其实这也是人们共同的习惯。在其中的一个段落里,普鲁斯特写道:"只有通过钟声才能意识到中午的康勃雷,通过供暖装置发出的哼声才能意识到清早的堂西埃尔。"

马勒为女低音和乐队所作的声乐套曲《追悼亡儿之歌》,其追寻消失往事时的目光,显然不是汤姆·福特和马塞尔·普鲁斯特的目光,也不是他自己在《大地之歌》中寻找过去时代和遥远国度时的目光,马勒在这里的目光更像是伫立在门口的方澄敏的目光,一个失去了孩子的父亲和一个失去了哥哥的妹妹时常会神色一致。这是因为失去亲人的感受和寻找往事的感受截然不同,前者失去的是一个活生生的人,而后者想得到的只是一个形象。事实上,这一组哀婉动人的声乐套曲,来自一个德国诗人和一个奥地利作曲家的完美结合。首先是德国诗人吕克特的不幸经历,他接连失去了两个孩子,悲伤和痛苦使他写下了一百多首哀歌。然后是马勒的不幸,他在吕克特的诗作里读到了自己的旋律,于是他就将其中的五首谱写成曲,可是作品完成后不久,他的幼女就夭折了。悲哀的马勒将其不幸视为自己的责任,因为事先他写下了《孩子之死》的歌曲。吕克特的哀悼成了马勒的预悼,不同的写作使诗歌和音乐结合成声乐,同样的不幸使两个不同的人在这部声乐套曲完成之后,成了同一个人。

只要读一下这组套曲的五首歌名，就不难感受到里面挣扎着哀婉的力量。《太阳再次升起在东方》《现在我看清了火焰为什么这样黯淡》《当你亲爱的母亲进门来时》《我总以为他们出远门去了》《风雨飘摇的时候，我不该送孩子出门去》。是不是因为悲伤蒙住了眼睛，才能够看清火焰的黯淡？而当太阳再次升起在东方的时候，当亲爱的母亲进门来的时候，亡儿又在何处？尤其是《风雨飘摇的时候，我不该送孩子出门去》，孩子生前的一次十分平常的风雨中出门，都会成为父亲一生的愧疚。曾经存在过的人和事一旦消失之后，总是这样使人倍感珍贵。马勒和吕克特的哀歌与其说是在抒发自己的悲伤，不如说是为了与死去的孩子继续相遇。有时候艺术作品和记忆一样，它们都可以使消失了的往事重新成为切实可信的存在。

我想，这也许就是人们为什么如此迷恋往事的原因，因为消失的一切都会获得归来的权利。在文学和音乐的叙述里，在绘画和摄影的镜框里，在生活的回忆和梦境的闪现里，它们随时都会突然回来。于是艺术家们，尤其是诗人热衷于到消失的世界里去寻找题材，然后在吟唱中让它们归来。贺拉斯写道：

> 阿伽门农之前的英雄何止百千，
> 谁曾得到你们一掬同情之泪，
> 他们已深深埋进历史的长夜。

再来读一读《亚美利加洲的爱》，聂鲁达写下了这样的诗句：

> 在礼服和假发来到这里之前，
> 只有大河，滔滔滚滚的大河；
> 只有山岭，其突兀的起伏之中，
> 飞鹰或积雪仿佛一动不动；
> 只有湿气和密林，尚未有名字的
> 雷鸣，以及星空下的邦巴斯草原。

从古老的欧洲到不久前的美洲，贺拉斯和聂鲁达表达了人们源远流长的习惯——对传说和记忆的留恋。贺拉斯寻找的是消失在传说中的英雄，这比从现实中的消失更加令人不安，因为他们连一掬同情之泪都无法得到，只能埋进历史深深的长夜。聂鲁达寻找的是记忆，是关于美洲大陆的原始的记忆。在身穿礼服和头戴假发的欧洲人来到美洲之前，美洲大陆曾经是那样的生机勃勃，是自然和野性的生机勃勃。聂鲁达说人就是大地，人就是颤动的泥浆和奇布却的石头，人就是加勒比的歌和阿劳加的硅土。而且，就是在武器的把柄上，都铭刻着大地的缩影。

人们追忆失去的亲友，回想着他们的音容笑貌，或者回首自己的往事，寻找消失了的过去，还有沉浸到历史和传说之中，去发现今天的存在和今天的意义。我感到不幸的理由总是多于欢乐的理由，就像眼泪比笑声更容易刻骨铭心，流血比流汗更令人难忘。于是历史和人生为我们总结出了两种态度，在如何对待消失的过去时，自古以来就是两种态度。一种是历史的态度，像荷马所说："神祇编织不幸，是为了让后代不缺少吟唱的题材。"另一种是个人的人生态度，像马提亚尔所说："回忆过去的生活，无异于再活一次。"荷马的态度和马提亚尔的态度有一点是一致的，那就是人们之所以要找回消失了的过去，并不是为了再一次去承受，而是为了品尝。

一九九九年十一月十一日

爸爸出差时

我第一次看到埃米尔·库斯图里卡的电影是什么时候？应该是1994年，我的记忆有一个重要依据，就是我儿子出生不久，一位中国的导演借给我一盒录像带，说你应该看看这部来自南斯拉夫的电影。就这样，我在家里看了《爸爸出差时》，没有中文字幕，里面人物的台词我完全听不懂，可是我觉得自己看懂了。过了几年，我在北京街头的地摊上翻找 VCD 电影时，突然看到有中文字幕的《爸爸出差时》，还有库斯图里卡的另一部电影《地下》。我拿回家重新看了《爸爸出差时》，屏幕下方一行一行出现的中文字幕证实了我几年前的感觉，当时我确实看懂了。

我在中国"文革"时期的成长经历让我迅速抵达《爸爸出差时》的社会背景。那时候我背着书包去小学路上最担心的就是看到街上出现打倒我父亲的标语，一天又一天的担心之后，这样的标语终于出现了。当时我和哥哥一起走向学校，看到标语后我畏缩不前，不敢走向已经不远的校门，比我大两岁的哥哥若无其事，他说怕什么。他勇敢地走向学校，可是还没有走到校门口他就转身回来了，走到我跟前说，老子也不上学了。我哥哥确实比我勇敢，他第二天还是照常去上学，我请病假在家里躲了几天，然后提心吊胆去了学校，我不知道同学们会以什么样的方式对待我，当我小心翼翼走进校门，走到操场上时，几个同学奔跑过来，热情地向我喊叫，你病好啦。那一刻我被解放了，压抑已久的恐惧和不安瞬间消散，我奔跑过去，跑到同学们中间，加入到应得的生活之中。

我父亲很幸运，没有被关押，他被发配到了农村。就像《爸爸出差时》孩子跟着母亲去父亲那里，我和哥哥也去了乡下看望父亲，不同的是我们没有坐火车，也不是母亲带我们去，她不能离开工作，请一位同事带我们坐上轮船去了乡下。那是在中国南方河流里行驶的轮船，大概有五六十个座位，前行的速度很慢，只是比岸上行走的人稍快一些而已。我记得自己不时走上船头，迎着风吹，惊讶地看着轮船划出的波浪，还有远处广阔的田野。那位阿姨担心我会掉进河里，把我抱回船舱，趁她不注意时，我又会走上船头，接着又被她抱了回来。

我在看没有中文字幕和有中文字幕的《爸爸出差时》时，也在看一部有关自己往事的纪录片。所以我要说，一部伟大的电影后面存在着千万部电影，不同的观众带着不同的人生经历和生活感受去与这部电影接触碰撞，发出共鸣之声。这样的共鸣之声或多或少，有时候是一两句台词，有时候是一两场戏，有时候甚至是整个故事。这共鸣之声也是引诱之声，引诱观众置身电影之中，将自己的人生加入到别人的人生里，观众会感到自己的人生豁然开朗，因为这时候别人的人生也加入到自己的人生里了。所以一部伟大的电影会让观众在各自的记忆和情感里诞生出另外一部电影，虽然这部电影是残缺不全的，有时候可能只是几个画面和几句台词，但是足够了。

我的意思是每个人在自己的现实世界之外，都拥有一个虚构世界，很多的情感、欲望和想象存放在那里，期待被叫醒，电影、文学、音乐、美术，所有形式的艺术如同叫醒闹钟，让人们虚构世界里的情感、欲望和想象获得起床出门的机会。然后虚构世界开始修改现实世界，现实世界也开始修改虚构世界，这样的相互修改之后，人生不知不觉丰满宽广起来，并且存储在记忆之中。当然记忆会有误差，误差是在相互修改过程中出现的，也是在时代差异、文化差异、人的差异等差异之中出现的。

举个例子，一位中国的文学博士想见我，请他的导师联系上了我，我们在一家街边的茶馆见面了，他提出来做一个简短的访谈，我说可以。访谈的时候，有一个话题是关于作家写作时如何把握叙述分寸，我提到了纳博科夫的《洛丽塔》，我说亨伯特为了得到洛丽塔采用的伎俩是和洛丽塔的母亲结婚，亨伯特一直想着洛丽塔的母亲怎样死去，我觉得纳博科夫也一直在想如何让这位母亲死去，如果她不死的话，亨伯特无法得到洛丽塔，纳博科夫也无法写下去，所以她在小说里死了，一个简单的细节让她死了，她读到了亨伯特狂热色情的日记，才知道亨伯特的目标不是她，是她女儿洛丽塔，她情绪失控夺门而出，冲到街上时被一辆卡车撞死了。这样的处理似乎是一些平庸电视剧和平庸小说里的处理，不应该是纳博科夫这种级别作家写出来的，但是没有问题，纳博科夫毕竟是纳博科夫，他在此前的叙述里做了不少铺垫，让亨伯特在想象里一次次弄死洛丽塔的母亲，比如一起游泳时如何潜水过去拉住她的双腿，把她拉进水里淹死，造成她游泳时不慎溺亡的假象。纳博科夫应该觉得这样还不够，在车祸之后又让那个卡车司机带着一块小黑板来到家里，一边用粉笔画车祸现场图，一边向亨伯特解释不是他的责任。我告诉这位文学博士，这个车祸之后的小黑板的细节尤其重要，让这个车祸之死处理变得与众不同了。

这位文学博士回去把访谈录音整理出来发给我，同时在邮件里告诉我，他查了小说《洛丽塔》，那个卡车司机不是带着一块小黑板来到亨伯特面前，是带了自制事故图。这位文学博士觉得我记忆误差里的小黑板比自制事故图更有意思，他想在访谈里保留小黑板。我同意他的意思，如果从中国读者的角度来看，小黑板确实比自制事故图更有意思，可是对于英美读者来说也许自制事故图更有意思。我给这位文学博士回信，说我们还是应该尊重纳博科夫的原作，把访谈里的小黑板改回自制事故图。

还有一个记忆误差的例子我待会儿再说，我现在继续说说自己的"文革往事"。在那个压抑并且摧残人性的时代里，我目睹了很多不幸，经常有同学的父亲或者母亲突然被打倒了，有的被关押起来，有的被批斗游街，这些同学背着书包来到学校时都是低头不语的模样，然而没过多久，他们忘记了发生在昨天的父母的不幸，汇入到我们操场上的嬉闹之中。有一个同学的遭遇我至今历历在目，我忘记了他父亲是什么罪名被打倒的，经历了日复一日的批斗游街和羞辱殴打之后，这位父亲决定离开人世，我在他临死那天的黄昏见到了他，从街上走过来，右手搂着他的儿子，脸上留下被殴打过的淤青，他微笑着和儿子说话，他儿子正在吃着什么，显然是父亲刚刚给他买的，他们与我迎面而过，他的儿子，也就是我的同学正沉浸在自己的美味里，没有看见我。第二天这个同学哭泣地来到了学校，我们才知道他父亲在深夜时分，趁着家人睡着时悄悄出门，投井自杀了。这一天他一直在哭泣，无声的哭泣。那时候女同学热衷玩跳绳，男同学热衷打乒乓球，不是在正式的乒乓球桌打球，只是一个长桌子，中间用砖排成球网，男同学们在长桌子的两端排成长队，每人只能打一个球，输了的下去，赢了的继续打球，我们向着这个哭泣的同学喊叫，要他也来排队打球。他走了过来，排队时仍在哭泣，轮到他打球时不哭了，他赢下一球，又赢下一球后，我们听到了他的笑声。

生活是那么的强大，它时常在悲伤里剪辑出欢乐来。这就是我为什么喜爱《爸爸出差时》，因为库斯图里卡剪辑出了生活里最为强大的部分，然后以平凡的面貌呈现出来。我记得有两场戏，一场戏是梅沙和妻子激烈吵架，似乎家庭就要破裂了，如果我没有记错，库斯图里卡给大儿子一个流泪的特写，极其感人的特写，接下去的一场戏是一家人并排坐在床上快乐唱歌，坐在中间的梅沙拉着手风琴。我在没有中文字幕的版本里看到这连接的两场戏时深受触动，后来在有中文字幕的版本看到时再次深受触动。我一直在想，只有对生活有着非凡洞察力的导演，才能让生活呈现出非凡的表现力。还有一场戏，妻子带着儿子坐火车前去监狱看望丈夫梅沙，晚上入睡之时，给经常梦游的小儿子马力克脚上系上绳子，绳子另一头挂着一只铃，这样马力克一下床他们就能听到铃声。夫妻久别重逢，欲火燃烧，用中国的话说是干柴遇上烈火，梅沙把水龙头打开，让水声来掩盖他们接下去做爱的声响，可是他们刚刚进入热身阶段，马力克就来捣乱了，动动脚让铃声响起来，他们只好起身去看看儿子，当妻子终于让马力克入睡，回来时看到丈夫梅沙已经睡着了，好比干柴看到烈火睡着了。库斯图里卡没有在电影里着力表现梅沙在监狱里繁重的体力劳动和来自精神的压力，他的睡着已经说明了这一切。当然这场戏所表现出来的远不止这个，我意识到用文字复述库斯图里卡的电影是多么无趣的工作，我硬着头皮讲述是为了接下来说一下我所理解的"生活的强大"。生活的强大是如何在艺术作品中表现出来的？不是庞然大物招摇过市，而是在微小之处脱颖而出。

我有机会说说另一个记忆误差的例子了。马尔克斯的《霍乱时期的爱情》，这本书上世纪八十年代就翻译成中文出版，当时中国还没有加入伯尔尼版权公约，所以是一本没有版权的出版物，后来没再重印。2012年终于正式出版，出版商邀请我参加这部小说的读者见面会，我根据二十多年前的阅读记忆，向中国年轻一代读者讲述这部小说里的一个细节。

我说马尔克斯用沉着冷静的笔调描写了阿里萨和达萨年轻时期的爱情，读者阅读的时候却是热血沸腾，两个年轻人爱到宁愿死去也不愿意分开,可是小说开始我们就知道他们的爱情中途夭折,他们是怎么分开的?达萨的父亲威胁阿里萨要杀了他,阿里萨却骄傲地说没有比为爱情而死更光荣的事,父亲只好带着达萨远走他乡,可是仍然阻止不了他们之间联系,这位父亲用电报把行程告诉了亲戚,行程泄露了出去,作为电报员的阿里萨把各地的电报员联络到一起,于是一份份爱情的电报来到两个年轻人手上。差不多三年时间,父亲觉得达萨已经忘记阿里萨了,决定回家。马尔克斯的描写将他们的爱情推向了巨大的高潮,当读者觉得不可能分开时,马尔克斯用微小的方式将他们分开了。回家的达萨和女仆去市场采购,阿里萨看见了她,尾随其后,马尔克斯用几页纸来描写这个激动人心的时刻,当市场里的男人们用色迷迷的眼睛盯着美丽的达萨时,阿里萨因此脸部扭曲了,这时达萨刚好回头看见了阿里萨的可怕表情,心想天哪,三年来日夜思念的竟然是这样一个男人。马尔克斯这么轻轻一笔就推翻了强大的爱情。

我说完以后,一个同样应邀参加读者见面会的西班牙语文学专家,我的一个老朋友,他熟悉马尔克斯的作品,笑着对我说,你说的这个细节是你的《霍乱时期的爱情》,不是马尔克斯的《霍乱时期的爱情》。

确实如此,正确的应该是达萨走进了"代笔人门廊",那是一个充斥着淫秽明信片、春药和避孕套的藏污纳垢的地方,这不是体面小姐该去的地方,达萨不知道这些,她是为了躲避中午的烈日走了进去,阿里萨紧随其后,她兴高采烈走在门廊里,买了这个又买了那个，她听到了阿里萨的声音，阿里萨说这不是你这样的女神该来的地方。达萨回头看到阿里萨冰冷的眼睛、紫青的脸色和僵硬的双唇，这是被爱情震撼之后的恐惧表情，达萨却因此掉入了失望的深渊，那一刻她突然感到此前铭心刻骨般的爱只是对自己撒了一个弥天大谎。当阿里萨笑了笑想和她走在一起时，她阻止了他，说忘了吧。

我的记忆总是出现误差，没有关系，就如我在前面所说的，一部伟大的作品后面存在着千万部作品，这千万部作品就是由各自不同的误差生产出来的。我在这里讲述《爸爸出差时》也同样如此，我有近二十年没再看过这部电影，录像带版早就还给了那位中国导演，VCD版已经没有机器可以播放，可是我还想再说说《爸爸出差时》。

我十分迷恋胖乎乎的马力克的梦游情景，我觉得这孩子走在神行走的路上，那条狗的突然入画可谓神来之笔。艺术家经常会为神来之笔倍感骄傲，觉得自己有多么了不起，当然他们有理由骄傲，但是我更愿意相信这是一种恩赐，是对才华和辛勤创作的恩赐。

亲爱的库斯图里卡，请你不要告诉我这条狗是你拍摄前让道具组找来的，即使你这么说，我仍然认为这条狗是意外入画，因为我现在所说的不是二十多年前那位中国导演从欧洲某个城市带到北京的《爸爸出差时》，这是我用近二十年的记忆存储之后从北京带到贝尔格莱德的《爸爸出差时》。

二〇一七年六月七日

我只知道人是什么

余　华

2010年5月，我参加耶路撒冷国际文学节期间，去了犹太人大屠杀纪念馆。纪念馆在一座山上，由不同的建筑组成，分成不同的部分。二战期间纳粹杀害了600多万犹太人，已收集到姓名和身份的有400多万，还有100多万死难者没有确认。有一个巨大的圆锥状建筑的墙上贴满了死难者的遗像，令人震撼。死难儿童纪念馆也是圆形建筑，里面的墙是死难儿童的照片交替出现组成的，里面光也是由这些交替出现的照片带来的，一个沉痛的母亲的声音周而复始呼唤100多万个死难儿童的名字。纪念馆的希伯来文原名来自圣经："我必使他们在我殿中、在我墙内、有记念、有名号、比有儿女的更美。我必赐他们永远的名、不能剪除。"这段话里的"有记念、有名号"。

纪念馆还有一处国际义人，这是为了纪念那些在大屠杀期间援救犹太人的非犹太人。展示的国际义人有2万多人，他们中间一些人的话被刻在柱子上和墙上，也有非国际义人的话，有些已是名言，比如德国牧师马丁·尼莫拉那段著名的话："当初他们屠杀工会人士，我没有说话，因为我不是工会人士；后来他们屠杀共产党,我也没有说话,因为我不是共产党;后来他们杀犹太人,我还是没有说话,因为我不是犹太人;再接下来,他们杀天主教徒,我仍然保持沉默,因为我是基督教徒。最后他们要杀我了,已经没有人为我说话了,因为能够说话的人都被他们杀光了。"也有不知名的人的话也刻在那里,一个波兰人说下了一句让我难忘的话。这是一个没有什么文化的波兰农民,他把一个犹太人藏在家中的地窖里,直到二战结束,这个犹太人才走出地窖。以色列建国后,这个波兰人被视为英雄请到耶路撒冷,人们问他,你为什么要冒着生命危险去救一个犹太人,他说:我不知道犹太人是什么,我只知道人是什么。

"我只知道人是什么"这句话说明了一切,我们可以在生活里,在文学和艺术里寻找出成千上万个例子来解释这句话,无论这些例子是优美的还是粗俗的;是友善和亲切的,还是骂人的脏话和嘲讽的笑话;是颂扬人的美德,还是揭露人的暴行——在暴行施虐之时,人性的光芒总会脱颖而出,虽然有时看上去是微弱的,实质无比强大。我在耶路撒冷期间,陪同我的一位以色列朋友给我讲述了一个真实的故事。他的叔叔是集中营里的幸存者,他被关进集中营的时候还是一个孩子,父亲和他在一起。二战结束以后,他从未说起在集中营里的经历,这是很多集中营幸存者的共同选择,他们不愿意说,是因为他们无法用记忆去面对那段痛苦往事。当他老了,身患绝症,他儿子是一个纪录片导演,鼓励他把那段经历说出来,他同意了,面对镜头老泪纵横说了起来,现场摄制的人哭成一片。

他说有一天，几个纳粹军官让集中营里的犹太人排成长队，然后纳粹军官们玩起了游戏，一个拿着手枪的纳粹军官让另一个随便说出一个数字，这另一个说了一个 7。拿手枪的纳粹军官就从第 1 个数，数到第 7 个时举起手枪对准这第 7 个的额头扣动扳机。拿手枪的纳粹军官逐渐接近他的时候，他感到父亲悄悄把他拉向旁边，与他换了一下位置，然后他才意识到自己刚才站在 7 的位置上。那个纳粹军官数着数字走过来，对准他父亲的额头开枪，父亲倒了下去，死在他面前，那时候他不到 10 岁。

说点轻松的，也是 2010 年，我去南非现场看世界杯，学会了好几种骂人的脏话，因为每场比赛两边的球迷都用简单的词汇互骂，我记住了。可能是我个人的原因，什么样的脏话都是一学就会，现在这些脏话全忘了，后来没机会用。差不多十年前，我家里的餐桌是在宜家买的，桌面是一块玻璃，上面印有几十种文字的"爱"，开始的时候我看着它心想这世界上有多少数量的爱？有意思的是，为什么全世界的球迷在为己方球队助威时都用脏话骂对方球队，为什么世界上所有的语言里都有"爱"？这让我想起两个中国成语，异曲同工和殊途同归，接下去我就说说这个。

中国的明清笑话集《笑林广记》里有一个故事，一个人拿着一根很长的竹竿过城门，横着拿过不去，竖起来拿也过不去。一位老者看到后对他说，我虽然不是圣贤，也是见多识广，你把竹竿折断成两截就能拿过去了。法国有个笑话，这是现代社会里的笑话，一个司机开一辆卡车过不了桥洞，卡车高出桥洞一些，司机不知所措之时，有行人站住脚，研究了一会儿，对司机说，我有一个好主意，你把四个车轮卸下来，卡车就可以开过去了。

这两个笑话的时间地点相隔如此遥远，一个是明清时期，一个是20世纪；一个在中国，一个在法国。可是这两个笑话如出一辙，这说明了什么？应该说明了很多，我说不清楚，别人也说不清楚，也许有一点说明了，就是一句耳熟能详的口头禅——人都是一样的。我再说说两个与我有关的故事，第一个是《许三观卖血记》，小说里的许玉兰感到委屈时就会坐到门槛上哭诉，把家里的私事往外抖露，这是基于我童年时期的生活，当时我家的一个邻居就是这样。这部小说1999年出版了意大利文版后，一位意大利读者对我说，那不勒斯有不少像许玉兰这样的女人，隔些天就会坐到门口哭诉爆料。第二个是《兄弟》，12年前在中国出版时受到很多批评，2008年出版法文版时，一位法国女记者采访我时对此很好奇，问我为什么《兄弟》在中国遭受那么多的批评，哪些章节冒犯了他们。我告诉她有几个章节，首先是李光头在厕所里偷窥，我还没有说其他的，这位女记者就给我说起法国男人如何在厕所里偷窥的故事。这下轮到我好奇了，我说，李光头在厕所里偷窥的故事发生在中国的"文革"时期，那是一个性压抑的年代，你们法国的男人和女人上床并不那么困难，为什么还要去厕所偷窥？她说，这是你们男人的本性。

类似的故事我可以继续往下说，与我无关的应该比与我有关的还要多，让我说一千零一夜是不可能的，说一百零一个还是有可能的。从上述角度看,知道人是什么似乎很简单。可是换一个角度,从那位朴实善良的波兰农民的角度来看,知道人是什么就不那么简单了。"犹太人"在他的知识结构之外,他不知道,但是他知道人是什么,因此冒着生命危险去救犹太人。这个勇敢的行为意味着什么?我们可以称之为人性的力量,同时也意味着他确实知道人是什么,这样的人可能没有我们认为的那么多。

安德烈·塔可夫斯基知道人是什么,他在《雕刻时光》里谈到"影像思考"时,讲述曾经听来的两个真实故事,第一个故事是:"一群叛军在执刑的队伍之前等待枪决,他们在医院墙外的洼坑之间等待,时序正好是秋天。他们被命令脱下外套和靴子。其中一名士兵,穿着满是破洞的袜子,在泥坑之间走了好长一段时间,只为寻找一片净土来放置他几分钟之后不再需要的外套和靴子。"

这个令人心酸的故事意味深长,我们可以将其理解为一个告别生命的仪式,也可以理解为这不再需要的外套和靴子是存在的延续。我们可以从很多角度来理解这个最后时刻的行为,如果是在平常,外套和靴子对于这个士兵来说就是外套和靴子,但是行将被枪决之时,外套和靴子的意义不言而喻。这个士兵在寻找一片净土放置它们时没有死亡恐惧了,他只想把外套和靴子安顿好,这是他无声无字的遗嘱。

塔可夫斯基讲述的第二个故事是:"一个人被电车碾过,压断了一条腿,他被扶到路旁房子的外面靠墙而坐,在睽睽众目的凝视下,他坐在那儿等待救护车来到。突然间,他再也忍不住了,从口袋里取出一条手帕,把它盖在被截断的腿上。"

塔可夫斯基讲述这两个故事是为了强调艺术影像应该"忠实于角色和情境,而非一味追求影像的表面诠释。"这第二个故事让我脑海里出现了西班牙作家哈维尔·马里亚斯《如此苍白的心》的开头部分,这是近年来我读到的小说里最让我吃惊的开头,马里亚斯也是一个知道人是什么的作家,《如此苍白的心》是一部杰作。马里亚斯的杰作是这样开始的:"我虽然无意探究事实,却还是知道了,两个女孩中的一人——其实她已经不再是所谓的女孩了——蜜月旅行回家之后没多久,便走进浴室,面对镜子,敞开衬衫,脱下胸罩,拿她父亲的手枪指着自己的心脏。事发当时,女孩的父亲正和部分家人及三位客人在餐厅里用餐。女孩离开饭桌约五分钟后,随即传来了巨响。"马里亚斯小说的第一部分用了不分段落的满满5页,精准描写了在场所有人对女孩突然自杀的反应。尤其是女孩的父亲,他和同行的人跑到浴室时嘴里含着一块还没有吞咽下去的肉,手里还拿着餐巾,看到躺在血泊里的女儿时他呆滞不动,"直到察觉有胸罩丢在浴缸里才松手把这块还攥在手里或是已经落到手边的餐巾覆盖在胸罩上面。他的嘴唇也沾上了血迹。仿佛目睹私密内衣远比看到那具躺卧着的半裸躯体更让他羞愧。"

同样都是遮盖,呈现出来的都是敞开,我的意思是说,这两个遮盖的举动向我们敞开了一条通往最远最深的人性之路,而且是那么的直接有力。不同的是,塔可夫斯基讲述了影像中羞愧的力量,马里亚斯讲述了叙述里惊恐的力量。设想一下,如果那个等待救护车的人没有用手帕盖在被截断的腿上，而是用手指着断腿处以此博取路人同情，那么这个故事的讲述者不会是塔可夫斯基；如果那个父亲不是把餐巾覆盖在胸罩上面，而是试图盖住女儿半裸的躯体，那么这个细节的描写者不会是马里亚斯。

安德烈·塔可夫斯基是1986年去世的俄罗斯导演，他留给我们的电影经久不衰，哈维尔·马里亚斯是1951年出生的西班牙作家，至今仍在生机勃勃写作。作为导演，塔可夫斯基讲述这个故事的目的是为了阐明什么是真正的艺术影像，就是构思和形式的有机结合。作为作家，马里亚斯描写出来的这个细节呈现的是文学里无与伦比的魅力，就是文学如何洞察生活呈现真实的魅力。

接下去我再说些轻松的。我先说了一个沉重的大屠杀纪念馆和一个悲惨的集中营故事，此后是两个轻松的笑话和两个与我有关的故事，接着是这三个令人不安的故事，为了最后的轻松，我拜访了鲁迅和莎士比亚，这两位都是有时候沉重有时候轻松，毫无疑问，这两位都是真正知道人是什么的作家。

鲁迅《狂人日记》里的例子我在中国举过多次，莎士比亚的例子我也举过，现在再次举例是为了讲述一个我自己的经历。

《狂人日记》里的那个精神失常者上来就说"不然，赵家的狗，何以看我两眼呢？我怕的有理。"我以前说过，鲁迅写一句话就让一个人物精神失常了，有些作家为了让笔下的人物精神失常写了几千上万字，应该说是尽心尽力了，结果人物还是正常。再来举个莎士比亚的例子，我忘记了是他的那个剧本，好像是一出幕外戏，大致意思是,一个鼻青眼乌的人牵着一条狗走到舞台中央停下,这个人开始埋怨狗,说我刚刚在一个餐馆里坐下来,刚刚给自己点了吃的,你这时撒了一泡尿,餐馆的人要揍你,我舍不得,说这泡尿是我撒的,你看看,他们把我揍成这样了。

鲁迅和莎士比亚描写精神失常的人物时,说话都是条理清楚,他们是通过话里表达出来的意思显示出这个人物已经失常的精神状态。不少作家描写精神失常的方式都是让人物说话语无伦次,而且中间还没有标点符号,这已经成了套路,一大堆莫名其妙的语言黑压压的摆在那里,这些作者以为用几页甚至十几页人物不知所云的说话可以让读者感受到这个人物精神失常了,这只是作者的一厢情愿,如果读者感觉到有人精神失常的话,也不会认为是作品里的人物,而是怀疑这个作者精神失常了。

2014年11月我去意大利的时候,邀请方给我安排了一个特别的活动,让我去维罗纳地区的一家精神病医院和一群精神病患者进行一场文学对话。邀请方给我安排的翻译很紧张,不过她看上去还是比较镇静。她开车来旅馆接上我,在去精神病医院路上她说了几遍"这真是一个奇怪的活动",她说院方保证参加活动的都是没有暴力倾向的精神病患者,她这话是在安慰我,不过听上去更像在安慰她自己。我开玩笑说,院方保证的只是过去没有出现过暴力倾向的,并不能保证今天不出现。她听后"啊"的叫了一声,然后又说"这个活动太奇怪了"。我们来到精神病医院的门口,应该是监控摄像头看到了事先登记过的车牌号,大铁门徐徐打开,我听到机械的响声。开车进去后让我看到了一个很大的花园,里面有几幢不同颜色的建筑,我们在最大的那幢前面停下,我心想这应该是主楼。

我们先去了院长办公室,院长是一位女士,她握着我的手说,你能来我们太高兴了。然后请我们坐下,问我们要咖啡还是茶,我们两个都要了咖啡。喝咖啡的时候,院长说每年都会有一位作家或者艺术家来这里,她说病人们需要文学和艺术。院长问我,你在中国去过精神病医院做演讲吗?我说没有。

喝完咖啡,我们去了一个会议室,里面坐了三十来个病人,我们走到里面的一张桌子后面坐下,面对这些病人,院长站在我的左侧,就像其他地方的文学活动一样,院长介绍了我,我不记得当时这些病人鼓掌了没有,我的注意力被他们直勾勾看着我的眼睛吸引过去了,院长说话的时候我拿出手机拍下了他们,我感觉他们的目光铁钉似的瞄准了我的眼睛,好在后面没有榔头。院长介绍完就出去了,会议室的门关上以后,我注意到一个强壮的男人站在门那边,用严肃的眼神审视屋子里的病人,他没有穿白大褂,我心想他不是医生,可能是管理员。

我们沉默了一会儿,我第一次置身这样的场合,不知道怎么开始,我的翻译小声问是不是可以开始了,我点点头对他们说,请你们问我一些问题吧。翻译过去以后仍然是沉默,我继续说,文学的问题和非文学的问题都可以问。等了一会儿,第一个问题来了,一位女士问,你是意大利人吗?我摇摇头说,我是中国人。接着一位男士问我,你可以介绍一下自己吗?我简单地介绍了自己,一个来自中国的作家，过去在中国的南方生活，现在住在北京。此后就顺利了，他们问的都是简单的文学问题，我的回答也很简单。没有人问到我的作品，我知道他们没有读过我的书。我注意到他们提问时几乎都是将身体前倾，像是为了接近我，我回答后他们的身体没有回到原位，前倾的姿态一直保持了下去。这个活动进行了大约四十分钟，最后提问的是那位站在门边的强壮男人，此前他给我的感觉是一直在监视这些病人，所以我认为他是医院的管理员，他提了两个问题，第一个是问我在中国做一名作家怎么样？我说很好，可以晚上睡觉，也可以白天睡觉，作家的生活里不需要闹钟，自由自在。他听完后严肃地点点头，问了第二个问题，你生活在意大利哪个城市？我心里咯噔一下，这个我一直以为是管理员的竟然也是病人，这个屋子里除了我和翻译，全是病人，而且门关着，最强壮的那个还是守门员。我回答了最后一个问题，我生活在中国的北京。

外面有人推门进来，是院长女士，活动结束了。往外走的时候我问翻译，你能听懂他们的说话吗？翻译有些惊讶，她说当然能听懂，他们说的是意大利语。她理解错了我的意思，我继续问她，他们说话没有颠三倒四？她说，他们说话很清楚。我的翻译不知道，那一刻我突然想到了前面举过的鲁迅和莎士比亚的两个例子。

院长送我们到门外，她再次向我表达了感谢，感谢之后是询问我接下来在意大利的行程，她对我此后要去的每一个地方都是赞美一番，所以我们在那里站了一些时间。那时候应该是午饭时刻，刚才和我坐在一个屋子里的这些病人一个个从我面前走过，有的对我视而不见，有的对我点一下头。我注意到一个男人拉住了一个女人的手，还有一个男人搂住了一个女人的肩膀，看上去他们都是五十来岁的年纪，亲密无间地走向他们的食堂。好奇心驱使我问了院长一个问题，住在你们医院的病人里有没有是夫妻的？院长说没有。

我们上了车，这次开到大铁门那里，门迟迟没有打开，我的翻译有些焦虑，我再次开玩笑说，我们可能要留在这里了。翻译放在方向盘上的双手立刻举了起来，她叫道："不要。"然后我们听到机械的响声，大铁门正在慢慢打开。我们离开精神病医院后，翻译一边开车一边对我说："我很紧张。"她一直很紧张，此前没有说是为了不影响我，我们离开精神病医院后她吐露真言。

后来的行程里，我不时会想起维罗纳那家精神病医院的文学活动。我此前觉得精神病患者生活在一个黑暗的无底洞里，但是那两对男女亲密走去的身影改变了我的想法，因为那里有爱情。那两个男的和那两个女的，他们可能各有妻子和丈夫，如果是这样，他们的妻子和丈夫应该会定期来看望他们，可能中间的某一个某两个甚至某三个和四个已经离婚了，或者从来没有过婚姻，这些都不重要，重要的是那里有爱情。

2017 年 9 月 14 日

图书在版编目（CIP）数据

阅读有益身心健康/余华著.--上海：上海文艺出版社，2021（2024.6重印）
（书读完了）
ISBN 978-7-5321-7508-6
Ⅰ.①阅… Ⅱ.①余… Ⅲ.①中国文学－当代文学－作品综合集 Ⅳ.①I217.2
中国版本图书馆CIP数据核字(2020)第032158号

发 行 人：毕　胜
责任编辑：张诗扬　乔　亮
装帧设计：谢　翔

书　　名：阅读有益身心健康
作　　者：余　华
出　　版：上海世纪出版集团　上海文艺出版社
地　　址：上海市闵行区号景路159弄A座2楼　201101
发　　行：上海文艺出版社发行中心
　　　　　上海市闵行区号景路159弄A座2楼206室　201101　www.ewen.co
印　　刷：上海盛通时代印刷有限公司
开　　本：890×1240　1/32
印　　张：9.25
插　　页：6
字　　数：189,000
印　　次：2021年4月第1版　2024年6月第3次印刷
ＩＳＢＮ：978-7-5321-7508-6/I.5973
定　　价：68.00元
告 读 者：如发现本书有质量问题请与印刷厂质量科联系　T：021-37910000

d